Bibliotheca erotica

Anonymus

Schwester Monika

Carl Timlich

Priaps Normalschule

Die Folge guter Kinderzucht

Herausgegeben
und mit einem Nachwort
von Hansjürgen Blinn

Mit Kupferstichen
von Antoine Borel
und François-Rolland Elluin

aufbau

ISBN 978-3-351-03264-7

Aufbau ist eine Marke
der Aufbau Verlag GmbH & Co. KG

1. Auflage 2009

Einbandgestaltung
heilmann/hißmann, Hamburg
Gemälde auf der Banderole
von Marie Clementine Valadon/Bridgeman
Druck und Binden
CPI Clausen & Bosse, Leck
Printed in Germany

www.aufbau-verlag.de

ANONYMUS

SCHWESTER MONIKA

Concedo voluntatem!

Dies Fahrzeug ist eines von Cupidos
Postschiffen – mehr Segel aufgespannt!
Immer weiter! Auf zur Schlacht –
Kanonen vor die Löcher! Gebt Feuer!

Pistol in Shakespeares
»Lustigen Weibern von Windsor«

I

Schwester Monika erzählt den versammelten Freundinnen, besonders aber der Schwester Annunciate Veronica, ehemalige Gräfin von R., das Leben ihrer Mutter und ihres Vaters.

Meine Familie, liebe Schwestern, ist wenigen von euch bekannt, mein Vater aber desto mehr seinen Kameraden, die mit ihm und Laudon den Siebenjährigen Krieg mitmachten und dem großen Friedrich mehr als eine Schlappe anhängten.

Auf einem adeligen Witwensitz unweit Troppau, in einer der anmutigsten Gegenden der Oppa, verlebte meine Mutter die ersten Jahre ihres Frühlings; und sie verlebte ihn in jenen heißen Gefühlen des Seins, das mit dem *cœur palpite!* nicht immer anfängt, gewöhnlich aber mit dem *haussez les mains* endet.

Ihre Mutter hatte in der Welt gelebt und sie genossen, sie hatte ihr Temperament in ihr zurückgelassen und ihre Liebe mitgenommen in die Einsamkeit und für die Bildung ihrer Louise.

Diese Louise ist meine Mutter. Sie war vorurteilslos erzogen – und vorurteilslos lebte und wirkte sie.

Mit den einladendsten Reizen des Körpers verband sie eine Grazie ohnegleichen, ein *savoir faire* ohne Rückhalt und ohne Heuchelei.

Herr Kaplan Wohlgemuth, genannt Bruder Gerhard, dem die Mutter sehr wohlwollte, übernahm als Hauslehrer die Bildung der jungfräulichen Blume. Er war ein junger schöner Mann von dreißig Jahren, und seine reizende Elevin hatte nachts in ihrem einsamen Bette alle mögliche Mühe von der Welt, mit ihren Fingern ein Feuer zu stillen, das seine reizende Suada in ihrem noch unreifen Busen angezündet hatte.

Ihre Mutter war gewöhnlich in den Lehrstunden gegenwärtig, und ihr heiterer Geist belebte dann jedes Mal die trockene, asketische und scientivische Unterhaltung des Kaplans.

Meine Mutter war aber beständig zerstreut, und unter zehn Blicken, die auf ihre Bücher fallen sollten, schweiften neun auf den schönen Händen und Lenden des Bruders Gerhard aus.

»Sie geben nicht acht, Louise«, sagte ihr einmal ernstlich der Kaplan. Louise errötete und schlug die Augen nieder. »Was ist das für ein Betragen, Louise?«, fragte halb zürnend die kluge Mutter, aber Louise blieb zerstreut und antwortete verkehrt auf alles, was sie gefragt wurde.

»Wie heißt der Heilige, der einmal den Fischen predigte?«, fragte jetzt Vater Gerhard. Louise wusste das nicht mehr. »Und wie heißt der Ritter, welcher vor Cromwell die Gewalt der Luftpumpe experimentierte?«, setzte fragend Louises Mutter hinzu. Louise hatte das auch vergessen. »Wart, ich will dir einen Denkzettel schreiben«, fuhr die Mutter fort, stand auf und langte nach einer großen Rute.

Louise fing an zu weinen, aber es half nichts, die Mutter zog sie über den Tisch, hob ihr Röckchen und Hemdchen auf und zerhieb ihr vor den leuchtenden Augen des Bruders Gerhard den zarten Hintern dermaßen, dass die ganze Mnemonik der Alten auf ihm sichtbar wurde.

Pater Gerhard bat für die Arme und schloss diesmal seine Lehrstunde mit der Bemerkung, »dass den alten Leuten immer etwas von der Strafe zugutekommen müsse, die den jungen zuteilwerde.«

Er war bei diesen Worten aufgestanden und hatte Louises Mutter, entzündet von dem Anblick des jugendlichen Hinterns, unter die Röcke gegriffen.

»Pfui, Gerhard!«, versetzte die Mutter und befahl Louise, in den Garten zu gehen. »Ich hoffe doch nicht, dass Sie mich für so unartig halten, wie unsere Louise war?«

»Nein, das nicht«, versetzte Gerhard, während Louise die Tür in die Hand nahm und sich, hinter ihr durch das Schlüsselloch schauend, die Tränen von den Wangen abwischte, »aber Sie wissen doch, gnädige Frau – wie die Alten summen, so zwitschern die Jungen, und dass folglich …«

Und ohne die Antwort der lustigen und konsequenten Frau abzuwarten, die schon in einem Gelächter die Meinung ihres Herzens offenbarte, hatte er sie auf das Sofa hingeworfen, ihre Röcke und Hemd mit Gewalt aufgehoben und ihr mit der besten Lebensart bewiesen, dass es immer von einer gewissen Schlechtigkeit zeuge, andern das lehren zu wollen, von dem man selbst am allerwenigsten Gebrauch zu machen gesonnen sei.

»Das meinen Sie?«, fragte Louises Mutter, indem sie zuckend sich unter dem fürchterlichen Tremulanten des Bruders Gerhard hin und her bewegte.

»Ja, das meine ich«, versetzte dieser und gab ihr solche kräftige Stöße, dass das Sofa bebte wie im letzten Erdbeben die Häuser zu Messina.

»Ihre Toch-ter hat zu le-ben«, stieß der Kaplan heraus. »Lassen Sie sie ihren Hang zum Wohltun, Men-schen-glück um sich her zu verbreiten, ein – Genüge – leisten.«

»Ach! Ach! Kap-lan! Hören Sie – auf«, intonierte Louisens Mutter. »Ich – ersticke!«

Louise sah die ganze Szene durch das Schlüsselloch, schöner als Hebe aufgedeckt, kühlte sie mit ihren Fingern die Wut feuriger Empfindungen, die jetzt ihren ganzen Körper durchströmten, als sie das mächtige Glied des frommen Bruders erblickte. Sie zerfloss in ebendem Moment, als Gerhard seinen aufgebrachten Amor versöhnt aus dem Schoße ihrer Mutter hervorzog und jetzt mit lüsternen Augen die schönen Zeiten Griechenlands und Roms bewunderte. – Doch:

Perspicuritas argumentatione elevatur!

Cic.

Klare Sachen werden durch Anführung der Beweise verdächtigt!

demonstrierte Pater Gerhard, wenn er mir, der schönen Latinität wegen, Ciceros Pflichten erklärte, und ich habe einige dieser Argumente, da sie immer gesunden Menschenverstand verraten, so lieb gewonnen, dass ich manchmal über ihren Eindrücken Hora und Vesper vergaß, zumal da man bei ihnen weder früh aufzustehen noch spät schlafen zu gehen braucht.

Pater Gerhard küsste mit Inbrunst den Bauch, die Schen-

kel, die Gefilde der Lust und die entblößten Brüste der Mutter – Louise stand wie angewachsen hinter der Tür und schaute über den herabgelassenen Hosen des Bruders Gerhard nach dem *Stabat mater* seines Immatrikular-Instruments, und dieser wollte eben den *Actus conscientiae* wiederholen, als ein Geräusch auf der Treppe Louise von der Tür wegjagte und sie den Qualen und Wollüsten ihrer eigenen Empfindungen überließ.

Sie lief in den Garten und suchte Adolph, den Gärtnerjungen. Dieser sollte ein Feuer löschen, das die Natur und der Zufall zur Unzeit in ihr angezündet hatte. Adolph war aber nicht zu finden, und als sie ein paar Gänge des ziemlich großen Gartens durchstrichen hatte, erblickte sie die Mutter am Arme des Kaplans, musste an ihrer Seite anständig dahergehen und durfte nicht einmal ihren Augen erlauben, den ersehnten Adolph hinter irgendeiner Hecke zu erblicken.

Seit dieser Zeit war es meiner Mutter gleichsam ins Herz geschrieben, alles aufzusuchen, was ihre Leidenschaften befriedigen konnte. Der kleine Adolph wurde geneckt, und die gute Christine musste ihr oft sagen, was denn der Kasper letzthin bei ihr auf der Kammer angefangen habe. Und wenn Christine eine Lüge ersann, so sagte ihr Louise die Wahrheit, die sie nicht leugnen konnte, nämlich der Kasper habe sie aufs Bett geworfen, habe ihr Röcke und Hemd in die Höhe gehoben, habe seine Beinkleider herabgezogen und habe zwischen ihre Schenkel ein langes starres Ding eingeschoben, das sie nicht mit Namen zu nennen wisse.

Louise hatte also alles gesehen, und Christine wusste sich nicht anders zu helfen, als dass sie ihr einige Mal Makkaroni gab und sie bat, der Mutter bei Leib und Leben ja nichts davon zu sagen. Und Louise sagte auch nichts, nährte ihre Phantasie mit wollüstigen Bildern, lebte mit dem ganzen Haus in der besten Eintracht, wurde von jedermann geliebt und befriedigte sich alle Nächte in ihrem Bette so genügend, dass es ihr nur bei wirklichen Ereignissen einfiel, sich auf gebotenen Wegen zu ergötzen.

Indessen gelang es Adolph doch, sich den Vorgenuss ihrer Jungfrauenschaft zu verschaffen.

Eines Tages stand Louise nach Tische im Pavillon des Gartens und sah in dem Teiche die Forellen spielen; Adolph schlich leise hinzu, hob Louise, die, über die Gartenbank hinausgelehnt, keine Acht hatte auf das, was hinter ihr geschah, Röcke und Hemdchen bis auf den Gürtel in die Höhe und hatte seine Hand zwischen ihren geöffneten Schenkeln, ehe sie noch die Blöße fühlte, die über ihren Strumpfbändern ein loser Zephir ankündigte.

»Adolph, ich bitte dich, lass mich los«, bat das beschämte Mädchen, aber Adolph war unerbittlich. Er zog ihr die zarten kleinen Lenden voneinander und befriedigte seine Lust so vollständig wie ihm möglich war.

Dieser genaue Umgang mit Adolph würde von Folgen gewesen sein, wenn nicht Louises Mutter, bei näherer Einsicht in die Natur ihrer Tochter, für nötig gefunden hätte, sie zu den Ursuliner-Nonnen nach Z. in die Kost zu tun.

Und dort verblieb sie bis in ihr 14. Jahr, wo der plötzliche Tod ihrer Mutter sie zur Erbin eines ansehnlichen Vermögens, zweier Dörfer und eines Witwensitzes machte und ihr die Aufwartung aller Heiratslustigen und verliebten Müßiggänger in einem Umkreis von zehn Meilen zuzog.

Von ihrem Leben im Kloster habe ich nie viel erfahren können; es verfloss, sagte sie mir, zwischen Einförmigkeit und Phantasie: »Die erste, als Lichtgestalt und Nachtschatten des ganzen weiblichen Zirkels, und die zweite lebte in mir selbst und wurde genährt durch das Lesen asketischer und religiöser Erbauungsbücher.«

Von natürlichen Gegenständen ereignete sich selten etwas, ausgenommen, dass sie einmal eine junge Novizin mit aufgehobenen Röcken und Hemd vor dem Sprachgitter unter der Zucht eines jungen Karmeliten gefunden habe, der ihr den nämlichen Liebesdienst zum Siegel der Verschwiegenheit aufgedrückt hätte.

Louise ging, nachdem ihre Erbschafts-Angelegenheiten erledigt waren, nach Troppau. Der Winter war vor der Tür, und ein verliebtes Temperament hasst die Kälte der Natur wie jene der Herzen.

Dort sah sie den Oberst von Halden und sah ihn nicht ungestraft. Es ist sonst gewöhnlich der Fall, dass das männliche Geschlecht zuerst seinen Leidenschaften die Zügel schießen lässt und das Treiben seines Blutes, als einen Herzensakt, den Sinnen zur Ausgleichung überlässt. Unglücklicherweise war aber mein Vater ein Weiberhasser. Wenn man ihn hierüber aufzog oder gar zur Rede stellte, pflegte er zu sagen:

»Ich diene meiner Kaiserin und dem Vaterlande, das ist mein Schwert und meine Scheide, und wo es heißt: Stecke dein Schwert in die Scheide, da muss Friede sein, sonst tue ich es nicht. Gibt es aber unter euch Weibern eine, die mir Frieden mit mir selbst zu verschaffen weiß, ohne einen Weg zum Herzen oder zum Kabinett einzuschlagen, so will ich ihr zeigen, wie man für einen ewigen Frieden unterhandelt.«

»Das heißt, ohne das Schwert aus der Scheide zu ziehen«,

meinte sein Freund, der Leutnant Söller, und mein Vater gab ihm lächelnd und stillschweigend Beifall.

Louise erfuhr diese natürliche Art und Weise, am Frieden zu arbeiten, durch eine dritte Hand, errötete, lachte, ärgerte sich und fing an, ihre Batterien dem stürmenden Mute des Obersten so entgegenzusetzen, dass er sehen musste, der Feind wünschte angegriffen zu werden.

Mein Vater hasste durchaus alle Empfindsamkeit, von der platonischen an bis zur müllerischen. »Denn«, sagte er, »sie taugt durchaus nichts; es sind faule Ausdünstungen, die sich im dicken, angefüllten Magen des Gemüts zusammenziehen und bei ihrem Ausbruche die ganze Atmosphäre menschlicher Heiterkeit verpesten.«

Meine Mutter kannte dies Räsonnement des Obersten, das sich leider im gewöhnlichen Leben oft bestätigte, und sie baute auf dasselbe ihren Plan mit feiner List.

Nirgends zeigte sie eine größere Heiterkeit, anspruchsloseren und doch anziehenderen Witz als in Gesellschaft des Obersten; und es kann keine fröhliche Laune erdacht werden, die nicht unter ihrer Behandlung fessellos geworden wäre.

Ihr wisst, Schwestern, wo Personen unseres Geschlechts vertraut, offen und ohne Etikette und Konsequenz miteinander umgehen können, da fallen alle Schleier des überklugen Anstandes und der bedächtigen Observanz; und weibliche Seelen kennen dann keinen Rückhalt mehr unter sich, wenn sie einmal Zutrauen zu gegenseitiger Diskretion und innigen Freundschaftsbezeugungen gefasst haben.

Louise von Willau, so hieß meine Mutter, ehe der Oberst diesen Namen gegen den seinigen einlöste, Louise v. Willau, hieß es in der ganzen Stadt Troppau, unter dem Pöbel und

Adel der *haut parage* – ist ein herrliches Mädchen voll Witz, voll Verstand, voll gesunder Säfte und ihr voller Busen und ihr biskuitzarter Steiß mehr wert als die ganze Geschichte von Troppau, die Akten ad acta auf dem stillen Rathause mit eingeschlossen.

Die Freundinnen Louises gingen in ihren Vergleichungen schon weiter.

Friederika von Bühlau, Lenchen von Glanzow, Franziska von Tellheim, Juliane von Lindorack und Emilie von Rosenau – diese fünf hatten einmal bei einer gemeinschaftlichen Badereise nach Eger die Reize Louises so von allen Seiten betrachtet, dass ihr bis jetzt keine unter ihnen den Preis streitig machen wollte. Doch ich schweife zu weit aus, wollte ich alles erzählen, was die gute Mutter mir zur Lehre, Nachahmung und Warnung mitteilte, ich würde von einem Skapulierfest bis zum anderen zu erzählen haben!

Aber die Szene, in welcher eigentlich meine Mutter den Oberst von Halden fing, die muss ich euch ausmalen.

Es war ein kleiner freundschaftlicher Damenzirkel bei ihr, und es hätte wie bei den Mysterien der *Bona Dea* keine Mannsperson Zugang haben sollen, da indessen jede unter den sechs Vereinigten einen Clodius hatte, den sie gern einzuspinnen wünschte in ihre vielbegehrende Weiblichkeit, so hatte man sich gleichsam stillschweigend das Wort gegeben, so viel Hosen einzulassen, als Unterröcke ihre sechspfündigen – eigentlich sagten sie: sechs vernünftigen – Reize verhüllten.

Eine ganze Stunde hatten sie sich schon solo mit dem edlen L'Hombre beschäftigt, als Louise eine Karte fiel; Franziska, das ganze Spiel hindurch von einem ihr gerade gegenüberhängenden Gemälde, Apollo und Clytia im höchsten

Genuss vorstellend, entzündet, gab wenig acht auf ihre Karte; jetzt aber, da Louise eine Karte unter den Tisch fiel, wollte sie den Zufall benützen und der Unterhaltung eine ihr anständige Wendung geben. Sie bückte sich also rasch, hob die Karte auf und versteckte sie unter Louises Kleidung, und da diese eben mit geöffneten Lenden das Spiel leitete, so kam das witzige Dissipations-Diplom auf eine Stelle zu liegen, die wir alle kennen und an dessen offenen Türen ich neun Monate auf das Licht der Welt warten musste.

Louise schrie laut auf, und Franziska lachte.

»Du Sau!«, schmollte Louise, deckte sich bis an den Nabel auf – und alle sahen das Blatt da liegen, wo eigentlich der Leichtsinn männlicher Tugend seit Joseph, seligen Andenkens, zu liegen kommen sollte, wenn es noch irgendeine Art von männlicher Tugend gäbe, die nicht bezweifelt zu werden verdiente.

»Ach, Louise, wie bist du *so* schön«, schrien jetzt alle zugleich, und Franziska hatte die Bosheit, ihr das herabgefallene Hemd wieder aufzuheben.

»Franziska, lass mich gehen!«, rief jetzt ängstlich Louise, aber Franziska küsste sie schnell auf den Mund und fuhr ihr mit heißen Fingern an die Herzkammer der Liebe.

»O du bist auch gar zu unverschämt«, zürnte jetzt meine Mutter und presste ihre Lenden fest aufeinander.

Aber Franziska kannte Louise besser und fuhr fort, mit fleißigen Händen ihre Gefühle zu wenden, während diese dem Erwachen der Lust keinen besseren Einhalt zu tun wusste, als dass sie aufsprang.

Aber nun hatte sie das Übel ärger gemacht. Lenchen, die auf der anderen Seite saß, hob ihr schnell die wenigen leichten Röcke und das wie von Zephiren herumgeschleuderte

Hemd von hinten über den schneeweißen Hintern hinauf und griff ihre sämtlichen Reize mit lasziver Berührung so heftig an, dass Louise auf einmal still ward und unter den Händen der beiden geilen Mädchen alle Gewalt verlor, die sonst die Schamhaftigkeit noch in ihrer Macht hat, wenn man sie nicht im Zentrum aufsucht.

Zum Unglück für Louise rissen jetzt Juliane und Friederika sie über den Tisch, dass die Kartenblätter bis in das Futteral des beliebten und allerliebsten Cottaischen Spielalmanachs hineinfuhren, streiften ihr das zarte Hemd vollends über das heilige Kreuz hinauf und fingen an, ihr den herrlichen Steiß zu klatschen.

Louise riss die Geduld, mit Löwenstärke zog sie ihr Unterteil hin und her und entwickelte den herrlichen Bau ihrer Muskeln und das wollüstige Spiel ihrer Lenden mit so grazienähnlicher Furie, dass alle zugleich »Ah ah! wie schön! *allegro non troppo, piu presto – prestissimo!*« ausriefen.

Aber Louise währte der Spaß zu lange; ehe sich die unverschämten Mädchen versahen, hatte sie sich mit Gewalt ihnen entrissen, und – dort lagen sie alle vier, teils auf dem Boden, teils unter dem Tisch, der mit seinem ganzen Inhalt von chinesischem Porzellan, englischem Steingut und übriggelassenem Yemens-Nektar jetzt die Mutwilligen ärger drückte und verunzierte als der Alp auf nächtlichem Lager eine keuchende Unschuld.

»Nun, das ist doch zu arg!«, fing Louise an und schüttelte ihre Kleidung, wie Wetzels Madame Arend, über das Verborgene ihrer Reize. »Ich helfe euch jetzt nicht! Ihr bringt mir das alles wieder in Ordnung, macht mir das Zerbrochene wieder ganz, ersetzt mir das Vergossene, oder ich lasse euch durch meine zwei Stallknechte so lange mit Ruten peitschen, bis das von selbst geschieht.«

Alle lachten, aber Louise ging zornig zum Zimmer hinaus und verschloss hinter sich.

Die Gefangenen fingen an aufzuräumen, allein es ging ihnen mit der wiederherzustellenden Ordnung, besonders dem *Restitutio in integris*, wie den ägyptischen Zauberern mit den Läusen Jehovas – sie konnten das zerbrochene Porzellan und das Steingut nicht wieder ganz machen und schrien laut: »Da sind die Engländer und die Chinesen dran schuld!«

Louise sah dem Geschäfte, das einer Mediations-Akte ähnelte, keinem himmlischen Gerichte, lächelnd durch das Schlüsselloch zu, und die drinnen fingen an, sich aufs Bitten zu legen.

Aber Louise war unerbittlich! »Jetzt gehe ich«, rief sie durchs Schlüsselloch, »und rufe den Jeremias und den Anton, lasse euch die Kleider aufheben und auf die bloßen Hintern so lange peitschen, bis eure Untugenden euch aus der Haut herausfahren.«

Die Mädchen fingen nun gar an zu weinen, versprachen, den Schaden zu vergüten und sich überdies noch jeder Züchtigung zu unterwerfen, die sie nur selbst an ihnen zu vollziehen im Sinne haben möchte; aber den Jeremias und den Anton müsste sie weglassen, sonst würden sie ihr in diesem Leben nicht mehr gut, im Gegenteil aber ihre ärgsten Feindinnen werden und bleiben.

»Gut«, versetzte meine Mutter, »wollt ihr den Schaden ersetzen und euch einer wohlverdienten Züchtigung unterziehen, so sollen Jeremias und Anton im Stall bleiben, und ich werde sogleich mit einem Paar Ruten erscheinen und euch wie Gideon das Fleisch zerhauen.«

Lenchen lief ans Schloss inwendig und blies meiner Mutter entgegen: »Mach auf, Beste, wir unterwerfen uns der Strafe, aber Jeremias und Anton bleiben bei den Pferden.«

»Wartet, ihr jungen Fohlen, ich will euch striegeln«, rief Louise, lief in den Garten, brach und schnitt ein Dutzend Rosenzweige samt ihren ersten Knöspchen ohne Barmherzigkeit ab und eilte wie eine Erinnye aus der Unter- in die Oberwelt, um ihre zerbrochenen Opfergefäße zu rächen.

Den Busen entblößt, die Haare in wilder Bacchantinnen-Mode um die Schultern fliegend, öffnete Louise die Tür des Gefängnisses, und alle kamen ihr trotzend mit schallendem Gelächter entgegen.

Louise schwang den Thyrsusstab ihrer Rosenknöspchen drohend gegen die mutwilligen Nymphen, deklamierte in pythischer Wut:

Silence! imposture outrageante!
Déchirez-vous, voiles affreux;
Patrie auguste et florissante,
Connais-tu des temps plus heureux?

Und sie verlangte gebieterisch, dass Lenchen, Franziska und Juliane sich aufdecken sollten; aber Franziska trat vor die Mädchen hin und entgegnete:

Favorite du Dieu de la guerre,
Héroine! dont l'eclat nous surprend
Pour tous les vainqueurs du parterre,
La plus modeste et la plus grande.

VOLTAIRE

»Was du glaubst, Fränzchen«, versetzte lachend Louise und legte die Rosenzweige aufs Sofa, »will ich jetzt prüfen, komm her, hierher zum Apollo und zur Clytia: Und nun büße, was du getan hast.«

Ehe noch Franziska sich zu besinnen vermochte, stand sie schon mit nackendem Unterteil vor dem weiblichen Areopag, der, entzückt über die Schönheit ihres Hinterns, mit einem dreimaligen Händeklatschen sein Lob aussprach.

Louise legte ihr Röcke und Hemd über das glühende Gesicht und befahl Emilie, es ihr auf dem Busen festzustecken. Franziska hielt die zarten jungfräulichen Lenden fest aneinander; wie ihr aber Emilie das Hemd unter den Gewändern vom schön gerundeten Bäuchlein zog und die ganze entzückende Gegend vom noch buschlosen Ida bis zum Wendezirkel hinauf enthüllte, da wurde auch jener reizende Tempel von Amathunt sichtbar, den wir uns so gern in der Nachbarschaft des olympischen Gottes denken, wenn er, gereizt von seiner Schönheit, den eigenen verlässt und auf Cytherens Altären opfert.

Louise, beinahe neidisch über den Anblick so vieler Schönheit, ergriff jetzt Juliane und Lenchen, stellte sie zu Franziska in ein Dreieck, ließ sie von Emilie und Friederika ebenso aufschürzen, band sie alle drei mit ihrem Busentuch um die Mitte des Leibes fest zusammen, ergriff die Rosenzweige, nannte Fränzchen Aglaja, Lenchen Thalia, Juliane Euphrosyne und peitschte so grausam auf die sechs schuldlosen Hinterbacken los, dass die Grazien ihre schöne Stellung nach Wieland in größter Unanständigkeit für eine wilde Jagd der Artemis erklärten, in heftigen Bewegungen die angelegten Fesseln zerrissen, mit Gewalt nach wenigen

Minuten sich frei machten und wie Mänaden, nicht wie Wielands Grazien, herumsprangen.

Louise hatte nun ihre Rache abgekühlt, aber die drei gestraften Grazien verlangten jetzt, dass ihre Mitgehilfen, die Schwestern der ewig spröden Psyche, gleichfalls gezüchtigt und Psyche selbst sich ihrem Urteil und Gericht unterwerfen sollte.

Schnell ergriffen die Bestraften die Mitschuldigen, legten eine nach der anderen über den Stuhl, auf dem vorhin Psyche Louise ihre ätherischen Reize preisgeben musste, deckten ihr den Hintern auf, und Louise musste den niedlichen Erhöhungen die nämliche Strafe widerfahren lassen, die sie vor wenigen Minuten außer sich selbst gesetzt hatte.

Kaum war dieses geschehen, kaum hatte Friederika, als die Letzte, ihre demütige Stellung verlassen, so hörten die wieder versöhnten Freundinnen Sporengeklirr und sahen den Oberst von Halden und den Leutnant Söller in der offen gelassenen Saaltür stehen und überrascht hereinblicken.

Louise ging ihnen mit der größten Unbefangenheit entgegen, hieß sie willkommen und fragte, welcher launige Zufall den bekannten Weiberhasser und den noch bekannteren Bacchus-Bruder so auf einmal in die untere Geister-Sphäre von sechs unverschanzten Weiberseelen hineingetrieben habe?

Der Oberst war gewissermaßen ein Siegfried von Lindenberg und sein Achates ein Herr von Waldheim, beide aber besaßen mehr Kultur als Politur und waren, ihre vorhin angegebenen Fehler abgerechnet, ein paar Leute, aus denen man alles machen konnte, was unser Herrgott aus ihnen gemacht hatte.

Die Mädchen nun, wie man sagt, noch blutjung, meine

Mutter damals erst achtzehn Jahre alt, umringten die beiden Martissöhne mit aller der Freiheit ihres jugendlichen Privilegiums, die ihnen ihr lustiger Sinn gewährte.

Ihre Schmerzen an den verhüllten Teilen waren schon zur Hälfte vergangen, und die andere Hälfte sollte jetzt vergehen.

Louise hatte sich des Obersten bemächtigt und spielte an seinem Degengehänge, zog ihn aus einer Ecke in die andere und bat ihn, ihr doch zu sagen, wie der erste König von Kreta geheißen habe und ob dies Kreta wirklich zu des Apostels Paulus Zeiten faule Bräuche gehabt hatte?

Der Oberst, notgedrungen und ärgerlich, dass so eine halbbartlose Dirne ihm ums Kinn herumkrabbelte, beantwortete ihre unverschämten Fragen gar nicht, sondern sagte bloß: »Fräulein, befreien Sie mich nicht auf der Stelle aus Ihren Krallen und Klauen, so sollen Sie sehen und fühlen, was ich mit Ihnen anzufangen imstande bin.«

Meine Mutter lachte der Drohung und befahl ihm, sich für diesen Abend entweder gutwillig in ihre Launen zu fügen oder als Gefangener der Gewalt aller ihrer Reize auf einmal zu widerstehen.

Bei diesem verfänglichen Reden griff der Oberst an seinen Degen, aber Louise lief ihm mit Blitzesschnelle unter den schon aufgehobenen Arm, der das Mordinstrument gefasst hatte, hielt jenen und wollte dieses ihm entreißen. Allein der Oberst verstand keinen Spaß, hob die Verwegene wie eine Feder in die Höhe, warf sie aufs Sofa, entblößte ihr den Hintern, zog seinen Degen und schlug sie unter gellendem Geschrei zu einer Ritterin d'Egon.

Der Oberst musste den reizenden Anblick von Louises bloßem Hintern mit seiner Freiheit bezahlen. Die unvergessliche Schönheit dieser Teile, die zitternden Höhen und die von hintenzu preisgegebene Nachbarschaft aller männlichen Lüsternheit entwaffneten seinen Arm, und in seinen von Mutter Natur erhaltenen, von Kultur noch unverfälschten Sinnen regte sich ein Etwas, das den Frieden seiner Sinne so deutlich aussprach, dass auch nicht ein Jota davon für sein Herz verlorenging.

Der Mann von Grundsätzen und Charakter ist in sinnlichen Erscheinungen und Genüssen gewiss jedes Mal der Antipode von dem charakterlosen, brutalen und rohsinnlichen Menschen. Jener fühlt schon seine Leidenschaften durch den Anblick heimlicher weiblicher Reize gedämpft und befriedigt; dieser aber, dessen rohe Kraft kein Maximum des sinnlichen Gefühls statuiert, tobt unaufhaltsam fort bis zur Übersättigung. Dieses ist nun hauptsächlich auch ein Übel des heiligen Ehestandes und eines seiner schlechten Geheimnisse, dass diejenige, welche die ersten Grade des sinnlichen Lebens besitzt, sich bei Zeiten ans Fasten gewöhnen muss, wenn sie ihren erschöpften Eheherrn nach einigen Monaten noch zu lieben die Absicht haben sollte. Deswegen wählte ich hauptsächlich das Kloster, und ich will lieber mit allen zehn Fingern und anderen Tröstern siebenmal in der Woche vergessen, dass es ein männliches Geschlecht gibt, als mich über seine selbstverschuldete Impotenz zu beklagen haben. Die Folgen bei einer solchen Charakterverschiedenheit unter dem männlichen Geschlecht sind auffallend verschieden. Der Erste hält und veredelt sich durch das einmal angenommene System sinnlicher Genüsse, der andere aber zerstört, wie das Feuer, sich selbst und das, was ihn ernährt.

Ein anderer als der Oberst würde sich mit Wut über die

während der Degenflagellation entblößten sinnlichen Reize meiner Mutter geworfen und in ihren Besitzungen seinen Triumph gesucht haben. Aber von Halden, der die Weiber zwar hasste, im Grund aber wie Blumen behandelte, die man nie bricht, sondern in sich selbst verwelken lässt auf ihrem eigenen Boden, hielt das Brechen derselben für einen Raub an dem ganzen schönen Sommer des Lebens, den ja ohnehin ein langer kalter Winter so wünschenswert mache.

Die entblößten hinteren Reizungen meiner Mutter, die Schönheit und Reinlichkeit gewisser Teile, die zurückgeworfenen Kleidungsstücke nahmen auf einmal dem Oberst seinen Hass und gaben ihm dafür eine so herzliche innige Liebe für diese weibliche Schutzlosigkeit, dass er ihr seine vorgefassten Grundsätze, das ganze weibliche Geschlecht zu hassen, und dem vor ihm liegenden Wert dieses Geschlechtes willig seine Freiheit aufopferte.

Doch er hatte etwas gewagt, das, obgleich nicht im Sinne eines unverschämten geilen Scherzes zu nehmen, doch vor allem eine Aussöhnung mit dem Beleidigten verlangte.

Ohne also auch nur mit einer einzigen Akklamation zu verraten, wie weit der entblößte Hintern meiner Mutter seinen Weiberhass verscheucht habe, küsste er dreimal die beleidigten Teile, legte hierauf mit unbefangener Gleichgültigkeit erst ihr Hemd, dann ihre Röcke in die ihnen angewiesene natürliche Lage und hob sie vom Stuhle auf.

Jetzt aber war, wie der Oberst meinte, noch das Schwerste zu tun; er wollte nämlich den Zuschauerinnen einen ähnlichen Denkzettel schreiben, damit keine von ihnen sich irgendeines besonderen Vorrechtes zum Nachteil der anderen zu bedienen hätte.

Indessen war diese Vorsicht unnötig. Franziska hatte sich

auf den Schoß des Leutnants Söller gesetzt, und dieser wühlte mit seinen verwegenen Händen in den geheimsten Reizen der Frechen.

Lenchen saß auf einem Stuhle, hatte ihr Röckchen bis an die Schenkel zurückgeschlagen und band ihr Strumpfband; Juliane hatte die Hand im Schlitz, und Friederika sah nach des Leutnants offenen Beinkleidern, die eben Franziska aufgeknöpft hatte und im Begriff war, ein männliches Glied frei zu machen, das bisher, außer Louise, noch keine von der Größe gesehen hatte.

Jetzt, als der Oberst Louise aufgehoben hatte und eben dem Leutnant sein Siegel der Verschwiegenheit und die heutige Parole bekannt machen wollte, fing Friederika an:

»Louise, das hast du nun an uns verdient!«

»Ja, das ist auch wahr!«, schrie lallend Franziska hinein und hob des Leutnants Hemd in die Höhe, dass sein Amor dastand unter dem dichten Myrthengebüsch wie ein Priap im Belvedere. »Das ist auch wahr ...«, und nun rieb sie Söllers Meisterglied und erzählte, was ich euch schon erzählt habe, nämlich wie Louise sie behandelt hätte.

»Oh«, versetzte der Oberst, als jetzt Franziska auserzählt hatte und sich, von des Leutnants Fingern exaltiert, zuckend auf seinem Schoß hin und her bewegte, »wenn dem so ist, so habe ich hier weiter nichts zu tun, was meine Unverschämtheit wiedergutmachen könnte, als dass ich Louise für meine Gemahlin erkläre und dir, Söller, Franziska mit Haut und Haar als dein Eigentum übergebe.«

Die Mädchen jubelten.

Hierauf nahm der Oberst Louise in seine Arme, küsste sie auf die bloßen Brüste und trug sie ins Kabinett.

Söller legte sein Mädchen auf das Sofa, machte die Tür

auf und bat die Gespielinnen höflich, ihrer im Garten zu warten, was sich denn auch diese nicht zweimal sagen ließen, da ihre Schamhaftigkeit immer noch größer war als ihre Lüsternheit.

Kaum waren sie fort, so deckte Söller Franziska bis an den Nabel auf, zog ihr die schneeweißen Lenden voneinander und drängte sich mit Manneskraft in ihren Schoß.

Meine Mutter wurde von dem Oberst, dieser von ihr bis aufs Hemd entkleidet, dann zogen sie beide auch noch die letzten Hüllen verborgener Geheimnisse ab und sanken berauscht und in der wonnigsten Tätigkeit auf das weiche Lager.

Acht Tage nach dieser Szene war die Hochzeit meiner Mutter und die von Franziska.

Ich blieb die einzige Frucht dieser Ehe, was aber von der Periode des ersten Flügelkleides bis zu jener der ersten jungfräulichen Gefühle mit mir vorgegangen, gehört in das Register kindischer Neigungen und Triebe und wird euch wenig interessieren.

So viel muss ich euch aber doch gestehen, dass ich, wie ehemals meine Mutter, mich von meinem Lehrer, Bruder Gervasius, gern peitschen ließ, und da ich eine wilde Natur hatte, so geschah das öfter, immer aber im Beisein eines meiner Eltern und erst zwei Tage nachdem ich mich unartig aufgeführt oder nichts gelernt hatte.

Sehr gern sah ich meine kleinen Reize entblößt im Spiegel. Oft stand ich viertelstundenlang mit aufgehobener Kleidung vor ihm, dachte: *personne ne me voit!* und musterte mich von oben bis unten.

Unter dem Regiment meines Vaters diente auch ein junger Franzose als Leutnant. Dieser erhielt, als Söller mit seiner jungen Frau nach Glatz kommandiert wurde, die erste Stelle unter den jungen Freunden meines Vaters. Dieser Franzose, obgleich von Bonhomie und redlichen Gesinnungen zusammengefügt, war übrigens der feinste und gierigste Wollüstling, den man sich nur denken konnte.

Als ein heimlicher Anbeter meiner Mutter – ich war damals zehn Jahre alt – musste ich oft herhalten, wenn diese ihn ernsthaft und scherzhaft von sich abgewiesen hatte. Jedes Mal, wenn Monsieur de Beauvois uns besuchte, und das geschah fast täglich, erhielt ich Bonbons oder irgendein Spielzeug, das mir Freude erweckte. Dann wusste ich schon, was er wollte, nämlich mit der Mutter allein sein, und ich ließ mir das auch nie zweimal sagen.

Überhaupt besaß Leutnant Beauvois ein Maintien, ein *savoir faire*, das sich mit nichts vergleichen ließ.

Einmal kam ich etwas früher aus dem Garten als sonst und wollte eben die Tür des Zimmers öffnen, in dem sich meine Mutter und Beauvois befanden, als ich ein Gepolter und meine Mutter zu jenem sagen hörte: »*Je vous prie instamment*, Beauvois! Laissez moi ... oh ...« – »Oh! Ma Déesse! Oh! Laissez moi faire ... laissez moi ...« Ich hörte nichts weiter, sah aber, was ich nicht hörte, durchs Schlüsselloch. Und was sah ich! Meine Mutter lag auf der Erde. Beauvois hielt ihr Röcke und Hemd in die Höhe, hatte ihren linken Schenkel hochgehoben, seine Beinkleider waren herabgelassen, sein ganzer Unterleib fasernackend, und sein Glied starrte wie ein Schlagbaum an einem Berliner Tor.

Bei diesem Anblick wurde mir so sonderbar zumute, dass ich kaum aufrecht zu stehen vermochte; ich deckte mich auf, sah der Szene aufmerksam zu und operierte mit meinem Finger zu gleicher Zeit, als Beauvois sich auf meine Mutter geworfen und seinen Cupido eingesteckt hatte, und zwar so dringend, dass ich vielleicht ebenso viel Vergnügen wie meine Mutter empfand.

Meine Mutter war im höchsten Grade wollüstig gebaut, ihre Sinne in steter Beschäftigung; mein Vater aber, ganz das Gegenteil, nie sehr auf weibliche Reize ausgegangen, musste immer durch etwas Charakteristisches gereizt werden, wenn er einmal bei der Mutter seine Lust recht stillen wollte.

Indessen hatte mein Vater meiner Mutter gleich nach der Hochzeit ein paar Punkte aus dem innersten Schatz seines Herzens vorgelegt, die ihr eine heitere Zukunft versprachen; und ich glaube, ihrerseits hielt sie nichts ab, diese Punkte eher zu ihrem Vorteile zu benutzen als ihre Mutterpflichten. Wie sie aber nach einem zweijährigen Ehestand wohl denken konnte, dass sie keine Früchte ihrer ehelichen Verbindung mehr erwarten dürfe, da nahm sie sich fest vor, nächstens diesem ihren ersten Witwengrad sich nach der ihr gegebenen Erlaubnis ohne Scheu einzuverleiben.

Diese Erlaubnis gab ihr nämlich mein Vater in den bestimmtesten Ausdrücken. »Ich habe dich«, sagte er, »auf eine so sonderbare Art erhalten, dass ich dich wohl auch auf ebenso sonderbare Weise wieder verlieren darf. Ich weiß und habe es erfahren, dass dein wollüstiges Temperament eben nicht die Schranken der Ehrbarkeit achtet und dass deiner Sinnlichkeit eine stärkere Philosophie zu Gebote steht denn deiner Liebe zu sittlichen Verhältnissen.

Ich will jetzt nicht mit dir über das Erlaubte oder Unerlaubte sinnlicher Befriedigung streiten noch weniger mit der Natur, dass sie in der Brunst sich ebenso wohl gefällt als im starren Winterkleide; ich habe dir und ihr vielmehr nichts als Gleiches mit Gleichem zu vergelten oder von dir noch zu erwarten.

Von heute an überlasse ich dich dir selbst nach den Grundsätzen, die ich dir gleich in den ersten Tagen unserer Verbindung als die meinigen bekannt machte; denn heute ist es das erste Mal, dass dich Beauvois mit entblößtem Busen und im kurzen Unterrock gesehen hat. Dir selbst, deinem Vergnügen überlasse ich dich, aber dafür ist es auch billig, dass mir zur Entschädigung ein anderer Teil deines Leibes zuteil werde, den ich seit deiner ersten Weihe nicht wieder gesehen habe: das ist dein Hintern. Nimm dich also in Acht! Denn jedes Mal, wenn ich dich in offenbarer Tat erwische, soll dieser Teil dafür büßen.«

Meine Mutter lachte und versprach obendrein, ihm zu beichten, sowie sie nur den geringsten Skrupel fühlen sollte, der sie verhindern könnte, von seinem gütigen Anerbieten Gebrauch zu machen.

»Aufrichtig gestanden«, versetzte der Vater – wie sie mir das alles selbst erzählt hat –, »ich kann es dir nicht verdenken, in keinem Fall; denn es ist durchaus unmöglich zu verlangen, dass ein vernünftiger Mensch der Sklave eines anderen sein müsse, das ist höchstens Recht des Krieges, aber im Naturrecht eine wahre Blasphemie gegen alle gesunden Begriffe. Die Gebote der Priester oder jene von Gott selbst mittel- oder unmittelbar inspirierten und der Gesellschaftsvertrag der Menschen sind Übereinkünfte, die man sich gefallen lassen kann, solange sie uns gefällig sind oder nottun, die aber durchaus sich nicht in der Natur des vollkommen ausgebildeten Menschen, der kein Kind mehr ist, lange erhalten können. Freiheit des Geistes und

Herzens, des Leibes und der moralischen und physischen Kräfte, zum Wohl des Einzelnen und Ganzen, sind ein Ziel, das sich keinen gesetzlichen Schranken zu unterwerfen hat, solange Rohheit und Kultur nicht gegeneinander zu Felde ziehen und Bosheit beide beherrschen. Zum Beispiel das Gebot der Ehe unter den Christen soll die Bande der Natur fester um Seele und Körper schlingen, wird es uns aber je die Unsterblichkeit verschaffen? Oder ist schon jemand von den Toten auferstanden, der uns gesagt hätte: Ich habe jenseits, an dem Orte, wo man nicht mehr freit noch heiratet, meine Lieben, meine Gattin, meine Kinder wiedergefunden?

Und werden etwa durch diese gesetzliche Einschränkung der Naturtriebe unsere Brüder und Schwestern näher miteinander verbunden? Sicher nicht! Aber die Ausschweifungen? Ei, wer mag noch von Ausschweifungen unter einer philosophischen und ästhetischen Generation etwas sagen? Sogar die Juristen kennen die Progressionstafel der Natürlichkeit so gut wie Mirabeau und Rousseau, allein freilich ein Jurist hat, wie Schlegel in seinem »Museum« spricht, für das Kleine zu sorgen und darf für das Große keinen Sinn haben und kann ihn nicht haben. Hat der Familien-Egoismus etwa schon mehr Gutes in der Welt gestiftet als ein Mönchs- oder Nonnenorden barmherziger Brüder oder Schwestern? Und wer wird bei dem Besitz von den Tugenden der Liebe, der Milde, der Barmherzigkeit noch von Ausschweifungen reden wollen, die nur der gelbe Neid in Trompeterstückchen, in Büchern, an allen Ecken und Straßen der Welt ausbläst und der mit seinem Blasen schon mehr Schaden angerichtet hat als alle zweiunddreißig Winde zusammengenommen.«

»Ach, du redest wie ein Engel, Oberst!«, rief entzückt meine Mutter, riss ihr Busentuch ab, legte sein Gesicht auf ihre wogende Brust und drückte ihn an sich, während sie seine Hosen aufmachte, das Hemd in die Höhe zog und den unbeschnittenen starren Zebaoth ihres Tempels mit weichen Fingern zu einem Koloss erhob.

Der Vater lachte, hob der Mutter Röcke und Hemd auf und steckte seinen Finger dahin, wo sie eigentlich etwas ganz anderes hingesteckt haben wollte.

»Ich habe dich hier in das Tiefste meines Herzens blicken lassen«, fuhr der Vater unter seiner Manipulation fort, und die Mutter setzte ihre Manier, sich im Angesicht des Geistes mit dem Fleisch zu unterhalten, mit zitternden Händen und Schenkeln fort. »Die Welt ist nicht für dergleichen Herzensergießungen gestimmt, aber ich liebe dich, du bist ein schönes Weib.« Hier zog er ihre Lenden voneinander. »Was soll mir werden, wenn vielleicht bald ein anderer in deinem heißen Schoß wühlt, wenn ein anderer diese rosenroten Lippen, von der Liebe selbst geschaffen, mit seiner Glut, mit seiner Wut voneinander teilt wie einst der Gott der Hebräer das Rote Meer – und dein Mann übrigens es noch nicht, wie Don Juan, auf tausendunddrei Eroberungen gebracht hat oder noch bringen will?«

Hier bog er sie auf das Sofa und deckte sie vollends bis auf den Nabel auf. »Nein!«, rief er aus, »bei allen leiblichen Seligkeiten, Louise, ich muss Ersatz haben.«

»Den sollst du haben, Freund meiner Seele«, versetzte Louise, öffnete ihre Lenden und ließ den Vater sein Werk vollenden: »Mein – Hintern – soll die Stra-fe – für – meine Ver-gehungen dir ab-zah-ha-len; räche jeden mei-ner Feh-eltritte, den – deine Liebe mir schon nach-sichts-voll – zulässt.

Ach! – Ach! Halt – Lieber – tiefer – tiefer – Ach! – Ach! – Ach!«

Und beide zerflossen!

Als das Hauptgeschäft der Rekonziliation beendigt war, setzte mein Vater seine Beweise weiter auseinander. »Nicht wahr, Louise«, sagte er unter anderem, »solange das Gesetz das natürliche Freiheitsverhältnis des Menschen zum Menschen und zu seiner Natur nicht beleidigt, nur in unnatürlichen Lastern und Verbrechen seine Rechte unerbittlich ausübt, wird es erträglich, und wenn man es nun vielleicht gar lieb gewonnen hat, ist die Strafe bei Übertretungen uns heilsam?«

»Allerdings«, versetzte Louise, »ich finde *das* auch immer gut gegründet.«

»Staat und Kirche«, fuhr der Vater fort, »haben sich in ebendieser Hinsicht voneinander getrennt; jener hat es mit den Verbrechen gegen natürliche und bürgerliche, diese aber mit den Sünden gegen göttliche und moralische Ordnungen zu tun. Allein, wir wüssten nichts von der Sünde, wenn das Gesetz nicht gesagt hätte: Lass dich nicht gelüsten, und die Folgen uns von der Macht dieser Gesetze nicht restlos überzeugt hätten.

Die Verbrechen haben einen noch größeren Gegensatz des Unerträglichen gegen sich; denn schon Kain musste vor dem Steckbrief seines Gewissens flüchtig werden – gäbe es aber eine gemeinschaftliche Übereinkunft irgendeiner Nation oder eines Volkes, sich morden oder verstümmeln, bestehlen oder verleumden, hassen und beneiden zu dürfen, so hätte hier das Gesetz des Gegenteils keine Majorität als die Gewalt. Wir haben dergleichen Beispiele in der Geschichte. *De gustibus non est disputandum!* Indessen, was sich nicht selbst Gesetz ist, wie zum Beispiel der Löwe oder Tiger, die Rose und der Wacholderstrauch, der Stein und das Wasser, das muss durch Gesetze außer sich selbst bestimmt werden. Im Grunde kann man aber ebenso gut wieder annehmen, dass nichts in der ganzen Natur der Dinge nach etwas Ewigem in seiner Organisation bestimmt werden kann. Zum Beispiel das Wasser, das bei uns nur zu gewissen Zeiten erstarrt, würde im Saturn zu Stein erfrieren und sicher, solange die Natur dieses Planeten keiner Änderung unterworfen wäre, auch Stein bleiben. Möchtest du dir aber darum die Unmöglichkeit dieser Wandlung denken?«

»Nein, gewiss nicht, lieber August«, versetzte meine Mutter und zog ihre Röcke über die Füße.

»Nun also«, fuhr mein Vater fort, »du hast jetzt zu wählen! Meine Philosophie und meine Rechte, meine Liebe und meine Grundsätze werden nie die Grenzen der Billigkeit überschreiten – denn Leidenschaft mischt sich wenig bei mir ins Spiel.«

Hier gab es eine Pause, und dann fragte der Vater: »Wie weit ist der Leutnant schon mit dir gekommen? Ich weiß es, er liebt dich und dürstet nach deinem Genuss. Hat er schon mehr an dir gesehen als deinen Busen?«

»Ja! Ich hoffe beinahe!«

»Und was? Und wie?«

»Ich habe gestern Kirschen gebrochen, er stand unten, und ich bemerkte deutlich, dass er jedes Mal, wenn ich mich bückte, mir unter das Hemd sah, ich gestehe dir, das elektrisierte mich! Ich stellte meine Füße so weit auseinander, als ich nur konnte, und er hat gewiss alles gesehen, denn er öffnete seine Beinkleider unter dem Ausruf: göttliche Louise! – zog sein Hemd heraus und fing an, seinen

Unbändigen zur gesetzlichen Ordnung zu verweisen. Ich konnte kein Wort sprechen, sondern deckte mich auf und wagte es, mit meinen Fingern, gelehnt an den Baum, mir Kühlung zu verschaffen.«

»Der Mann hat Delikatesse, wie ich merke, Louise«, versetzte mein Vater, »aber dergleichen Delikatessen geziemen sich nicht für Leute, denen nahrhaftes Speisen Pflicht ist.

Bei den Hebräern stehen die Worte: ›abschneiden‹ und ›Hurerei treiben‹ beisammen in der Ordnung des Alphabets; wir wollen den Leutnant auch das Gesetz der Beschneidung lehren. Er ist der Beschneidung würdig, denn wer vor den entblößten Reizen eines Weibes, das er kennt, so etwas tut, der verdient wenigstens beschnitten zu werden.«

»Das wird nicht viel helfen«, meinte die Mutter.

»Ei, so mag es ein Zeichen aus den Kriminal-Rechten der Sinnlichkeit seinen Wert mit eingebranntem Galgen oder Rad teilen. Er muss beschnitten werden, Louise! Und das von dir, und ich mache es dir hiermit zur zweiten Bedingung, mir von allen denen, die dich genießen werden, die Vorhaut zu bringen.«

»Ha!«, schrie meine Mutter und legte ihre Lenden aufeinander: »Du Mann ohnegleichen! Ich will deiner würdig zu werden streben! Der Leutnant sei das erste Opfer, dir gebracht!«

»Wohl«, versetzte lachend der Vater, »du machst Hebräer – und ich eine Heilige, und gleich will ich dir die Heiligenkost zu versuchen geben, vorher aber schmücke dich wie Esther, ehe Ahasveros seinen Schwanz zum Stammhalter der jüdischen Feudalherrschaft zu machen geruhte, oder vielmehr wie Irene, ehe der ruhmsüchtige Mohammed der II. ihr den Kopf abhieb.«

»Sogleich, mein Bester, ich will sogar alles, was dazugehört, selbst tun und dir mittlerweile unsere Karoline heraufschicken; ich bitte dich, tue etwas schön mit ihr; ihr Helfried ist an einem hitzigen Fieber zu Halle gestorben, sie ist untröstlich; ihr schöner Busen wird dir gefallen, und sie zeigt ihn dir, wenn du's haben willst, ohne dabei zu weinen.«

»So?«, fragte der Vater, »ist die schon so weit?«

»Sie hat sich in meiner Schule gebildet.«

»Aha, nun verstehe ich. Lass sie kommen.«

Meine Mutter ging, und Karoline erschien vor meinem Vater.

»Was befehlen Sie, gnädiger Herr?«

»Nichts zu befehlen, mein Kind, nur zu bitten. Komm her zu mir!«

Linchen ging zu ihm.

»Du bist ein schönes, gutes, liebes Mädchen!«

»Oh, ich bitte Sie, gnädiger Herr! Beschämen Sie mich nicht. Ich glaube, ich bin gerade, wie ich sein muss.«

»Wie?«

»Gut, gnädiger Herr!«

»Aber mein leichtsinniges Weib ist nicht gut – nicht wahr?«

»Oh, sie ist die Güte, die Liebe selbst.«

»Was nennst du Güte, was Liebe?«

Karoline schlug die Augen sittsam nieder und errötete.

»Meine Frau hat dich verführt, das heißt, in die Geheimnisse der Liebe eingeweiht.«

»Gnädiger Herr«, schrie Linchen und fiel ihm zu Füßen, »ach, ich bitte um des Guten willen, das ich in mir fühle, schonen Sie meiner!«

»Närrisches Mädchen, was fällt dir ein! Kennst du mich so schlecht?«

»Ach!«, seufzte Karoline, bückte sich tiefer und hob, indem sie meinem Vater die Hand küsste, den Steiß höher.

»Pfui! Schäme dich, Karoline! Lass mich nicht denken, dass du kein gutes Gewissen habest, denn eine solche Stellung verrät selten etwas anderes – und zur Strafe, dass du mich so verkannt hast, zeigst du mir jetzt einmal deinen Steiß.«

»Ach, gnädiger Herr!«, lallte Karoline, aber mein Vater stand auf, legte Linchen aufs Sofa und hob ihr Röcke und Hemd vom Hintern.

»Du bist wirklich ein bildschönes Mädchen, Linchen«, fuhr mein Vater, elektrisiert von Linchens erhabensten Reizen, gegen sie fort, »ich muss sogleich mir den Anblick deiner Schönheit entziehen, wenn du nicht irre an mir und an dir werden willst.«

Hier legte er ihr das Hemd wieder in die gehörige Ordnung, deckte die Röcke darüber und richtete sie auf.

Linchen glühte über und über.

»Sag, Linchen, ist Malchen noch immer so mutwillig?« (Ihr wisst, Schwestern!, dass ich Malchen geheißen habe!)

»Immer noch, gnädiger Herr! Ich glaube aber, das ist ihr Glück, denn wäre sie, wie ich in ihrem Alter war – pensiv – zerstreut und …« Hier stockte sie.

»Also glaubst du, den Mutwillen dürfe man nicht strafen?«

»Nein, gnädiger Herr, so wenig wie die Mädchen meiner Art. Ich habe ein einziges Mal in der Schule die Rute bekommen, und noch kann ich die Lage nicht vergessen, in der ich mich damals befand.«

»Es wurde also nicht besser mit dir auf diese Strafe?«

»Nein, im Geringsten nicht!«

»Sonderbar!«

»Es wurden damals mit mir noch zwei Jungen bestraft; es war durch ihre Unvorsichtigkeit, an der ich auch teilhatte, in einer Scheune am herrschaftlichen Schlosse Feuer ausgebrochen, und, so gut auch sonst der Herr von Flamming war, so wollte er doch hier die Strafe nicht erlassen, damit in der Folge durch eine solche Nachlässigkeit nicht ein noch größeres Unglück herbeigeführt würde. Ich erhielt meine Strafe zuerst, wurde auf eine Schulbank gelegt und musste dreißig Rutenhiebe auf den bloßen Hintern aushalten.«

»Armes Mädchen!«, rief mein Vater aus und griff der vor ihm Stehenden unter die Röcke.

»Dann kam die Reihe an Helfried und Heilwerth, zwei Knaben, die ich sehr wohl leiden konnte und besonders Helfried, den mir nun leider der Tod entrissen hat.« Hier glänzten ein paar Tränen in ihren Augen. »Heilwerth wurde zuerst auf die Bank gelegt, und als man ihm die Hosen herunterzog und das Hemd aufhob, ward ich beinahe ohnmächtig und vergaß meine eigenen Schmerzen über dem Gedanken, dass der arme Junge so viel auszustehen hätte.«

Mein Vater hob ihr hier Röcke und Hemd auf und fuhr ihr mit der Hand zwischen ihre Schenkel. Und eben stürzte ich zur Tür hinein und wollte dem Vater einen Blumenstrauß bringen – noch sah ich Karolines bloße Schenkel und meines Vaters Hand zwischen ihnen. Schnell ließ dieser ihre Kleider nieder und sprang auf.

»Was bringst du mir, Malchen?«, rief er mir verlegen entgegen. Ich hüpfte auf ihn zu, überreichte meinen Strauß und küsste seine Hand. Mein Vater sagte Karoline ins Ohr, sie sollte eine neue Rute binden. »Oh, gnädiger Herr«, versetzte diese naiv, »doch für mich?« Mein Vater lachte und sagte laut: »Du bist sehr mitleidig, geh nur und tue, was ich dir sagte.«

Karoline ging, und der Vater nahm mich bei der Hand und führte mich zu Herrn Gervasius.

»Herr Gervasius«, fing er an, »lehren Sie doch von heute an Malchen Physik. Sie sind jetzt gerade unbeschäftigt, und ich wünsche, dass Sie diese Stunde ganz allein dieser Unterhaltung und Belehrung widmen.«

Bruder Gervasius machte Bücklinge, und ich hatte wieder eine Stunde weniger frei.

Diese Stunden gewährten mir indessen viel Vergnügen, euch aber will ich nicht von diesem, sondern von dem unterhalten, was mir begegnet ist, vorher aber noch die Geschichte meiner Eltern endigen, soweit sie mir die Mutter erzählt hat.

Kaum war mein Vater in das verlassene Zimmer zurückgetreten, so erschien meine Mutter im weißen Atlas-Kleide.

»Aha!«, rief ihr mein Vater entgegen, »Madame wollen, wie ich sehe, meinem Freund Wort halten und mit ihm die geistreiche Frau von Tiefenthal besuchen?«

»Wenn du's erlaubst?«

»Nicht gerne! Du weißt, ich kann diese Frau nicht leiden – sie hat eine schwarze Seele, zusammengesetzt von Médisance und Bösartigkeit. Wäre sie eine Hure, ich hätte nichts gegen ihre Aufführung, aber so …«

»Ich bitte dich, Freund! Dein Urteil ist wohl zu streng.«

»Ganz und gar nicht, Louise! Ich kenne das ganze Oberteil ihrer abscheulichen Seele.«

Hier erschien Karoline mit der Rute.

Meine Mutter erblasste. »Du wirst doch nicht …«, fragte sie verlegen.

»Ich werde!« Und somit ging er zur Tür und schloss sie ab. Karoline stand da und zitterte. Der Oberst nahm ihr die Rute ab und befahl ihr, einen Schemel an das mittlere Fenster zu stellen. Diese Fenster gingen auf die Parade.

»Ich bitte dich, August, jetzt nicht!«

»Jetzt«, versetzte mein Vater lakonisch, und drunten wirbelten die Trommeln.

»Du hast mir schon so oft Linchens Busen als schön gepriesen, ich möchte ihn jetzt sehen.«

Was wird geschehen, fragte meine Mutter sich selbst, ging zu Karoline und zog ihr das Halstuch ab. Der Oberst trat auch zu ihr und zog ihr die Leinwand so rasch weg, dass ihre Brüste völlig entblößt ihm entgegenzitterten.

»Du bist doch wirklich ein sehr schönes Mädchen, Linchen«, sagte jetzt der Oberst, »und es wäre schade, wenn meine Frau dich dem Verderben in die Klauen lieferte.«

Louise errötete und sagte: »Was hab ich dir getan, Linchen, dass so ein Verdacht …«

»Still, Louise, es ist jetzt keine Zeit mehr, zu reden, sondern zu strafen und Strafe zu leiden. Kommt hierher.«

Der Oberst führte beide ans Fenster.

»Linchen, heb' deiner Frau die Kleider auf bis ans Hemd.«

Linchen gehorchte, und ihr Busen wallte heftig auf und ab. Der Oberst küsste die schwellenden Hügel und zog seiner Frau die seidenen Strümpfe von den Knien. Als das geschehen war, musste sie sich auf den Schemel niederknien, mit dem Oberleib sich zum Fenster hinauslehnen und Linchen sie halten. Nun nahm der Oberst die Rute, hob Louise das Hemd auf, hielt solches in der einen Hand und peitschte so lange, bis er Blut sah. Nur ein paarmal schrie sie auf; übrigens war es, als wollte sie in ihren Schmerzen die Wollust studieren, denn sie regte sich nicht und ihre Hinterbacken hielten so starr den Streichen sich dar, als wären sie versteinert.

Wie mein Vater glaubte, dass es Zeit wäre, aufzuhören, befahl er Karoline, seine Frau abzutrocknen, und sagte dabei: »Nun kannst du zur Frau von Tiefenthal gehen oder Karoline etwas lehren, was sich von selbst lehrt, oder auch Freund Beauvois zu dir lassen, wie du willst.«

Meine Mutter weinte, und Karoline weinte.

»Ich bleibe zu Haus, August«, versetzte meine Mutter, »für heute habe ich genug. Wir Weiber und Mädchen schwimmen in ewiger Lust, und möchten wir nur einmal unseren ungezähmten Willen und unsere heimlichen bösen Leidenschaften einer freiwilligen Strafe unterwerfen, wir würden bald erfahren, wie heilsam eine solche Zucht für Geist und Herz gedeiht. Zieh mich aus.«

»Ja, tu das, Linchen. Ich komme gleich, und dann wollen wir das gute Werk vollenden, das wir angefangen haben.«

Karoline führte meine Mutter ins Schlafzimmer und zog sie bis aufs Hemd aus.

Wie sie so dastand, erschien der Vater mit Beauvois Arm in Arm. »Du siehst, Leutnant«, sagte jener zu diesem, »meine Frau ist schon bereit, dir zu folgen.«

Beauvois erblindete beinahe, als er Louises und Karolines entblößte Brüste sah.

»*Pour Dieu!*«, schrie Beauvois, »Halden, *que faites-vous?*«

»Das will ich dir gleich zeigen, Beauvois«, versetzte dieser und führte Linchen ans Bett, von dem er die Decke herabwarf.

»Geschwind, Louise, lege dich aufs Gesicht, so ...«

Beauvois glühte schon. Mein Vater sagte Linchen etwas insgeheim, und diese erschien gleich darauf mit einer Schale voll Essig, in dem sie Salz aufgelöst hatte.

»Du weißt, Beauvois«, fing jetzt mein Vater an und zog meiner Mutter das Hemd vom ganzen Unterteil, »du weißt, dass Lust und Schmerz im menschlichen Leben zu wechseln pflegen wie Sonnenschein und Regen; es wäre aber dem Menschen besser, wenn er einmal anfinge, beide gegeneinander zu Felde zu führen.«

Beauvois schrie laut auf, als er die Rutenstriemen auf dem schönen Hintern meiner Mutter erblickte.

»Verwundere dich nicht, Beauvois! Ich weiß, du liebst meine Frau. Also, bist du fertig?« Beauvois schlug die Augen nieder, wurde rot und sagte: »Wer möchte deine Frau nicht genießen – lieben!«

»Gut! Karoline, sieh einmal nach, wie Beauvois beschaffen ist, und gib mir die Schale einstweilen.«

Karoline ging zu Beauvois, bat ihn um Verzeihung, nahm ihm das Portepee ab, zog ihm die Beinkleider herunter und enthüllte sein Meisterglied in einer so guten Verfassung, dass Louise bei dessen Anblick sogleich ihre Lenden öffnete und den harten Gast erwartete.

»Steig auf, Beauvois!«, rief jetzt mein Vater, und Beauvois legte sich auf meine Mutter und insinuierte sich bei ihr so gut, dass die schönste Krisis der Natur sie plötzlich überrascht hätte, wenn nicht der Vater Karoline befohlen, den beleidigten Teil an das Vergessene zu erinnern. Und nun fing Karoline an, den zarten Hintern mit der scharfen Lauge so wohl zu waschen, dass Louise unter Schmerz und Lust ihre Auflösung erwarten musste.

Der Oberst hatte indessen Karoline die Kleidung aufgehoben und war, ehe sich's diese versah, an dem Orte des Vergnügens, der in seiner angeborenen Wildheit mehr Reize aufzuweisen hat als Tassos ganzes mit Stanzen ausgemauertes Jerusalem.

Beauvois schnaubte wie ein Tiger, ächzte wie eine Rohrdommel und stöhnte wie ein auf der Hinfahrt nach dem Hades begriffener Reisender.

Während mein Vater die Mitte von Karolines Leib mit seinem Visierstab sondierte und manchen Kuss auf den alabasternen Steiß drückte, musste sie immerfort an Beauvois' Flanken vorbei, in der einen Hand wie Hebe die Schale haltend, die andere, eingetaucht in die heilsame Essenz, aus Mnemosynens Gedankenstrichen ausgepresst, über Louises Rosenhügel führen und den kommenden Sommer aus dem scheidenden Frühling prophezeien.

Aber Louise fühlte nichts als Beauvois' mächtigen Kommandostab in ihrem Zentrum und agierte so mächtig unter dessen Weisung, dass das Lager erzitterte, Linchen die Schale fallen ließ und vom Vater das Ultimatum ächzend erwartete.

Aber denkt euch den grausamen Vater! Kaum merkte er die Annäherung des Gottes der Liebe, als er schnell seinen Pfeil aus der Wunde zog und Linchen unter zuckenden Hüftenbewegungen den ganzen Inhalt ihrer Gedanken über das Mahagoniholz des Bettes, ohne Genuss, fruchtlos ausschütten musste!

Meines Vaters Stammbaum stand noch wie eine Kerze, aber seinen Grundsätzen getreu, wollte er auch anderen, selbst bei der höchsten Verrückung aller intelligenten Kräfte, in der Oberherrschaft der physischen ein Beispiel geben, wie man handeln müsse, um weder der Natur noch irgendeinem Vernunftrecht zu nahe zu treten.

Beauvois genoss das höchste Glück.

Meine Mutter erhob sich zwischen Lust und Schmerz, und Karoline dankte dem Oberst mit einem Handkuss für seine Schonung.

»Ja, Kind, du hast auch Ursache«, versetzte er, »denn wahrscheinlich, deine Reize würden gesiegt haben, wenn ich mich nicht vor Beauvois geschämt hätte, der nichts von der Art zu schonen versteht.«

Hier ging mein Vater zu einem Wandschrank, holte eine Flasche Burgunder heraus und zwei Gläser, schenkte ein und gab das eine dem Leutnant, das andere behielt er.

Als beide auf den Genuss seltener Freundschaft und Liebe angestoßen und ausgetrunken hatten, drückte mein Vater dem Leutnant die Hand und ging.

Aber kaum war er zur Tür hinaus, so ergriff ein wütendes meleagerisches Feuer den schon zum Schweine gebratenen Beauvois. Er zog meiner Mutter das Hemd ab und nannte sie seine Venus, legte Karoline auf die Erde, hob ihre Röcke und Hemd mit Gewalt in die Höhe, nannte sich Jupiter, sie, die Aufgedeckte, Hebe und fiel mit einer Wut über sie her wie ehedem Ezzelin über Bianca Della Porta. Kaum aber hatte er seinen Tröster an ihrer Himmelspforte, so fiel er wie ein Sack und – eingeschlafen war er.

»Geschwind, Karoline, über ihn her! Zieh ihm die Hosen herunter!« Karoline gehorchte. Beauvois sah aus wie König Priam in Blumauers »Aeneide«. Man trug ihn aufs Bett, entkleidete ihn gänzlich und, als er nun so nackend vor ihnen lag wie der erste Mensch vor unserem Herrgott, ergriff Karoline auf Befehl der Mutter seinen wieder unsichtbar gewordenen Tröster und hielt ihn fest. Meine Mutter nahm ein scharfes Schermesser, zog die Vorhaut der verbrecherischen Rute über die Eichel hervor und trennte sie mit einem einzigen Schnitt von ihrer zweiunddreißigjährigen Stelle. Das Opium war so stark, dass Beauvois nicht einmal von diesem heftigen Schmerz erwachte, sondern nur ein leises Zucken verriet, dass er bis in seine gefesselte Seele gedrungen und den Weibern Zeit ließ, mit heilendem Balsam den Schmerz schnell in die Gebiete des Wohlseins zurückzutreiben.

Die Dosis Opium, die Beauvois sowohl als der Oberst genommen hatten, musste wenigstens vier Stunden wirken, und in dieser Zeit hofften Louise und Karoline dem beschnittenen Beauvois seinen Verlust erträglich gemacht zu haben. Dauert ja der Schmerz eines zerrissenen Hymens auch nur so lange, bis die Leidende sich von der Notwendigkeit seiner Zerreißung in den Gefilden der Lust überzeugt hat.

Während Beauvois fortschlief und der Oberst im Nebenzimmer schnarchte, nahmen Louise und Karoline ein Bad und schäkerten miteinander, wie Weiber zu tun pflegen, und Louise vertrieb mit ihren Fingern aus Karolines Gliedern völlig den Unmut und die Unbehaglichkeit, die der Oberst durch das schnelle Zurückziehen seines Unerbittlichen in ihrem Innern verursacht hatte.

Doch ich halte mich zu lange bei der Geschichte meiner Mutter und ihrer Freundin auf; meine eigene fängt an, interessant zu werden, und dem eigenen Interesse des Reizes, der Lust oder der Schönheit entsagt kein Mädchen oder Weib um eines oder einer anderen willen. So viel noch zum Schluss der Geschichte meiner Eltern: Ehe noch Beauvois erwachte, waren meine Mutter und Karoline, ich und Gervasius auf dem Wege nach Teschen. Unsere Flucht geschah so eilig, dass Gervasius kaum Zeit behielt, mich zuzudecken. Die Veranlassung, mich aufzudecken – alle Zuhörerinnen fingen an zu lachen –, war nämlich diese: Gervasius fing schon einmal die erste unserer physikalischen Unterhaltung damit an, dass er mir bewies, der Mensch sei ins Kreuz gemessen und genau in zwei Hälften geteilt.

»Wollen Sie sich einmal, gnädiges Fräulein, hier vor mir auf den Tisch legen«, fuhr er in der nächsten Stunde fort. Ich tat es.

»Strecken Sie sich ganz aus!« Ich tat es.

»Breiten Sie Ihre Arme aus in ihrer völligen Linie.« Es geschah!

»So! Nun sehen Sie« – demonstrierte der geistliche Herr – »kann ich vollkommen beweisen, dass Sie so breit wie lang sind. Sehen Sie ...« – hier fing er an, mich von der rechten Hand über den Leib bis zu den Fingern der linken Hand auszuspannen – »Sie haben sieben Spannen in der Breite, und so viel müssen Sie auch in der Länge haben, sonst hat die Natur sich in ihrem Maß vergriffen (Lessing) und ist zur Stümperin geworden.« Er umspannte mich alsdann vom Kopf bis zu den Füßen, und ich hatte richtig meine sieben Spannen.

»Sie ersehen hieraus, mein Fräulein, wie weise die Natur in allen Verhältnissen zu Werke geht. Für die Seele und den Geist hat sie wieder ein anderes Richtmaß, das beide ebenso wenig zu überschreiten wie sie ihre Independenz von dem Leibe, den sie bewohnen, zu leugnen vermögen. Der menschliche Körper« – hier wollte ich mich aufrichten – »ich bitte«, befahl Gervasius und drückte mich wieder auf den Tisch – »der menschliche Körper besteht, wie Sie wissen, aus zwei Teilen, dem oberen und dem unteren, dem edleren und dem schamhaften, und diese Teile sind genau vom Nabel aus gemessen. Um Ihnen das besser zu beweisen, müssen Sie mir erlauben, Ihnen Ihre Röcke und das Hemd bis an den Nabel aufzuheben« – und hiermit zog er meine Kleidung hinten und vorn so weit in die Höhe, wie er konnte. »Halten Sie Ihre Lenden dicht aneinander.« Ich tat es, und als ich einige Mal nachher die mediceische Venus in ihrer bekannten Stellung erblickte, fiel mir meine damalige Lage ein, und ich dachte: Du willst dich nicht messen lassen; aber du bist auch eine Göttin, und das Gefühl deines Wertes darf dich über deine Erscheinung im Fleisch erheben. Gervasius umspannte mich nun noch einmal, und ich maß vom Schädel bis zum Nabel, von diesem bis zu den Füßen richtig meine drei und eine halbe Spanne.

Eben hatte ich mich in die Höhe gerichtet und zog mein Hemd herunter, als meine Mutter und Linchen eintraten.

»Geschwind ihr beiden! So wie ihr geht und steht – fort!«

»Fort?«, fragte Gervasius, »und das ist viel gesagt!«

»Fort in den Sirius oder in die Dardanellen, nach Amerika oder zu den Hottentotten! Ach, Schwätzer«, versetzte lachend meine Mutter. »Nach Teschen!«

»Wollen Sie sich eine Flinte kaufen oder eine Flinte holen?«

»Nein! Nein! Ihr rostiges Rohr will ich dort unten ausputzen lassen.«

»Ach so!«, versetzte Gervasius sich verbeugend und hob mich vom Tisch herunter. »Wir sind fertig!«

Ich habe wohl nicht nötig, Schwestern, euch zu sagen,

dass jene Prärogation, welche der geistliche Stand in Bezug auf die Reize des weiblichen Geschlechts hat, bei meiner Mutter gleichfalls in der Regel geblieben wäre, wenn Gervasius vor dem seltsamen Vertrag zwischen meinen Eltern mit der Gewalt seiner Waffen diese geistlichen Rechte nicht zu behaupten gewagt hätte.

Gervasius fand es auch jetzt für gut, indem er meiner Mutter den Arm bot, erst die andere Hand unter ihren Röcken zu orientieren, dann gar Linchens Kleider bis auf das dicke Teil ihrer Schenkel aufzuheben und dann erst gemeinschaftlich mit uns den Weg nach der Chaise anzutreten.

In vollem Trabe ging es zum Tor hinaus, und wir konnten darauf rechnen, sowie Beauvois erwachte, zwei Stunden vorauszuhaben, wenn ihn etwa die Lust ergreifen sollte, uns zu verfolgen.

Meine Mutter erzählte Gervasius in der Chaise mit gehöriger Umschreibung wegen meiner Gegenwart die komisch-tragische Katastrophe und las ihm dann am Ende ihrer Erzählung folgendes Billett vor, das sie hinterlassen hatte.

»Lieber August, lieber Beauvois! Ich verlasse auf einige Zeit Euere mir teueren Kreise. Das Andenken, welches ich noch vor wenigen Stunden von meinem August erhalten, hat mich bestimmt, nicht allein ihm den völligen Wert eines Andenkens durch meine Entfernung zu geben, sondern auch von dir, lieber Beauvois, mit Gewalt mir ein solches zu verschaffen, das meinem Herzen unvergesslich sein wird. Zürnt nicht, Ihr beide! Ich bleibe Euch getreu, solange ich kann. Louise von Halden.«

Gervasius konnte ihre Heldentat nicht genug bewundern, und da meine Mutter ihre Füße auf den Rücksitz, wo wir saßen, gestellt hatte und eben die Sonne in vollem Glanze unseren Wagen erleuchtete, so bat Gervasius, ihm zu erlauben, das Andenken zu sehen, das des Vaters Rute bis zu einem so vielbedeutenden Fort ihren Reizen einverleibt habe. Meine Mutter hob den rechten Schenkel in die Höhe, ihre Röcke, ihr Hemd fielen zurück, und der schöne, so hart beleidigte Hintern sah aus wie der Mond am Mittag.

Gervasius wollte ihm seine Achtung bezeigen, allein meine Mutter setzte sich schnell nieder und verwies ihn zur Ruhe.

Sobald wir in Teschen angekommen waren – doch hier fängt die erste Periode meines Lebens an, Gestalt zu gewinnen. Es läutet zur Vesper. Morgen mehr.

»Der Mensch allein hat unter allen Wesen das Vorrecht, in den Ring der Notwendigkeit, der für bloße Naturwesen unzerreißbar ist, durch seinen Willen zu greifen und eine ganz frische Reihe von Erscheinungen in sich selbst anzufangen.«

SCHILLER

II

Schwester Monika fährt fort zu erzählen. Ohne Falcks Helden und Menschen in Anschlag zu bringen, sprechen unsere Helden und Menschen sich immer deutlicher aus.

Ich habe euch unsere Ankunft in Teschen erzählt; hört nun weiter!

Wir fuhren bei unserer Tante vor. Ich hatte diese Tante noch nicht gesehen. Sie hatte so etwas Strenges im Gesicht, dass sie gegen das immer freundliche Antlitz meiner Mutter aussah wie drei Tage Regenwetter nach einer schönen Frühlingssonne von vier Wochen.

»Ei, schon so groß, so hübsch gewachsen, *ma nièce*!«, fing sie gegen mich an.

»O ja, gewachsen ist sie«, fiel meine Mutter ein, »aber« – hier sagte sie Tante etwas ins Ohr – »die Kenntnis ihrer Natur erstreckt sich schon bis an die Wendezirkel, und da, ihr Herr Zuchtmeister, hat schon Physik mit ihr studiert.«

»*Est-il possible!*«, schrie die Tante und legte ihre Hände ineinander.

Gervasius wurde feuerrot, ich schlug die Augen nieder,

errötete gleichfalls, und Linchen spielte an ihrer Busenschleife.

»Ich wünschte, Schwester«, fing meine Mutter an, nachdem sie sich an der Verlegenheit von uns dreien geweidet hatte, »dich allein zu sprechen. Willst du nicht so gut sein, diesem Herrn da und meinem Mädchen ihre Zimmer anzuweisen, ich werde diesmal etwas lange bei dir hausen und vieles Geld bei dir lassen.«

»Sogleich, Schwester, sollst du bedient werden«, versetzte jene, schellte, gab dem eintretenden Bedienten ihre Befehle, und Gervasius und Linchen verließen mit ihm das Zimmer.

»Stell dir vor, Schwester«, fing jetzt meine Mutter an, »mein Malchen glaubt steif und fest, aus lauter Lust zusammengesetzt zu sein, und die wenigen Begriffe, die ich ihr vom Schmerz gegeben habe, haben durchaus keine bleibenden Eindrücke je noch auf ihr zurückgelassen.«

»Ei, ei, *mon enfant*«, versetzte die Tante, »das ist nicht gut! In der Welt wohnt die Lust auf dem Dache bei den Sperlingen, die fliegen davon, wenn es ihnen zu wohl ist; aber der Schmerz liegt wie ein Kettenhund im Hof und muss beständig entweder beißen oder bellen.«

»Ich will Malchen hierlassen«, fuhr meine Mutter fort, »weißt du nicht in der Nähe ein Institut für Mädchen ihrer Art, so eines, wo die Lust Ferien hat und die Unlust den Tag und die Nacht herumtreibt?«

»Hm, Schwester, wir tun sie zu Madame Chaudelüze, dort lernt sie alles, was verdrießlich macht, und hat dabei nicht einmal Muße, sich darüber zu beklagen.«

Wie ich die beiden so reden hörte, wurde mir angst und wehe, ich konnte meine Tränen nicht mehr zurückhalten.

»Ei, wer wird weinen, *mon enfant*«, tröstete die Base, »hast du nicht gelesen, was der Apostel Paulus alles gelitten hat, und das war doch ein Heiliger, und du bist eine unzeitige Geburt schnöder Lüste?«

»Wenn du willst, so wollen wir die Kleine gleich fortschaffen?«

Ich fiel bei diesen gewitterschwangeren Worten meiner Mutter zu Füßen; aber da war keine Barmherzigkeit so wenig wie auf dem Gesicht der Tante zu finden.

»Ich bin es zufrieden, Jettchen«, erwiderte die Mutter und befahl mir aufzustehen.

Weinend gehorchte ich, und die beiden satanischen Weiber nahmen mich zwischen sich und schleppten mich zum Wagen, der noch vor der Tür stand, und nun fuhren wir wieder zu der Stadt hinaus nach einem kleinen Landgute zu, das meine Tante der Mutter in einer ziemlichen Entfernung von Teschens Weichbild zeigte und dessen edle Simplizität, als wir näher kamen, mich sehr eingenommen haben würde, wenn die Verfassung, in der ich, gleichsam aufgelöst wie ein Embryo in Branntwein, mich befand, mir erlaubt hätte, mehr als einen Blick auf die mich umgebenden Gegenstände zu werfen.

Eine große, schöne Frau empfing uns, als wir vorgefahren waren, an der Haustür und führte uns nach einigen gegenseitigen Begrüßungen in einen Salon, wo ein halbes Dutzend junger Mädchen sich mit Sticken und Zeichnen beschäftigte.

»Madame Chaudelüze«, fing meine Mutter auf Französisch an, und Tante lispelte der schalkhaft lächelnden Eros-Philanthropinistin etwas zu:

»Hier, meine Tochter wünscht etwas zu lernen, vorher

aber den Schmerz zu kennen, der, wie sie nicht glauben kann, unseren Leib eigentlich mehr regiert als ein Pelzhandschuh den Frost.«

Madame Chaudelüze lächelte und sah mich an; ich schlug die Augen nieder und weinte.

»Ja, Madame«, sagte meine Tante, »wir wünschten, dass das in unserem Beisein, und zwar jetzt gleich geschehen könnte.«

Madame Chaudelüze lächelte, ging zu einem der Mädchen, nahm eine Schere und winkte mich zu sich.

Zitternd ging ich zu ihr. Meine Mutter und Tante hatten sich gesetzt. Madame Chaudelüze hielt mich zwischen ihren Knien fest, zog mir den Kopf auf die Seite und sagte: »Kind! Ich will dir jetzt deine Nase abschneiden.«

»Barmherziger Gott!«, schrie ich, riss mich mit Gewalt los und fiel halb ohnmächtig zur Erde.

»Schäme dich, Malchen!«, rief meine Mutter zürnend. »Dein ganzer Körper ist Schmerz, und du willst den kleinen einer abgeschnittenen Nase nicht ertragen?«

Madame Chaudelüze hob mich von der Erde auf und stellte mich mit Gewalt zwischen ihre Knie.

»Hast du noch nie«, fragte sie mich, »die Geschichte von jenem Frauenzimmer gehört oder gelesen, welches, als sie alle die Übel erfuhr, die ihre Schönheit unter dem männlichen und weiblichen Geschlecht angerichtet hatte, sich selbst das Angesicht zerschnitt und verstümmelte? Nichts von jenem Jüngling, den ein geiles Mädchen mit Gewalt zur Wollust reizen wollte und der sich lieber die Zunge abbiss als ihren Willen tat?«

»Ja, Kind, ich kann dir sagen«, redete meine Mutter hinein, »ich bin eifersüchtig auf dein schönes Näschen, und also fordere ich einen Beweis deiner Liebe zu mir.«

»Mutter!«, schrie ich, die Hände nach ihr aufhebend, »ich bitte Sie um Gottes willen, der mich doch auch ohne ihr Zutun hätte bilden können, martern Sie mich nicht mit einem so grausamen Scherz.«

»Malchen!«, schrie meine Tante und steckte ihre beiden Nasenlöcher voll Schnupftabak, »es ist der Mutter völligster Ernst.«

Aber nun fing alles an zu lachen, und eine der jungen Elevinnen, ein Fräulein von Grollenhain, schlug ein so schallendes Gelächter auf, dass uns allen die Ohren gellten.

»Ich sehe wohl«, fuhr Frau Chaudelüze fort, »mit dem Nasenabschneiden ist's nichts, und die Ohren schneidet man nur den Dieben ab, die Augen sticht man nur den Vaterlandsverrätern aus, und siedend Blei gießt man nur einem Crassus und allen Geizigen in die gierigen Rachen. Deine fünf Sinne wären also nicht unmittelbar zur Erkenntnis des Schmerzes anzuwenden. Ich will sehen, ob das nicht auf eine weniger kostspielige Art und Weise und doch zur Versöhnung der Mutter mit deiner Schönheit geschehen kann. Eregine, holen Sie mir hier im Kabinett das silberne Becken, die Lanzette nebst der Aderlassbinde, die auf meinem Toilettentisch stehen.«

Eregine, eine schlanke, milchweiße Gestalt mit rabenschwarzen Haaren und einem Busen wie Hebe, schwebte ins Kabinett und kam sogleich mit dem Verlangten zurück. Ich stand da wie Butter an der Sonne, zerfloss in Tränen und zitterte wie Espenlaub. Jetzt winkte Madame Chaudelüze Rosalie, der gewaltigen Lacherin, und zwei anderen. Alle drei stellten sich vor sie hin; jetzt stand Madame Chaudelüze plötzlich auf, schob mich auf die Seite und sagte zu Rosalie in strengem und gebietendem Tone: »Rosalie! Sie müssen sterben.«

Rosalie, welche die Launen ihrer Lehrerin wohl besser verstehen mochte als ich, versetzte: »Mutter, wenn Ihnen mein Tod nützen kann, so nehmen Sie mein Leben hin.«

»Was nützen!«, versetzte die Strenge. »Sie sind in meiner Gewalt, mir übergeben auf Tod und Leben, und Sie müssen sterben. Fassen Sie sie an!«, fuhr sie zu den beiden neben Rosalie stehenden Schwestern fort, »fasst an!«

Sie umschlangen sie mit ihren rechten Händen, und hier nahm Madame Chaudelüze ihnen die Busentücher weg: »Und der ersten, die jetzt Rosalie in ihren letzten Augenblicken verlässt, stoße ich diesen Dolch in die Brust.«

Die Mädchen erblassten vor dem Ernst der gestrengen Zuchtmeisterin, gehorchten aber und drückten die schon außer sich gesetzte Rosalie so fest zusammen, dass an ihr nichts beweglich blieb als ihre Lenden und Füße.

»Hebt ihr die Kleidung auf bis an den Nabel«, befahl Madame Chaudelüze weiter.

Sie zauderten.

»Geschwind – oder …« Hier streifte ihr Dolch auf einer Brust.

Die Mädchen gehorchten jetzt.

Schnell waren Rosalies Kleider bis auf den Nabel in die Höhe gehoben und festgehalten unter dem Busen.

»Nun kommen Sie, meine Damen!«, sagte Madame Chaudelüze zur Mutter und Tante, »und sehen Sie, wie ich Unartigkeit bestrafe.«

Mutter und Tante standen auf und stellten mich in ihre Mitte. Chaudelüze nahm das Becken und die Lanzette und winkte mich zu sich. »Nehmen Sie, Kind, dieses Becken und halten es fest hierher. Rosalie, tun Sie ihre Lenden voneinander. Sie brauchen sich ihrer Schönheit nicht zu schämen; schämen Sie sich ihrer Ungesittetheit, wenn Sie können.«

Rosalie öffnete ihre zitternden Lenden, und die ganze Versammlung, Chaudelüze ausgenommen, schrie: »Ach Gott, wie schön – und sterben! Ach Gott! Ach Gott!«

Jetzt musste ich das Becken unter Rosalies Scham halten, die Chaudelüze nahm die Lanzette – ein einziger Schlag, dicht über den Rosenlippen auf dem noch wenig beschatteten Venusberge, und Rosalies purpurrotes Blut floss. Die Rosen ihrer Wangen erloschen nach und nach, und der Schrecken, mehr als dass sie ihr Blut fließen sah (was denn auch wirklich schrecklich für die Zuschauer anzusehen war), versetzte sie auf der Stelle in eine wohltätige Ohnmacht.

Als die Chaudelüze Rosalie ohnmächtig sah, sagte sie: »Genug, sie mag tot sein! Mein Wille ist mein Gesetz; Malchen, setzen Sie das vergossene jungfräuliche Blut auf den Tisch und reichen Sie mir die Binden.«

Ich gehorchte, die Chaudelüze hielt die Wunde fest mit ihren Fingern zu und verband sie auf die gehörige Weise, und da Rosalie, durch den Verlust des Blutes sowohl als durch die Ohnmacht, in einem völlig totenähnlichen Zustande sich befand, so hatte der Verband weniger Schwierigkeit und bedurfte weniger Kunst, als wenn die Bestrafte bei Bewusstsein geblieben wäre. Nach dem Verband mussten beide Freundinnen sie zudecken und aufs Sofa legen.

Nun aber kam die Reihe an mich. »Malchen«, fing die ausgelernte Chaudelüze an, »Sie sehen hier den Gehorsam meiner Untergebenen, und ich verlange von Ihnen einen ähnlichen, sowohl zu Ihrer eigenen Besserung als zur Versöhnung Ihrer Mutter, die Sie nun einmal den Schmerz lehren will.«

Ich weinte immerfort – die anderen Mädchen saßen nun mäuschenstill bei ihren Arbeiten und sahen nicht auf. Die Chaudelüze stellte einen kleinen Stuhl mitten ins Zimmer.

»Malchen, legen Sie sich hier über diesen Stuhl – geschwind!«

Ich zauderte. »Malchen!«, riefen zürnend Mutter und Tante. Ich gehorchte. Die Chaudelüze ging in das Kabinett, und kaum war sie fort, so öffnete sich die Tür, und eine schlanke Mannsperson trat herein.

»Ihr Diener, Herr Piano!«, rief eins der Mädchen. »Gehorsamer«, versetzte Piano. »Was soll hier für ein Tanz aufgespielt werden?«, fragte er weiter – aber ehe er noch ausgefragt hatte, erschien die Chaudelüze, wie ich in meiner Stellung sehen konnte, mit einer erschrecklichen Rute.

»Gut, dass Sie kommen, Maestro Piano«, sagte sie. »Entblößen Sie einmal diesem Mädchen den Hintern, sie soll Ihre Noten *a posteriori* kennen lernen, vielleicht erfinden Sie daraus noch eine Philosophie der Musik.«

»Hm! Madame!«, rief der konsternierte Musikmeister. »Die Tasten der Natur sollen eigentlich nicht geschlagen, nicht geblasen werden, da aber hier der Fall eintritt, dass man das Geblasene oder Blasende mit dem Schlagenden und Geschlagenen zugleich vertreiben kann, so will ich mit einer *Ouvertüre Stemperare* herzlich gern dienen.«

Hier fühlte ich die Hand des feurigen Komponisten zwischen meinen Knien, meine Röcke und Hemd leise und bedächtig aufheben und über mir ausgebreitet in die Höhe halten.

»Aber, *mia cara?*«, fragte jetzt der Aufdecker. »*Allor che fur gli ampj cieli stesi* – damals, als der zweite Himmel ausgespannt wurde …« – hier hielt er meine Kleider noch höher, bückte sich und gab mir zwei Küsse, auf jeden Hinterbacken einen, die mir sehr wohltaten. »*Allor!* Da gab es noch keine Planeten und Kometen, folglich …«

»Reden Sie, was Sie wollen, Piano, ich behaupte meine Forte, nicht wahr, meine Damen?«

»Allerdings«, versetzte die Mutter, »Malchen, hebe deinen Hintern besser in die Höhe, er hat ein treffliches Aussehen, er verdient, recht getroffen zu werden.«

»Einen besonders schönen Einschnitt ihrer Hinterbacken hat das reizende Kind«, versetzte der artige Orpheus. »Welch ein Jammer, wenn jetzt der Schweif eines birkenen Kometen diese schöne Oberfläche zerstört! Ha! Signora! Lassen Sie meine Gründe gelten.«

»Non, mon ami!
Les rapides éclairs
Par les vents et par le tonnerre
N'épurent pas toujours
Les champs et les airs.
D'après Voltaire.

Ainsi, Mademoiselle! Vite! Vite! Haussez votre beau cul!«

Ich gehorchte, hob ihn in die Höhe und erhielt den ersten Hieb so derb, dass ich laut aufschrie; diesem folgten unerbittlich noch vierundzwanzig, und blutrünstig wand ich mich unter der Ouvertüre des Maestro Piano und dem frappanten Periodenbau des eindringenden Forte der Strengen Zuchtmeisterin. Indessen – ich hielt die Streiche heldenmütig aus. Piano hatte seine Beinkleider geöffnet und zeigte mir einen Stimmhammer von so außerordentlicher Größe und mutmaßlicher Klangfähigkeit, dass ich während der Exekution meine Schenkel übereinander hin und her rieb und gewiss zum Ziele der Wollust gelangt sein würde, wenn dieses Mal der Schmerz nicht gesiegt hätte.

Von den Mädchen blickte auch nicht eine nach der Szene hin, alle hefteten starr ihre Blicke auf die Geschäfte ihrer Hände, und Rosalie lag noch immer im totenähnlichen Schlummer.

Als ich den siebenten Hieb erhalten hatte, schrie ich laut auf und so fort bis zum letzten.

»Ha, Madame!«, fing Piano jetzt an und legte mir Röcke und Hemd wie ein Kalkant nieder. »Ha, Madame, das war die übermäßige Prime für die arme Kleine, ein distonisches oder pythagoreisches Komma, was man in keiner Harmonika, am wenigsten aber auf so einem kleinen Monokord braucht, *in filza questa riflexione a fine*, weil ich hier wahrscheinlich die Künstlerin dieses Monokords vor mir sehe und ihr wohl zur Prüfung meinen Stimmhammer überreichen möchte.«

Während dieses Piano zu meiner Mutter sagte, sie bei der Hand nahm, an ein Fenster führte, ihr Röcke und Hemd aufhob und seinen Stimmhammer mit ihren Händen über die schönste Klaviatur der menschlichen Natur und endlich bis in den Resonanzboden hineinführte, hatte Madame Chaudelüze mit Hilfe zweier Mädchen mich aufgehoben und an den Tisch gelehnt; nun wurden mir die geschlagenen Striemen mit einem heilenden Balsam so derb ausgewaschen, als wäre ich ein junges Fohlen, das, zu Schanden gestochen von der *Hyppobosca equina*, dem *culex equinus*,

jetzt unter den sorgsamen Händen des Pferde-Züchters eine glatte Haut erwartet.

»Ach!«, schrie meine Mutter, als sie eben in der schönen Attitüde bis an den Nabel entblößt und mit geöffnetem Oberwerk vor der Liebes-Orphika oder eigentlich der alten Hydraulika des hin und her schwänzelnden Organisten stand. »Mein Herr, ich weiß nicht! Madame Chaudelüze, ich schäme mich zu Tode!«

»*Comment, ma chère?*«, versetzte die Chaudelüze, ging zu ihr und legte die Hinterteile ihrer Röcke und ihres Hemdes zum Fenster hinaus. »*Comment!* Sie schämen sich!«

Hier saß Piano schon fest und präludierte nebenherum mit den Fingern.

Sonderbare Erscheinungen in Natur und Erziehung! Wir schämen uns und lernen es, uns jedes Guten, Natürlichen und Schönen methodisch zu schämen, während wir uns täglich in unsere eigene Hässlichkeit und Schlechtigkeit aufs anständigste zu finden wissen. Da ist kein Laster zu erdenken, das nicht schon in der menschlichen Gesellschaft seine Kreise schamlos vollendet hätte, von denen sogar eine Menge als Aggregat der Schöngeisterei und der feinen Lebensart Eingang gefunden haben, so dass man sich schämen müsste, sie nicht zu haben, nur allein der Kultur sinnlicher Wollust schämt man sich.

»Ha! Ha!«, stöhnte jetzt meine Mutter und drückte ihre Lenden zusammen.

»Ha«, rief die Chaudelüze, ich glaube aus dem Tasso »*nel cuor dell' Asia scocca, il Bavarico triale!*« und ging zu mir.

Eines der Mädchen hielt mich, das andere kniete vor mir und wusch mich, wie schon gesagt, stöhnte aber und zitterte dabei so heftig, dass ich in meinen Gedanken ganz irre wurde.

»Nun, Fredegunde«, fragte jetzt die Chaudelüze, »was ist das? Ich glaubte, Sie hätten alles überwunden?«

»Ha«, stöhnte es, »*qui y était vainqueur!*«

»Lassen Sie sehen, ich dulde das nun einmal nicht.« Hier nahm sie ihr den Schwamm und gab ihn Claudine, um fortzufahren, legte dann Fredegunde auf den Boden, deckte sie auf und spreizte ihre Schenkel voneinander. Himmel, was sah ich! Die schönste Fackel des Amor und Hymen, das herrlichste Geburtssiegel der aus Schaum Geborenen hob sich himmelwärts.

»Sie haben mir Hohn gesprochen, als ich letzthin Sie warnte, sich nicht zu viel zuzutrauen«, sagte die Chaudelüze. »Der Mensch will immer mehr sein und weniger als die Natur, und doch begreift er weder ihre Rätsel noch ihre Konsequenz, das ist schlecht, und Ihre Anmaßung verdient Strafe, weiter nichts.«

Hier, ohne weiter ein Wort zu sagen, nahm Madame Chaudelüze die Rute, die vorhin mich zerfleischte, legte Fredegunde auf die Seite, mit dem Zepter gegen mich gekehrt, entblößte den schönen vollen Hintern und zerhieb ihn mit einer solchen Wut, dass Fredegunde auf der Erde sich krümmte wie der Teufel unter den Schlägen des Erzengels Michael, ohne weitere Vergleichung gesagt.

Claudine trocknete mich jetzt mit dem Handtuch ab und deckte mich zu.

Meine Mutter hing entseelt zwischen Piano und dem Fenster; Rosalie erwachte und fing an, sich zu bewegen; Claudine ging zu ihr und unterrichtete sie von dem Gefährlichen ihrer Lage, und die Tante ging während der ganzen Exekution im Zimmer auf und ab, schnupfte eine Prise nach der anderen und exklamierte: »Ei! Ei! Madame Chaudelüze, das ist arg, das ist schön, das ist streng, das ist wahr! Ei! Ei! Ei! Ei!«

Fredegunde riss sich am Ende mit Gewalt aus den strengen Händen der philanthropinischen Tisiphone, fuhr ihr unter die Röcke und manipulierte den reizbarsten Teil ihres Leibes dermaßen mit den Fingern, dass sie auf einmal ihre Zuchtrute fallen ließ, sich auf ihren Discipel lehnte und unter dem Ausruf: »*Vite! mon enfant! ha! petit héros. Vite – ah! je me – con-fonds!*« und mit zuckenden Schenkeln das Süßeste der Wollust genoss.

Nun gab es auf einmal eine große Stille. Claudine lief schnell zur Chaudelüze, deckte sie, wie sie so gelehnt auf Fredegunde noch dastand, hoch auf und trocknete die von der Sintflut überschwemmten Teile mit ihrem Handtuche rein ab.

Ich kann euch sagen, Schwestern!, einen schöneren Unterleib als den der Chaudelüze habe ich noch nie wieder gesehen, selbst den unserer Schwester Annunciate nicht ausgenommen.

Jetzt aber waren wir auch am Ende, und niemand von uns wusste, was er getan hatte. Wir alle standen aufs anständigste verhüllt beieinander. Claudine hatte auch meiner Mutter den Liebesdienst der Reinigung erwiesen, und diese nahm mich jetzt bei der Hand, führte mich zu Madame Chaudelüze und stellte mich ihr und der ganzen Gesellschaft als ihre Tochter vor.

Man fragte mich um meine Kenntnisse; ich gab, was ich hatte, erhielt Beifall und von meinen Kolleginnen den Kuss der Freundschaft und der Liebe. Am brünstigsten aber küsste mich Fredegunde, und ich werde nicht nötig haben, euch zu sagen, dass mich ein Jüngling küsste. Ich errötete bis unter das Busentuch, aber niemand schien es bemerken zu wollen; Madame Chaudelüze sagte zu Piano auf Holländisch: »*Kinderen die minnen hebben geen zinnen*«, und dann zu der Einzigen, die bei allen jenen vergessenen Szenen untätig geblieben war:

»Eulalia, gehen Sie mit Amalien auf ihr Zimmer, ich gebe sie Ihnen zur Schlafgesellin; bisher haben Sie allein gelebt, das hört nun auf; wir sind zur Geselligkeit geschaffen, auch im Einsamsten unserer Umgebungen. Gehen Sie, zeigen Sie ihr hernach unseren Garten und vergessen Sie nicht, bei Georg wiedergutzumachen, was Sie gestern durch ihre gedankenlose Unbedachtsamkeit ihm verdorben haben.«

Eulalia küsste der Chaudelüze die Hand, ich tat ein Gleiches, nahm unter Tränen und Küssen Abschied von Mutter und Tante und ging mit Eulalia.

Unsere Fenster hatten die Aussicht in den Garten, Eulalia öffnete, es war in der Mitte des Juli, und als sie Georg, den Gärtner, gewahrte, rief sie ihm zu und bat mich, ihr zu folgen.

»Georg«, sagte sie, wie wir zu ihm kamen, »ich habe Ihm gestern eine schöne porzellanene Glasscherbe zerbrochen, es tut mir leid; ich würde Ihm den Wert ersetzen, allein Er weiß, dass dies Madame Chaudelüze nicht zugibt, sondern vielmehr will, dass ich für meine Unbedachtsamkeit gestraft werde.«

Georg lachte und sagte: »Wenn Madame es will und Sie, Fräulein, es wollen, so bin ich es zufrieden, und sehen Sie, dort kommt Madame und die Gesellschaft.«

»Was hat Er da in der Hand?«, fragte Eulalia.

»Ei, das ist eine Sprosse dort von der Gartenleiter, die brach mir oben unter den Füßen ab, und ich habe mir die Zunge und den Mund ganz tüchtig aufgestoßen.«

»Damit gebe Er mir meine Strafe, Georg, geschwind!« Und ebenso geschwind hatte Eulalia ihren Hintern entblößt und lag über dem Fußgestell eines herabgeworfenen Jupiters.

»Nein, gnädiges Fräulein, das tue ich nicht, es wäre schade um die schöne Haut. Wollen Sie die aber mit Ihrem Hemde bedeckt halten, so will ich mich dazu verstehen und Ihnen ein Dutzend Hiebe aufzählen.«

»Malchen!«, schrie Eulalia, »deck mich zu, wie Georg es haben will, und zieh mein Hemd fest an, dass keiner seiner Hiebe fehlt.«

Ich tat es, und Georg gab ihr die Hiebe so kräftig, dass die zarten Hinterbacken tönten und Eulalia laut aufschrie.

Während dies geschah, ging die ganze Gesellschaft an uns vorbei, ohne auch nur mit einem Blick zu erraten, was da vor ihren Augen vorging, und sie war gerade verschwunden, als das Echo den letzten Hieb mit lautem Schall zurückgab.

Nun nahm ich Eulalia unterm Arm, und wir gingen langsam weiter. – Hier wurde Monika abgerufen, und als sie nach einer halben Stunde wieder im Kreise der neugierigen Schwestern saß, fuhr sie folgendermaßen fort:

Während der zwei Jahre meines dortigen Aufenthaltes begegnete mir nichts Ähnliches, das sich mit dem Tage meiner Einführung vergleichen ließe.

Nur zweimal im Jahre durften oder mussten wir vielmehr unsere natürlichen Natürlichkeiten erkennen, am Sonntage der Hochzeit von Kana und am Karfreitag. Begegnete uns aber zwischen dieser Zeit eine Natürlichkeit, z. B. dass einer von uns eine Stecknadel in den Busen fiel und wir etwa das Halstuch voneinander zogen und die bloße Brust sehen ließen oder einer von uns das Strumpfband aufgezogen wäre und unter den aufgehobenen Röcken das bloße Knie oder gar eine Falte vom Hemd sich gezeigt hätte, so hieß es gleich: Was ist das, Malchen, Rosalie, Eulalia usw., können Sie das nicht anständiger tun? Dann war die Antwort: »*Mon Dieu! la nature même ne le fera plus modeste.*« Aber nun schrien wir alle zugleich: »Das darf man nicht tun! Darf man nicht tun! Darf man nicht tun! Darf man nicht tun!« Und das so lange, bis uns der Atem ausblieb, besonders zensorartig wurde dieses Geschrei, wenn wir die verfängliche Gegenfrage erhielten: »Ei! Warum denn nicht?« Dann fingen wir immer ärger an zu schreien, und keine hörte die andere, bis sich alles in ein lautes Gelächter auflöste.

Das geschah auch alle Jahre nur einmal, und zwar am Tage des heiligen Nikolaus als dem Patron aller Verhüllungen der Seelen- und Fleisches-Mummereien. Wir waren dies sehr zufrieden, denn uns für Gespenster oder Totengerippe an einem solchen Tage zu gelten, hatte so wenig Reiz für uns, als uns mit verhülltem Hintern von Fredegunde die Rute geben zu lassen.

Am Sonntag des Evangeliums von der Hochzeit zu Kana wallfahrten wir gewöhnlich in das einige Stunden von unserem Philanthropin entfernte Kapuzinerkloster. Verkleidet in lustige Bauernmädchen, weiß und rot, mit großen Strohhüten bewaffnet und sechs schweren steinernen Krügen, angefüllt mit einem leichten Bordeauxwein, den Madame Chaudelüze von ihren Verwandten kommen ließ und der zum Tischwein bestimmt war, traten wir die Pilgrimschaft an. Maestro Piano zog mit seiner Violine vor uns her und zeigte uns den Weg zum Kloster mit dem Fiedelbogen.

Wenn wir so Paar und Paar nebeneinandergingen, schlossen ich und Fredegunde gewöhnlich den Zug, und Madame Chaudelüze ging bald in unserer Mitte, bald folgte sie in einer kleinen Entfernung langsam nach.

Gewöhnlich kamen wir im Kloster unter der Kirche an, stellten unsere Krüge in eine Nebenkapelle rings um ein hohes steinernes Kruzifix her, deckten unsere Strohhüte drüber; Meister Piano legte mit einer Kniebeugung sein Darmsaiten-Instrument auf den Stufen nieder, und so gingen wir in die Kirche, durch die Versammlung durch nach dem Hochaltar, vor welchem wir uns auf die Knie niederließen und nach einem kurzen Gebet unsere Sitze einnahmen.

Das erste Mal war es besonders merkwürdig: Bruder Prediger warf mitten in seiner Verhandlung gerade ein *Apage Satanas* von der Kanzel auf uns, als wir unsere Sitze einnahmen, und fuhr dann fort:

»Wir dürften uns hier (ich dachte: also dort?) nicht mit den Gütern des Lebens beschweren (und ich hielt geschwinde meine voreiligen Gedanken im schwellenden Busen zurück, als ich hörte:), die uns abwärts zur Erde drücken, noch sollen wir uns den Lüsten des Leibes ergeben, die uns in den Kot der Erde vergraben. Unser Beruf ist es vielmehr, uns von den Dingen der Erde immer mehr loszumachen, damit unsere Wesen leicht werden und wir uns zum Himmel emporschwingen können. Denn die in der Finsternis gewandelt, sich im Kot und Unflat der Lüste herumgewälzet, sich mit Erdengut beschwert haben, sinken ins Feuer und werden durchs Feuer geläutert und gereinigt werden. Die aber Gutes getan haben, erhalten nach diesem ein ewiges Leben, ein verklärtes, geistiges und alle Herrlichkeiten des Leibes und der Seele. Amen.«

Als der Gottesdienst beendigt war und die Leute die Kirche verlassen hatten, kam Bruder Eucharius, der Prediger, auf uns zu und fragte Madame Chaudelüze, wie ihr sein Sermon gefallen habe?

Madame Chaudelüze, als eine Deutsch-Französin, versetzte lächelnd, dass sie gerade zum *Apage Satanas* gekommen und dadurch nicht sehr erbaut worden wäre.

»Ei!«, sagte der listige Kapuziner, »diesen argen bösen Schalk treiben wir alle Tage aus und können ihn nicht loswerden. Wir füttern ihn bald mit Brot, bald mit Kuchen, bald mit Wasser, bald mit Wein, aber er will nicht weichen. Sehen Sie nur, wie ich aussehe, ganz verwildert, wie ein Heiliger aus Thebaischer Wüste.« Hier zog er seine Kutte in die Höhe und zeigte uns seine behaarten Schenkel und behaarten Horeb und Sinai in voller Zentripetal- und Zentrifugal-Kraft. »Wie ein Narr!«, murmelte unser Musikmeister und wandte sich von dem ihm verdrießlichen, uns aber sehr angenehmen Anblick. Fredegunde blickte die Eifersucht aus den Augen, als er dieses mächtige Diplom der kirchlichen Alleinherrschaft sah.

»Ei, nun«, entgegnete Bruder Eucharius, »das will ich eben nicht entscheiden! Eine Vogelscheuche hat schon manchen Näscher vertrieben.«

Piano fühlte den Stich und ging mit Fredegunde auf die Seite.

»Was macht Ihr Prior, ehrwürdiger Vater?«, fragte jetzt Madame Chaudelüze und nahm seine krause Mannheit in den Schutz ihrer zarten Hände.

»Oh«, versetzte dieser und lächelte über die Kraft seines alten Demagogen, »der geht seinen gewöhnlichen Gang hin und her und lässt den Teufel brummen.«

»Nun denn, so führen Sie uns zu ihm. Sie wissen, was heute für ein Tag ist und mit welcher Feierlichkeit er seit fünf Jahren von uns pflegt begangen zu werden.«

Also, hier ließ sie die Erbsünde fahren, und Bruder Eucharius bot ihr den Arm und bat uns, ihm zu folgen.

Als wir ins Refektorium kamen, fanden wir elf Brüder und den Prior schon versammelt und im Gespräche begriffen. Prior Paracletus war ein schöner rüstiger Mann und gefiel uns allen auf den ersten Anblick. Mit der edelsten Anständigkeit griff er unserer Zuchtmeister- und Lehrerin unter die Röcke und küsste ihr Mund und Busen. Die Brüder umringten uns, führten uns an die Fenster, deckten unsere Schenkel auf und besahen uns mit bescheidener Neugier.

Wir ließen alles mit uns machen, denn wir wussten, dass sie ihre Kühnheit nicht weiter treiben würden.

Währenddem nun dieses geschah, wurde aufgetragen, und eine wohlbesetzte Tafel lud uns zu den notwendigsten Genüssen ein. Jetzt erschienen auch Herr Piano und Fredegunde, und die Tafel wurde besetzt.

Madame Chaudelüze ließ drei von ihren Krügen bringen, und der Bruder Lektor musste das Evangelium von der Hochzeit von Kana vorlesen. Als er an die Stelle kam: »Weib, was habe ich mit dir zu schaffen?«, schrie der Prior: »Weib, was habe ich mit dir zu schaffen! Du verdirbst mir alle dem Herrn geweihten Kälber!« Bei der Stelle: »Als aber der Speisemeister den Wein kostete, der Wasser gewesen war …«, meinte Madame Chaudelüze, ihr Wein wäre auch aus Wein entstanden und dürfe sich kühn mit jenem wunderbaren auf der Hochzeit zu Kana messen, nur mit dem Unterschied, dass hier die Gäste nicht schon trunken vom Wein, sondern von nackenden Lenden seien.

Fröhlich und im lauten, aber sehr anständigen Jubel endigten wir unser Mahl und tranken unsere drei Krüge leer.

Dann ging der Prior mit Madame Chaudelüze auf die Seite, und wir wurden angewiesen, ein paar Zelte gemeinschaftlich mit den Brüdern aufzuschlagen und für die Abendmahlzeit, die aus lauter Gebackenem bestehen musste, Sorge zu tragen.

Die Patres waren im Elysium, küssten, drückten und herzten uns und klatschten uns den Hintern auf eine so artige und angenehme Weise, dass wir wirklich von allen diesen Liebesbezeigungen gerührt wurden und ihnen von Herzen trauten.

Die Zelte wurden auf einer herrlichen Wiese, die in den Wald hinein sich ausdehnte und von einem hohen Gebirge umgrenzt war, tanzend und singend aufgeschlagen, und als dieses geschehen, nahm mich Fredegunde beiseite und führte mich in den Wald.

»Amalie«, fing er an und drückte mir einen wütenden Kuss unter das verschobene Halstuch, »ich liebe dich mit einer Leidenschaft, die mich wie den Meleager unter Rasereien zu Asche zerstäuben wird, wenn du mir ihre Befriedigung versagen wirst. Sieh, wie ich glühe, wie ich zittere, bebe und einem tollen Hunde gleiche, dem das Gift des Verderbens schon alle Adern aufgeschwellt hat. Sieh! Sieh!« Hier hob sie (es war eine aus bestimmten Gründen in weibliche Kleidung gehüllte Mannsperson) ihre Kleider auf und zeigte mir, was ich vor einem halben Jahre gesehen hatte, in einer so erfreulichen Größe, dass ich zusammenschauerte.

»Fredegunde«, sagte ich zitternd, »bedecke dich, bedenke, was du tust, nur dem Boshaften und Bösartigen gewährt die Schändung einer Jungfrau Geheiß. Hast du vergessen, was Madame Chaudelüze uns über Sinnlichkeit und brutale Wollust Schönes und Wahres, Gutes und Abscheuliches gesagt hat? Ich bitte dich ...« – schon hatte er seine Hand um meinen bloßen Schenkel geschlungen.

»Ich will nicht hören – fühlen will ich! Fühlen und genießen«, schrie Saint-Val des Combes (so hieß diese Fredegunde), und in einem Nu war das ganze Unterteil meines Leibes bis auf den Nabel entblößt, ich halb ohnmächtig mit meinen Strumpfbändern an eine Birke gebunden, und wenig fehlte, so hätte auch dieses Mal die Gewalt des Stärkeren wie immer über das Recht des Schwächeren gesiegt, wenn nicht zum Glück Saint-Vals Reizbarkeit, aufs höchste getrieben durch den Anblick meines Schoßes und durch die Gewalt, mit welcher er meine geschlossenen Schenkel zu durchbrechen suchte, sich auf einmal in die tiefste Ohnmacht verwandelt hätte. Krampfhaft fiel er zu Boden und entlud sich seiner übermäßigen jugendlichen, noch nicht kultivierten Kräfte dermaßen, dass ich glaubte, er würde seinen Geist aufgeben.

Einige Minuten lang lag er so vor mir, und ich hatte völlige Muße, die Schönheit und die Reize jener Teile zu bewundern, die durch ihre falsche und unedle Anwendung das Verderben unseres Geschlechtes und alle Untugenden des menschlichen Charakters herbeiführen. Seine Schenkel waren weit voneinander gespreitet, sein Glied, das sich immer mehr in sich selbst und seine primitive Untätigkeit zurückzog, zitterte wie eine Rose unter den Fittichen eines Zephirs, und das zarte, schon männlich-wilde Gebüsch, das diese Lebensteile überschattete, setzte mich außer mir. Ich spreitete meine Schenkel voneinander, zeigte dem Ohnmächtigen den vollen Anblick meiner Geschlechtsteile und grub mit eigenen Fingern das Andenken dieses wollüstigen Moments in den Sarkophag aller männlichen Kraft.

Jetzt raffte sich Fredegunde, erschöpft in Mark und Beinen, auf und kam eben zu mir, als ich fertig war und im Übermaß meiner Entzückungen wie ein Aal zappelte. Sie band mich los, küsste mir Mund und Busen, entblößte mir den Steiß und klatschte mich derb ab. »Böse Amalie, du verdienst ... Halt, lass mich die hintere Öffnung deines schönen Leibes sehen.« Hier zog mir der hässliche Schalk die Hinterbacken so weit voneinander, dass sich mein After in die Breite zog und mir Schmerzen verursachte.

»Lass mich los, Fredegunde«, sagte ich zornig und stieß ihn von mir, dass er noch einmal zur Erde taumelte wie ein Betrunkener, und ehe er sich aufzuraffen vermochte, war ich ihm entsprungen und gelangte atemlos auf der Plaine an.

Aber da hatte sich alles verändert. Da fand ich keine Kapuziner mehr; da standen mehr als zwanzig Trabanten mit Hellebarden um und in dem geräumigen Zelte, das in Seide und Goldfransen prangte und eine köstliche Tafel bedeckte, die an Pracht jener des berühmten Königs Artus wohl nicht nachgab.

Als ich noch ungefähr zehn Schritte vom Zelt entfernt war und erst im Annähern die äußere Pracht erblickte, vor Erstaunen rückwärts trat und wie angewurzelt dastand, trat ein Ritter, in Goldstoff gekleidet, mit Brustharnisch und offenem Visier, an der Hand eine herrlich gekleidete Dame führend, mir entgegen.

»Wo bleibt Ihr, Fräulein?«, rief der Ritter mir entgegen. »Die Herzogin, Eure Mutter hier, war wegen Euch in tausend Ängsten, und wie seht Ihr aus? Beim St. Denis! Das geht nicht mit rechten Dingen zu! Lasst Euch beschauen, kommt zu mir!«

»Nun, Kunigunde«, öffnete die Herzogin den Mund, »was stehst du da und besinnst dich? Kennst du uns nicht mehr, oder sollen wir, ich und Oheim Karl, etwa gar dein Inkognito ehren?«

Ich begriff nichts, und doch war mir so viel begreiflich, dass man mir begreiflich werden wolle. Ich entschloss mich also kurz, schwankte zu meiner vom Himmel gefallenen oder aus der Hölle gestiegenen herzoglichen Mutter und zum Feuer blitzenden Oheim, kniete nieder und beugte mein Gesicht zur Erde.

»Böses Kind«, sagte jetzt der Herzog sanft, beugte sich gleichfalls über mich und hob mir leise Röck' und Hemd auf. »Das verdient Strafe! Hier, diese bäuerliche Kleidung, die sich für eine Prinzessin aus königlichem Geblüt nicht geziemt, und hier, dieser kleine niedliche Hintern, der uns heute mit allen seinen angenehmen Reizen entlaufen will.«

Und nun wurde ich von der derben Hand des Herrn Herzogs so abgeklatscht, dass meine beiden Backen gewiss in Feuer geglüht haben müssen.

Das war aber noch nicht alles, was mir der Herzog zu sagen hatte; zwei Pagen wurden von ihm herbeigerufen, diese ergriffen mich bei den Beinen und hielten mich wie eine von Crébillons »Bijoux indiscrets« unterwärts mit aus-

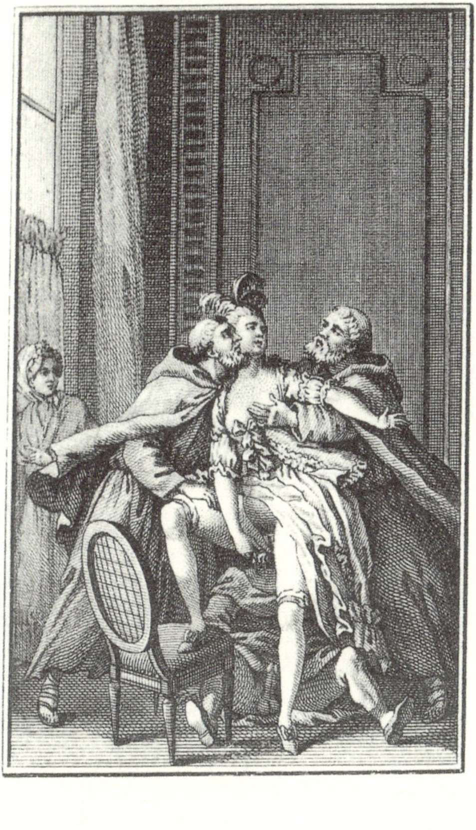

gespreiteten Schenkeln in die Höhe, so dass ich die geilste Figur der Welt muss gemacht haben. Meine Kleidung war mir übers Gesicht gefallen, und mein Bauch, Schoß, Schenkel, Hintern, kurz, alles glänzte in den Strahlen der Abendsonne, die rotglühend über dem Gebüsch stand und in kurzem ihren Abschied nehmen wollte.

Jetzt trat Herzogin Mathilde, meine neue Mutter, zu mir, zog meine Schamlippen voneinander, und Herzog Karl goss eine kleine Phiole mir in den Schoß aus, deren Inhalt durch alle Adern lief und ein wütendes Feuer in mir anfachte.

Im nämlichen Augenblicke fühlte ich, dass eine Verwandlung mit mir vorging. Stöhnend ließen die Pagen mich sinken, der Herzog fing mich auf und, als ich auf den Füßen stand, war ich wenigstens zwei Fuß größer als vorher, strahlte in einem herrlichen Silberstoff und glich in meinem schneeweißen Spitzenkragen, der mir Nacken und Brüste völlig entblößte, genau einem Frauenzimmer aus den Ritterzeiten.

»Aha!«, rief jetzt lachend der Herzog, »da haben wir ja Fräulein Kunigunde, wie sie sein soll! Lass sehen, Mädchen, ob auch unter deinen Kleidern alles so beschaffen ist wie über ihnen.«

»Hebe deine Röcke auf, Kind!«, befahl die Herzogin Mathilde.

Ich gehorchte und hob geschwind meine Röcke in die Höhe.

»Auch dein Hemd!«, kommandierte der Herzog.

Ich tat es, und nun hielten mich die zwei Pagen fest, und der Herzog holte einen Ritter aus dem Zelte, der, ganz in einen silbernen Harnisch gehüllt, weiter nichts an sich trug als die Haut von unserem Herrgott, die, wie ihr wisst, Adam zuerst gewaschen hat. Ehe ich noch ihn und seine ausgestreckte Lanze anzusehen vermochte, hatte er diese schon eingelegt und rannte mit einer solchen Wut damit nach meinem entblößten Herzen, dass dieses sogleich seine Gestalt veränderte und in blutigen Zeichen seine Zerstörung verkündigte. Die Pagen waren während des Turniers so höflich, mich auch hinten aufzudecken und überhaupt jede Zerstörung der verletzten Teile sorgfältig den delikaten Zuschauern aus den Augen zu rücken.

Dreimal setzte mein Ritter an, nach dem dritten Kampfe aber erklärte er den sämtlichen Zuschauern mit den Worten Gustav Adolfs in der Schlacht bei Lützen, dass er genug habe, und wirklich war auch jetzt seine Lanze in einem völlig unbrauchbaren Zustande.

»Nun!«, rief der Herzog, »wenn dem so ist, so wollen wir uns mit Speise und Trank laben und dann nach dem Ungarnlande zu weiter aufbrechen. Ich habe Siegmund einen Besuch versprochen, und ihr, Ritter Charibert, werdet wohltun, wenn Ihr Eure Kraft spart, bis wir die Türken zu Gesicht bekommen.«

Ritter Charibert küsste Mathilde und Karl ehrerbietig die Hände, ich ließ meine Kleider fallen, nachdem die Pagen mich noch vorher sorgfältig von aller Erbsünde gereinigt und gewaschen hatten, nahm Chariberts angebotenen Arm, und nun ging's nach dem Zelte zu.

Die Dämmerung fing schon an auf den Fluren zu herrschen, der Wald lag vor uns so aschgrau wie die Perücke des lutherischen Schulmeisters in Troppau, und die untergehende Sonne ließ ein Feuerwerk los, wie ich noch keines erblickt hatte. Im Zelte glänzte alles von Gold und Silber; ein

Minnesänger strengte seine Kehle an und sang das Lied des bekannten Burmanns in Leipzig:

Es singt noch keine Nachtigall
Es schlägt noch keine Wachtel
Ich aber ruf' mit lautem Schall:
Herr Wirt, noch eine Achtel!

Und wir setzten uns mit lautem Gelächter um den Tisch.

Aber, mein Gott, was gab's da alles zu verschneiden!

Nichts als Gebackenes, nichts als Gebackenes! Gebackenes aller Art! Kein Zahn wurde da ausgebissen, keine Lippe sauer, und die Mannigfaltigkeit der gebackenen Ware war so erstaunlich, dass wir gar nicht wussten, welchen Bissen wir zu Cotyttos Ehre zuerst hinunterzujagen hätten. An Wein fehlte es nicht; die silbernen Pokale wurden aus den in einem Winkel stehenden drei übrigen Krügen der Madame Chaudelüze beständig angefüllt, und wir taten nichts als essen und trinken.

Während diese Leckermahlzeit von uns ritterlich gemundet wurde, sang der alte Minnesänger, mit einer Pelzkappe und ungarischen Hosen geziert, à la Maultrommel folgende Ballade:

Der Burggeist zum Ritter, als der Ritter seiner schlafenden Dame unters Hemd sah

Eine Legende aus der Zeit der Hohenstaufen

Ritter! leg die Lanze ein;
Wirst dein eig'ner Feind nicht sein!

Ihrer Lenden Kron' und Zier
Öffne deine Wut und Gier.

Ritter! leg die Lanze ein;
Triffst nicht auf ein wildes Schwein,
Triffst ein zartes Jungfrauloch,
Bist des Herren bester Koch.

Ritter! leg die Lanze ein;
Dringe kühn im Tempel ein,
Rasch durchfliege deine Bahn:
Sieh, schon stöhnt der Feind dich an.

Ritter! leg die Lanze ein;
Ist der Kampfplatz noch nicht dein?
Heb' ihr Röck' und Hemde auf,
Tun's auch so die – Hohenstauf'.

Je nachdem sich aber nun Essen und Trinken um uns her verminderte, in unseren Mägen Platz fand und der Wein nach den Köpfen stieg, hatte auch die Verwandlung unserer gegenwärtigen Lage statt. Alle nicht zu unserem Kreise gezählten Personen verschwanden nach und nach mit den uns umringenden Kostbarkeiten, und als wir alles verzehrt hatten, lagen die ehrwürdigen Väter Kapuziner mit Madame Chaudelüze und ihren Elevinnen ohne Reg- und Bewegsamkeit auf dem weichen Grase unter dem Zelte.

Es währte nicht lange, so verfinsterten sich unsere Augen gänzlich, und der Himmel wurde völlig dunkel. Zickzack fuhren die Blitze wie Feuerschwärmer um das Zelt herum, und zitternd geigte Hr. Piano in die graue Nacht hinein. Als das Gewitter über unseren Häuptern stand, schliefen wir alle, und als wir am Morgen müd' und träge erwachten, wussten wir nicht mehr, ob wir tot oder lebendig das heilige Grab gesehen.

Prior Gerundio Paracletus raffte sich zuerst auf sein Sitzfleisch, rieb sich die Augen und sah Madame Chaudelüze unters Hemd, denn diese hatte für die ganze Versammlung eine äußerst gefährliche Lage von der gestrigen Insinuation zurückbehalten; ihre Lenden, ausgebreitet und etwas erhaben, entblößten jenen gefährlichen Ort, der Minerven noch einige Zöglinge *sain et sauf* zugewiesen hat. Als sich der Prior von seiner Gefährlichkeit nicht völlig überzeugen konnte, suchte er die reizenden Umgebungen von allen Seiten zu entfernen; und ehe noch wir anderen, dumm und duselig, nach und nach auf die Beine zu kommen suchten, hatte der Prior im Angesicht der Morgensonne sich einen Augenblick verschafft, der ihn mit neuer Lebenskraft erfüllte.

Wie die ehrwürdigen Väter sahen, dass es dem Prior ernst wurde, die Hora zwischen den weißen, weichen Lenden unserer Lehrerin zu singen, trieben sie uns alle in einen Winkel des Zeltes auf die Knie nieder, warfen uns Röcke und Hemden über die Köpfe und befahlen uns, mit entblößtem Hintern anzuhören, was wir nicht zu verstehen brauchten. Fredegunde musste sich in den Winkel uns gegenüber stellen, seine Kleider vorn in die Höh' halten und tun, was er nicht lassen konnte.

Jetzt stellten sich die Patres vor den schon mit seinem Skapulier eifrig beschäftigten Prior, das Gesicht gegen uns gerichtet, und sangen all unisono und wirklich herrlich, indem sie ihre Kutten aufhoben, aus dem »Officium defunctorum benedictale«: »*Pelle meae – consumptis carnibus ad –*

haesit os meum.« Hier erwachte die Pönitentialin unter ihrem Zuchtmeister, wie ich seitwärts sehen konnte – und ihre Hinterbacken hoben sich so mächtig unter jenem fleischernen Hymnus, dass sie en profil der unsrigen den dicken Jupiter unter seinen Trabanten vorstellte. Signor Piano hatte seine hölzerne Geige ergriffen und accompagnierte das »*et derelicta sunt tantummodo labia circa dentes meos*«.

Und der Prior fiel ein und deklamierte keuchend:

»*Miseremini mei, misere-remini-mei, saltem vo-s, ami-ici – mei, quia ma – anus Do-o-mini teti-ti-titigit me.*«

Und jene fuhren fort: »*Quare persequimini me sicut Deus et carnibus meis saturamini?*« Darauf der Prior in den letzten Zügen fragte: »*Quis mihi tribuat, ut scribantur sermones mihi?*«, und dann verstummte. »*Quis mihi det?*«, fragten nun die Patres in seinem Namen weiter, während jener die Reize Mathildes beschaute, »*ut exarentur in libro stylo ferreo et plumbi lamina? Vel caelo sculpantur in silice?*«

»Amen«, intonierte der Prior und küsste den zuckenden Steiß seiner von Hiobs Lamento nicht angesteckten Soror, und »Amen« sagten die anderen.

Rasch stand der Prior auf, erhob Madame Chaudelüze bei den Kleidern und sagte: »Nun, meine schöne Marpessa, wollen wir diese reizende Rüstung bald aufhängen in dem Tempel der Minerva und sie mit jener vestalischer Jungfrauen vertauschen?«

»Nicht doch«, versetzte diese, »erst dort meine Schafe versorgt, dann *fiat pax in virtute mea*«, und damit schlug sie dem Prior so derb auf die Hand, dass er ihre Kleider fallen lassen musste.

»Und dort unser Charilaus?«, fragte er und ging zu Fredegunde. »Dieser bleibt, wo ich bin«, war die Antwort.

Unsere Lage fing nun an, immer peinlicher zu werden, und eben wollten wir uns ihr eigenmächtig entreißen, als der Bruder Lektor auf mich zukam und zu mir sagte: »Halt, schöne Schwester der Liebe, der Lust und Schmerzen! Erst sage mir: wer ist der Elendste unter denen vom Weibe Geborenen?«

Ich antwortete: »Hiob wird es wohl gewesen sein.«

»Nein, mein Kind, es ist derjenige, welcher das Unglück hat, ohne Arme und Beine geboren zu werden. Sag mir ferner, wer ist der Glücklichste unter den Menschen?«

Ich sagte: »Der Zufriedenste.«

»Nein, mein Kind! Der, welcher seinen Verstand verloren hat.« Und alle gaben ihm Beifall. »Und nun sage mir drittens und letztens: ›Wie viel ist fünfundzwanzig?‹«

Ich verstummte.

»Ah so, das weißt du nicht, und weil du es nicht weißt, so musst du jetzt zwanzig und fünf fühlen.« Hiermit zog er eine Geißel hervor und reichte mir als *Doctor optime* fünfundzwanzig so kräftige Hiebe, dass ich schrie wie eine Besessene, während die anderen sich hinten und vorn anfühlen und hätscheln ließen und zu meinem Miserere hellauf lachten. Bruder Lektor war fertig, und Signor Piano nahm mich mitleidig bei der Hand, stellte sich vor mich hin und geigte.

Qual nuvol grave e torbida
Sulla tua fronte accolto
Copre il seréno, o Fillida,
Del tuo leggiadro volto?

»Lassen Sie mich in Frieden!«, versetzte ich ärgerlich und stieß ihn auf die Seite. »Bruder Lektor hat mir eine Lektion gegeben, die ich noch vierzehn Tage auf mir herumtrage.«

»*Pauvre enfant*«, fiel die Chaudelüze ein, »du dauerst mich, aber es wird dir bewusst sein, dass deine Mutter dich mir nur unter der Bedingung übergab, dich den Schmerz kennen lernen zu lassen. Also!«

Ich schwieg, die Schwestern umringten mich, Gerundio küsste noch einmal seine Beute, und dann setzten wir uns mit unseren leeren Krügen in Bewegung nach der Heimat.

Piano sang und geigte uns vor:

Wenn der Krug bricht,
Macht man ein ander Gesicht!
Und ist er gebrochen,
So geht's in die Wochen,
So geht's in die Wochen!

Ich schwieg mäuschenstill, aber die anderen sangen es ganz gemütlich nach.

Das war nun, Schwestern, die Hochzeit zu Kana. Am Karfreitag ging es anders her. Doch ehe ich euch erzähle, was da geschah, vorher die Geschichte Saint-Val des Combes', der verkappten Fredegunde, wie ich sie schriftlich und mündlich auswendig gelernt habe.

Als wir müde und erschöpft an Leib und Seele zu Hause angekommen waren, ging ich mit Eulalia und Fredegunde auf unser Zimmer, und da mir nach den denkwürdigen Ereignissen dieser paar Tage nichts wünschenswerter sein konnte als Ruhe, so zog ich mich gleich aus und legte mich ins Bett; Fredegunde wollte mit mir anbinden, ich stieß ihn aber heftig zurück. Ärgerlich darüber, nahm er Eulalia, legte sie zu meinen Füßen aufs Bett, deckte sie auf und befriedigte zwei-, dreimal hintereinander seine Lust; dann schlüpften beide zu mir, nachdem sie vorher Tee und Biskuit bestellt hatten, und Saint-Val sagte zu mir: »Ich bin Euch meine Lebensgeschichte schuldig. Amalie! Sie haben mich einmal fleischlich kennen gelernt, und ich bin nun willens, Ihnen auch von meiner Seele so viel zu zeigen, als über der Vorhaut eines Unbeschnittenen zu sehen ist.

Ich bin lange kein so großer Sünder wie der Kaiser Basilius, der fünfzehntausend Bulgaren die Augen ausstechen ließ. Ich glaube, nicht hundert Mädchen entjungfert zu haben, und dennoch quält mich oft der Teufel und stellt mir dergleichen natürliche Taten wie Todsünden vor den Spiegel meines Gewissens, und dann weiß ich mir nicht besser zu helfen, als dass ich der ersten besten Dirne, die mir in den Wurf kommt, unter das Hemd greife und mir Absolution hole.

Wenn ich die Weltgeschichte betrachte, so möchte ich sie mit Füßen treten, kein schönes Mädchen aber wird mir zumuten, ihr ein Gleiches widerfahren zu lassen: ich schließe also daraus, dass ein schönes Mädchen mehr wert ist als die ganze Weltgeschichte und setze die ganze Vilaine, an deren Ufern ich mich oft ergötzte, in der ich mich oft rein wusch, gegen meine eigene Méchanceté, wenn das nicht in der Ordnung ist.«

III

Die verkappte Fredegunde erzählt Monika ihr Leben.

Ich bin der jüngste von zwei Brüdern und drei Schwestern. Von Jugend auf hatte ich einen starken Hang zur Einsamkeit, und gewisse Gefühle, die in der ersten Lebensblüte am stärksten sich mitzuteilen pflegen, umfingen meine Phantasie mit immer neuen Bildern und Gegenständen.

Mein Vater verwaltete in der Nähe von Rennes von den weitläufigen Besitzungen des Fräuleins von Sarange, einer der ersten Erbinnen in dortiger Gegend, die Meierei Travemorte.

Ein starker Wiesenbau, etliche Kleefelder und auch etwas Obstbaumzucht beschäftigten uns alle jahraus, jahrein, und unsere Kirschen erhielten fleißig Zuspruch aus dem benachbarten Rennes.

Mein Bruder lief in seinem zwölften Jahre auf und davon, weil ihm mein Vater einmal, im Beisein der Schwestern und ein paar alten Weibern, den bloßen Hintern gehauen hatte; und ich habe seitdem nichts mehr von ihm gehört.

Meine älteste Schwester kam zu einem reichen Geistlichen in die Stadt und besuchte uns öfters zur Kirschenzeit.

Ich und Manon und Madelaine blieben bei den Eltern.

Meine Schwestern waren alle schön, aber ihre Schönheit rührte mich nicht. Ich habe sie nackend gesehen, habe ihnen allen in unseren leichtfertigen Spielen auf die geilste Weise Röcke und Hemd aufgehoben, nie aber mich gereizt gefühlt. Die Bande des Blutes hatten ihre kalte Gewöhnlichkeit über ihre Reize ausgegossen, und kein aufgeschlossener Sinn war fähig, diese zu vertreiben.

Was mir an meinen Schwestern entging, empfing ich doppelt von jedem weiblichen Wesen, das sich mir näherte; und ich würde nicht fertig, wenn ich dir alle die kleinen Anekdoten aus dem Reiche der Sinnlichkeit mitteilen wollte, von denen ich selbst der Held war.

In meinem dreizehnten Jahre, es war um die Heuernte, sandte mich mein Vater mit einer ansehnlichen Summe Pachtzins nach Rennes zu dem Fräulein von Sarange, von der es hieß, dass sie eine Braut sei. Unweit Vitry in einem angenehmen Tale, das mit Erlen und Buchen prangte, fand ich ein allerliebstes Mädchen im Gras liegen und schlafen. Ein großer Strohhut lag über dem Gesicht, und eine Bewegung im Schlaf hatte ihr linkes Knie bis über das graue Strumpfband entblößt. Der Anblick goss ein elektrisches Feuer durch alle meine Adern, und der Stammhalter meiner Kraft stand schon gerüstet zum Streit, ehe er noch den Kampfplatz erblickte.

Hier, Camille!, sagte ich zu mir selbst, hier musst du dein erstes Abenteuer bestehen, und ohne mich lange zu besinnen, bückte ich mich und sah der artigen Cephise unter das kurze Röckchen; das neidische Hemdchen hatte die prallen

Schenkel bedeckt, und was ich sehen wollte, verriet sich kaum durch eine kleine Bewegung, welche die Schläferin machte. Ich fuhr ihr mit der Hand unters Hemd, und ein leises Zucken zwischen den Lenden munterte mich auf zum Siege. Bedächtig hob ich die kleinen Füßchen hoch in die Höh' und erblickte zwischen den niedlichen Hinterbacken den schönsten Rosenschmetterling (Lithosia rosea), den je meine wollüstige Phantasie gehascht.

Noch denke ich mit Entzücken an die erste, vollständige Lust meines sinnlichen Lebens. Ich zog mein Sacktuch heraus, breitete es über die vom Zephir bewegte Leinwand, legte bedächtig die zarten Fleischpartien ausgespreitet nieder, deckte die noch immer Schlafende bis über den Nabel auf und vollendete mein Werk ohne die geringste Schwierigkeit.

Nun erst erwachte die Heuchlerin und fing so beweglich an, zu weinen und sich zu gebärden, dass ich in der Angst meines Herzens keinen anderen Trost für sie wusste, als meinen Gürtel zu öffnen und ihr ein paar Goldstücke von dem Pachtzins in den Schoß zu werfen. Das schien ihre Tränen zu stillen.

Ich bat, mir noch einmal den Anblick ihrer Reize zu gönnen und mir zu erlauben, ihren Schmetterling auch von hinten zu haschen, und ohne ihre Antwort abzuwarten, hob ich ihre Kleider auf, legte sie auf den Bauch, spreitete ihre Schenkel voneinander und hatte, was Mutter Natur allein lehrt, diesmal so gut begriffen, dass das Mädchen keine Silbe davon verlor und in aufgelöstem Entzücken der Empfindung tiefste Sprache stöhnte.

Ich fragte nach dem Namen meiner Kleinen und erfuhr, dass sie Fanchon hieße, von Vitry sei und ihre Base besuchen wollte, die noch eine Stunde von der Stelle, wo ich sie antraf, entfernt bei einer adeligen Witwe sich aufhalte. Ich küsste sie noch einmal, deckte sie noch einmal auf und versprach, sie bei meiner Zurückkunft heimzusuchen; sie sagte mir die Wohnung ihrer Eltern, und ich sollte einen Vorwand ansinnen, der mich bei ihnen ohne Verdacht einführen könne.

Was wirst du nun anfangen, Camille, sagte ich zu mir selbst, als ich meinen Weg fortsetzte und im Andenken an meine Freigebigkeit das Unheil überschaute, das ich mir dadurch auf den Hals gezogen hatte.

Nach langem Hin- und Hersinnen fiel mir ein, die Naht meines Gurtes aufzutrennen, einige Goldstücke in meine Hosen fallen zu lassen und so, verwahrt vor allem bösen Verdacht, in voller Unschuld bei Fräulein Sarange Rechenschaft abzulegen. Beim Anblick der Türme von Rennes pochte mein Herz hörbar über dem unschuldigen Corpus delicti; je näher ich aber der Stadt kam, desto freier atmete ich, und als ich die steinerne Stiege des Fräuleins betrat, fehlte meinem Mute weiter nichts als die Dreistigkeit des Lügners, mit der er seine eigene Lüge für die Wahrheit zu halten genötigt wird.

Auf der ersten Etage erblickte ich keine Seele. Ein Korridor zeigte sich meinen Augen mit einer langen Reihe von Zimmern. Ich ging von Tür zu Tür und – lauschte durchs Schlüsselloch. Leere, nur mit Möbeln angefüllte Zimmer, nirgends einer oder eine der Bewohner zu erblicken. Seltsame Leute, die Vornehmen, sie sind nirgends zu Hause, nicht einmal in ihrem eigenen! Endlich kam ich an eine offene Tür und, da ich mich hier nicht gut durch das Schlüsselloch unterrichten konnte, auch zu viel Lebensart besaß, als unangemeldet mich einzuführen, so klopfte ich bescheiden an. Kein: Herein! Kein: Wer ist da! Ich wiederholte. Nichts zu hören, nichts zu sehen! Nun verging mir die Geduld, ich drückte die Tür auf und trat ein. Es war ein Vorzimmer. Die nächste Tür, die ich erblickte, stand ganz auf. Ohne weitere Umstände trat ich ein. Ich sah mich in einem prächtigen Zimmer, eine Reihe Gemälde beseelte auf einige Zeit meine Aufmerksamkeit; endlich war mir's, als hörte ich im Nebenzimmer ein Geräusch; ich klopfte an, öffne, da mir niemand antworten will; es war ein Schlafkabinett. Glänzenderes und Herrlicheres hatte ich noch nie gesehen. Susanne und Potiphar zeigten sich in ihrer Blöße zwischen kristallenen Spiegeln; die geile Margarethe von Anjou unter den gaulischen Stößen ihres Leibkutschers; und die ehrbare und begeisterte Jeanne d'Arc unter der grauen Standarte des feurigen Esels nach Auflösung schmachtend – zierten die Seiten eines damastenen Himmelbettes. Die holdselige Johanna besonders hatte ihre prallen Schenkel so weit voneinander gespreitet, dass die ganze Regentschaft des Tartarus auf dem starren Eselsschwanze, eine Hauskapelle des hl. Dionys obendrein im muskulösen Bauche Platz gefunden haben würde.

Ich konnte den Anblick nicht aushalten; schnell hatte ich meinen Minos aus meinen Beinkleidern gezogen und wollte eben tun, was schon Onan im ersten Buche Mosis aus Bosheit getan hatte, als ich Stimmen hörte. Hier mich sehen zu lassen war gar nicht meine Absicht, also fasste ich kurzen Entschluss und kroch unters Bett, immer meinen Tröster in der Hand haltend, der seine poetische Gestalt nicht ohne einen stattlichen Reim verlassen wollte.

Kaum lag ich, so trat Fräulein von Sarange am Arm eines Domherrn ein.

»Also, meine süße Beaujeu«, fing der Domherr an, »sollen wir armen Sklaven Ihrer verderblichen Reize dem Schicksale des Tantalus entgegensehen?«

»Kann ich anders?«, versetzte das Fräulein. »Ich bin nicht gerade in dem kritischen Fall, in welchem einst die Braut Maximilians, Anna von Bretagne, sich befand, als sie die Gemahlin Karls des Achten wurde; ich würde den meinigen besser zu lösen wissen.«

»Die Kirche hat nähere Rechte an eine natürliche Heilige, wie Sie sind, meine reizende Aurelie, als Sanchez und Offranville«, widersprach der Domherr. »Und sehen Sie selbst« – hier öffnete er seine Beinkleider und zog den einzigen wahren Schlüssel der Kirche hervor –, »können Sie dem Unvergleichlichen dieser Kraft wohl etwas entgegensetzen, das es herabwürdigte unter das Profane des gemeinen Lebens?«

»Vergandin!«, versetzte Aurelie, und ihre Augen funkelten, »Sie wissen, dass ich mich nicht bestimmen lasse, weder vom Staat noch von der Kirche; von meiner Liebe selbst nicht, wenn ich nicht will. Aber ich liebe Euch beide, und das, was mich einzig in Unruhe setzt, ist die Unentschlossenheit, welchem unter Euch beiden ich mich ganz zu widmen habe, ohne den anderen zu verlieren. Offranville hat das Recht, Vergandin die Natur auf seiner Seite, der Staat organisiert die Körper. Sie, Vergandin, sind Malteser und Domherr, folglich verloren für das Band der Ehe, Offranville Soldat und Staatsdiener und als solcher ...«

»Halte là! Ma chère«, fiel der Domherr ein und fasste seinen Sprengel, »Sie sind die verlobte Braut der Kirche.«

»Bin ich das?«, entgegnete Aurelie. »So beweisen Sie mir Ihre Rechte hier gleich auf der Stelle an diesem Betstuhl. Disziplin, sagten Sie mir mehr als einmal, ist die Seele der Kirche, noch bin ich eine Jungfrau und unentweiht, wie es mein Wille bisher von mir forderte, und dieser Wille ist es auch, der mich Euch näher bringt als Offranville. Ich stehe in Briefwechsel mit der Äbtissin der Klarisserinnen in B., sie ist meine Freundin, und wer weiß, was ich tue, wenn ich einmal zwischen Euch entschieden habe. Geschwind, versuchen Sie einmal die Strenge Ihrer Überredungskraft an meinem Leibe und ob es leicht ist, mich zu besiegen, wie Sie wähnen.«

Hier warf Aurelie Vergandin eine dicke Rute, die unter dem Betstuhl lag, entgegen und kniete vor ihm nieder. Vergandin hob ihr, ohne ein Wort zu sagen, die Röcke auf, legte sie ihr über den Rücken, hielt ihr das Hemd in die Höhe und fing an, sie zu peitschen. Aurelie streckte den reizenden, schneeweißen Hintern dem strengen Werkzeuge der Zucht entgegen und gab nicht einen Laut von sich. Ich verlor beim Anblick dieser himmlischen Reize beinahe alles Bewusstsein, und der Teufel selbst muss unter den Fesseln des Erzengels seine Vernichtung nicht stärker gefühlt haben als ich in diesem berauschenden Anblick.

Kaum aber hatte Vergandin kräftig einige Dutzend Hiebe auf diese fleischerne Tafel des Gesetzes eingegraben, so unterbrach ein lautes »Ha!« die laszive Exekution, und ein blanker Degen blitzte an der Tür des Kabinetts.

Ein Offizier, wie ich nachher erfuhr, vom Regiment Penthiêvre, stand mit flammendem Gesicht der kirchlichen Gewalt gegenüber.

»Ah, *bienvenu*, Offranville!«, rief ihm Aurelie entgegen,

sprang auf, und der Domherr nahm die eine Rute unter den Arm und verbarg die andere unter sein schwarzes Gewand.

»Vous m'avez vaincu«, fuhr Offranville gegen den Domherrn fort. »Sie haben gesiegt, denn noch habe ich Aurelies Busen kaum zur Hälfte erblickt, und Sie« – hier ging Offranville auf Vergandin zu – »Sie sind in meiner Gewalt, ich könnte Sie hier an diese Wand spießen, allein Sie sind ein Nebenbuhler, der nach Recht und Gewissen behandelt zu werden verdient – und sind Malteser. Erwarten Sie mich also diesen Abend vor dem Tor.«

»Nein, Offranville«, versetzte jener, »im Chor der P.-Kirche, diesen Abend zwischen sieben und acht.«

»Auch gut, als Malteser aber.«

»Ja!«

Aurelie nahm jetzt Offranville bei der Hand, führte ihn zu einem Sitz und setzte sich zwischen ihn und den Domherrn. Nachdem sie beide einige Augenblicke fixiert hatte, wand sie mit sanfter Gewalt Offranville den Degen aus der Hand, steckte ihn ein und fing an zu erzählen.

»Offranville«, sagte sie, »ich will Ihnen etwas erzählen, um Ihnen einen Beweis zu geben, dass ich den despotischen Charakter jener Leute, die vom Ruhme leben, mehr denn zu genau kenne, als dass ich mich einem unter ihnen blindlings zu unterwerfen vermöchte. Hören Sie denn: Der türkische Kaiser Mahomed der II., ein junger furchtbarer Held, fasste den Entschluss, ein Welteroberer wie Alexander der Große zu werden. Schon hatten seine Waffen sich das orientalische Kaisertum unterworfen, und nichts vermochte ihn in seinen weiteren Siegen zu unterbrechen als – zügellose Wollust. Irene, eine schöne Griechin, fesselte ihn an ihren häuslichen

Schoß, und entnervt und entmannt von allem kriegerischen Mut, lag der Held Asiens vergraben in der Fülle ihrer Reize. Sein Großvezier Mustapha Pascha unterstand sich, ihm deswegen Vorwürfe zu machen. ›Ich vergebe dir deine Verwegenheit‹, sagte der Sultan. ›Versammele die Janitscharen morgenden Tages auf dem Exerzierplatze.‹ Dieses angeordnet, erwies Mahomed seiner über alles geliebten Irene noch einmal die zärtlichsten Liebkosungen und befahl ihr dann, am Morgen in ihrem köstlichsten Schmuck zu erscheinen. Irene gehorchte, und Mahomed führte sie auf den Exerzierplatz, wo der Kern seiner Truppen sich versammelt sah. Alles erstaunte beim Anblick von Irenes Schönheit, und alles huldigte ihr. ›Soldaten!‹, sagte Mahomed, ›ich wollte euch selbst urteilen lassen, ob die Natur je ein vollkommeneres Werk hervorbringen kann als dieses hier.‹ ›Nein! Nein!‹, riefen die vorher erbitterten Soldaten. ›Es lebe Irene! Hoch lebe ihr glücklicher Gemahl!‹ ›Nun denn‹, fuhr der Kaiser zu den um ihn gruppierten Generalen und Paschas fort, ›so wie Ihr dachte ich auch, ungeachtet der Ruhm das höchste Ziel aller meiner Wünsche war. Nun aber, da ich jetzt höre, dass Ihr meine Liebe tadelt, denke ich wieder wie ehedem, und ich will euch zeigen, dass ich nicht nur Herr über die ganze Welt bin, sondern auch über mich selbst.‹ Und hier zog er sein Schwert, ergriff mit kalter Grausamkeit das lange Haar der Irene und trennte mit einem Streich ihr schönes Haupt von dem reizenden Leibe.«

»*Diable, c'est bien vrai*«, schrie Offranville, als Aurelie geendet hatte, und sprang auf. »Mais …«

»Keine Widerrede!«, versetzte Aurelie und sprang auch auf. »Sie werden mich verstehen und werden es fühlen, was ich an Ihrer Seite zu fürchten habe.«

»Aurelie«, murrte Offranville, »du liebst den Domherrn mehr als mich, denn du hast ihm einen Teil deiner Reize enthüllt.«

»Offranville, ich liebe dich wie den Domherrn, denn ich enthülle dir hiermit einen anderen Teil meiner Reize, den bis auf diese Gegenwart noch niemand gesehen hat außer mir selbst.«

Hier führte Aurelie Offranville an das Bett, unter dem ich vernichtet lag, wandte dem Domherrn den Rücken und deckte sich bis an den Gürtel auf.

»Ha!«, schrie in entnervtem Entzücken Offranville, zog seinen Degen und hielt ihn an den geheimnisvollen Eingang der Lust. »Teufel!«, lallte er. »Teufel! Reizender aller englischen, eingefleischten Teufel! Soll ich?«

»Armer Wicht!«, rief Aurelie, gab Offranville einen Stoß und – auf dem Boden lag der starke Held, in halber Ohnmacht, als hätte der Schlag ihn gerührt ob dem Anblick von Aurelies entblößten Reizen. Diese ließ ihre Kleider fallen, half ihm auf die Füße und sagte: »Vergandin! Offranville! Lasst euren Streit beruhen bis auf Maria-Magdalenen-Tag; dann entscheidet ihn in meiner Gegenwart.«

»Gut«, brummte Offranville, »und wo?«

»Im Kreuzgang der P...«

»Sie sind ein Engel, Aurelie!«, rief Vergandin und küsste ihr die Hand. Offranville entblößte ihr den Busen und drückte einen langen Kuss auf die beiden Brüste.

Aurelie bat jetzt die beiden von ihren Reizen Berauschten, sie zu verlassen, und Arm in Arm gehorchten sie dem Befehl ihrer Gebieterin.

Einem Bezauberten gleich lag ich während dieser imposanten Szene unter meinem Bette; unfähig, mich zu rühren, hatte die Agonie der Lust mich in den Schwindel eines Champagner-Rausches versenkt.

Kaum waren die beiden seltsamen Liebhaber weg, so lag auch das noch seltsamere Fräulein von Sarange, getrieben vom Stachel verhaltener Begierden, mit aufgehobenen Röcken und Hemd, mit weit voneinander gespreiteten Lenden auf dem Sofa und bewies sich die Vorzüglichkeit alles irdischen Vergnügens mit ihren reizenden Fingern so unwiderlegbar, dass das Sofa, wie von Crébillon gefüttert, sich zu bewegen anfing und der ganze über alle Beschreibung reizende Akt so heftig auf mich wirkte, dass ich, wahnsinnig aus meiner Spelunke hervorgerissen, mit herabgelassenen Beinkleidern der eben agonisierenden Aurelie wie ein Meteorstein vor die zuckenden Lenden und Füße niederfiel.

Ein lauter Schrei, der geile Krampf ihrer Schenkel, das Überströmen ihrer Liebesmuschel, eine erstarrende Ohnmächtigkeit löste sich in meiner Erscheinung, in meinem Hintreten wie Sturm und Gewitter in einem Platzregen auf.

Aurelies Augen waren wollüstig geschlossen, die meinigen starrten auf ihre herrlichen Reize; ich weidete mich wie ein Lämmchen auf des Lebens schönsten Auen und ...

»Oh! Ich bitte dich, Liebe, decke dich auf«, bat mich jetzt Fredegunde. Ich gehorchte, und der Schalk öffnete seine reizenden Lippen, umfasste damit den krausen Haarschmuck meiner Empfindsamen und sagte, angefüllt mit dem Balsam der cyprischen Göttin:

»So würde ich auf dem zauberischen Anger des Fräuleins von Sarange ins Gras gebissen haben, wenn noch irgendeine Kraft in mir gewesen wäre, meinen niedergeschmetterten Körper zu erheben.«

Aurelie erwachte aus ihrem süßen Vergessen, blickte mich starr mit ihren zarten Augen an, setzte ihren linken Fuß nebst seiner alabasternen Säule auf den Boden, erhob sich und trat, indem die Gardinen des himmlischen Theaters niederfielen, rasch zu mir hin.

»*Comment, drôlesse!*«, fing sie zürnend zu mir an und hob mich in die Höhe. »*Que veut-on dire avec cette masquerade?* In männlicher Kleidung, unter meinem Bette?« Ohne ein Wort weiter zu meiner Verständigung hinzuzufügen, ergriff sie die Klingel und schellte.

Clementine, ihr Kammermädchen, die ich kannte, trat ein.

»Sieh her! Clemence!«, rief Aurelie ihr entgegen, »Fredegunde ist verrückt geworden.« Mit diesen Worten nahm sie einen Stuhl und befahl Clementine, mich über ihn zu legen.

Clementine gehorchte stillschweigend. Wie ein Bündel Wäsche ergriff die Hexe mich, und ehe ich noch wusste, wie mir geschah, lag ich mit aufgehobenem Hemd, wie ich sollte; Clementine hielt mich fest, dem Huhn, das eben zum letzten Mal sein *Gare à vous!* gekräht hat, ähnlich, und Aurelie ließ ihre zarte Hand so derb auf die südliche und nördliche Halbkugel meines rustikalen Fleisches fallen, dass ich laut aufschrie.

Während der Exekution bewegte ich mich so heftig, dass mein Gurt aufging und die schönen Dukaten den Teppich des glatten Bodens übersäten. »Was ist das, Fredegunde?«, schrie Aurelie beim Anblick des Geldes.

»Verräterin, du hast entfliehen wollen! Sieh, Clementine, das sind alles Proben meiner Gütigkeit! Die Unverschämte, fort hat sie laufen wollen und mich verraten. Ha, das verdient Strafe!« Und nun wurde die Züchtigung so hart wiederholt, dass mein armer Hinterbacken brannte wie die Schmiedeesse Vulkans.

»Clemence!«, fuhr Aurelie fort, »die Dukaten sind dein, und diese Spitzbübin da nimm mit dir ins grüne Zimmer und peitsche sie so lange mit Ruten, bis sie gesteht, was sie anfangen wollte.«

Clementine hob mich auf und riss mich mit sich fort.

»Wo ist Eugenie?« (das war die Nichte Aurelies), fragte jene noch.

»Sie wird im Bad sein«, versetzte Clementine.

Aurelie befahl mir, das weiße Negligé von Eugenie anzuziehen, vorher aber, so wie diese das Bad verlassen hätte, mich hineinzuwerfen; mit dem Geständnis hätte es noch Zeit.

Clementine befahl mir zu folgen, kaum konnte ich mit der einen Hand die Beinkleider halten, es war ein besonderer Auftritt.

Wir gingen durch eine lange Reihe von Zimmern nach einem verschlossenen Vorsaal.

Clementine klopfte an. »Sind Sie fertig, Mademoiselle?«, rief sie, und eine Silberstimme antwortete: »Ich komme augenblicklich.« Auch war dieses kaum ausgesprochen, als schon die Tür sich öffnete und ein holdes Geschöpf uns entgegenschwebte. Clementine lachte, winkte mit den Augen und sagte Eugenie, das wäre die Landläuferin Fredegunde, die sie in das von ihr verlassene Bad führen sollte. Eugenie lächelte, öffnete ihr Busentuch, sah in den weißen Schnee der jungfräulichen Brüste hinein, als wollte sie ihr Herz ergründen, und lispelte: »Gnädige Tante haben doch wunderbare Einfälle, man muss gestehen, sie ist die Einzige ihrer Art.« Hierauf verließ sie uns, und in zwei Minuten lag ich mutternackend im Bade, in dem nämlichen Wasser, das noch vor wenigen Augenblicken den zarten Leib der reizenden Eugenie umschlungen hatte.

Ich schwamm in einem Meer von Seligkeiten, und während mich Clementine mit köstlicher Seife rieb, besonders lange auf meinen derben Hinterbacken verweilte, dachte ich an den jugendlichen Busen Eugenies und bedeckte ihn mit tausend Küssen.

Bald stand ich, schöner als Loredanos Adam, vor der blinzelnden Clementine.

Sie drückte mir einen brennenden Kuss auf den Teil meines Leibes, der jetzt, aller seiner Spannkraft beraubt, kaum eines Feigenblattes bedurfte, um seine sündige, zu Empörungen geneigte Natur zu verbergen, zog mir das Hemd, das Eugenie abgelegt hatte, nebst einem weißen Negligé an und führte mich nach dem grünen Zimmer.

Dort fanden wir Aurelie und Eugenie; Eugenie saß am Fenster, und Aurelie, völlig unangekleidet, das heißt im Hemd und schneeweißer Mantille mit offenem Busen und entblößten Armen, stand vor ihr.

»Beinahe«, sagte eben Aurelie zur Nichte, und ich und Clementine, Befehl erwartend, standen in der Mitte des Zimmers, »wäre mir Arrivens Schicksal zuteil geworden.«

»*Que vous me dites*«, versetzte Eugenie und sah ihre Tante so zweideutig an, dass diese das treffliche Edle in diesem: *Que vous me dites!* über das berühmte Hamlet'sche: *Geh in ein Kloster!* setzte, mit einem »*Ah, je comprends!*« dem reizenden Mädchen die Näherei aus den Händen nahm und ihr befahl aufzustehen.

Eugenie gehorchte, Aurelie stellte sie gegen die Sonne, welche eben am hohen Mittag die rotseidenen Gardinen transparierte, und hob ihr Röcke und Hemd bis über den Gürtel in die Höhe.

Entzückender Anblick! Die herrlichen Formen der jungfräulichen, noch nicht entweihten Glieder erröteten im purpurnen Gardinenglanz des schleierhassenden Tages-Gestirns; nur allein das Madonnenangesicht, das, während Tante die zarten Lenden öffnete und aufmerksam die heimlichen Wunder der schalkhaften Natur betrachtete, der Sonne selbst in den Flammenspiegel schaute, behielt seine Lilienfarbe.

»*Ah, ma nièce! Ma chère!*«, rief Aurelie und drückte einen Kuss auf die Lippen der Lust, deren edles Lispeln der Kulturmensch so verächtlich behandelt.

»*Ah, ma nièce!* Dir kann ich alles gestehen! Unentweiht sehe ich das Symbol deiner Seelen-Unschuld mit meinen leiblichen Augen, und du verstehst mich, hast mich ganz durchdrungen, vor dir habe ich nichts zu verbergen.«

Schnell war sie verhüllt, und Aurelie fuhr fort:

»Ja, meine Liebe. Arrivens Schicksal hätte ich zum Teil heute erlebt. Den Pater Anselm fand ich schon im Beichtstuhl; ich hatte nicht viel zu beichten, dem System getreu, dass keine Sitte ohne Sinne, keine Sittlichkeit ohne Sinnlichkeit zur Vollkommenheit oder Vollendung reife und hohen Sinn trage, klagte ich ihm bloß, dass ich bis jetzt noch wenigen Versuchungen mit Mühe widerstanden hätte; alle wären mir leicht geworden.

›Wirklich?‹, versetzte Anselm und sah mich staunend an, ›Jugend! Schönheit! Temperament! Alles hier auf einem Punkte vereinigt – dem des Genusses. Und dennoch – eine solche Tugend ist mir ein Rätsel! Könnten Sie wohl dieses Geständnis dort vor dem Altare der großen Sünderin Maria Magdalena wiederholen, ohne sich Ihrer Eitelkeit und Ihres Stolzes zu schämen, mein Fräulein?‹

›Das kann ich!‹, war meine Antwort.

›Nun, so kommen Sie‹, versetzte Anselm und trat mit mir aus dem Beichtstuhl vor den Altar der Maria Magdalena, der, wie du weißt, in einem Winkel steht.

Ohne mich zu besinnen, was zu tun, oder abzuwarten, was Anselm von mir verlange, warf ich mich auf die Stufen des Altars nieder und sprach: ›Heiligste, frömmste aller Sünderinnen meines Geschlechts!‹ Kaum waren diese paar Worte den Lippen gleichsam entronnen, so fühlte ich mich festgehalten, fühlte mir Röcke und Hemd aufgehoben und meine Lenden auseinandergezogen.

Kein Laut kam über meine Lippen, auch war niemand in der Kirche. Wie eine Bajadere wand ich mich hin und her; Herkules selbst hätte mich nicht zu Schanden gemacht.«

»Das tat Anselm, der Schwächling?«, fragte Eugenie.

»Gott bewahre!«, fuhr Aurelie fort. »Es war der reizende Romuald, unser Domherr, der auf der letzten Maskerade deinen Beifall so ungeteilt erhielt.«

»Dieser?«

»Dieser! Er war im Chorrock und ohne Beinkleider. Das ganze reizende muskulöse Unterteil seines schönen Leibes ruhte auf meinen bloßen Hüften; sein wütendes Glied drängte sich wie ein Donnerkeil durch die Lüfte nach meinem Schoße hin, aber – vergebens! Ich presste es mit meinen Lenden so fest und mannhaft zusammen, dass er nicht einmal sich des Zaubers zu entledigen vermochte, der seine Begierde bis zur Wut aufgeregt hatte.

›Mademoiselle! Mademoiselle!‹, stöhnte der Wütende. ›O Anselm, einen Dolch mir her! Stoß ihn in den Busen der Abscheulichen.‹

›Madeleine! – Madeleine! Sainte Madeleine!‹, rief ich. ›Sieh, was ein Weib vermag!‹

›In aller Teufel Namen!‹, schrie jetzt Romuald, als ich immer fester hielt, ›lass mich los, du Hure ohnegleichen! Dein sei der Sieg.‹

Ich öffnete meine Schenkel, und im Nu war ich von Anselm zugedeckt und der Domherr Romuald verschwunden.

Anselm küsste mir die Hand und sagte: ›Ich gebe Ihnen Absolution bis zu Ihrem vierzigsten Jahre.‹

›Sparen Sie Ihre Mühe, Pater!‹, versetzte ich. ›So lange gedenke ich nicht zu leben. Ohne Reize keine Versuchung! Sie werden nächstens von mir hören.‹

Damit ließ ich ihn stehen und ging, und zwar in dem festen Vorsatze, heute noch wie Klarissa mein Testament zu machen und morgen zu sterben.«

»Tante!«, schrie Eugenie, »zu sterben?«

»Ja! Offranville und Vergandin sind beide rasend. Ich will ihnen zuliebe nicht toll werden, wie es die Welt nennt, sondern sterben!«

Mit diesen Worten blickte Aurelie auf uns, die wir andächtig zuhörten, und sagte: »Komm her, Fredegunde!«

Ich ging zu ihr, kniete nieder, hob ihr Mantille und Hemd auf und küsste ihr linkes Knie, indem meine Augen das dunkle Tal der Liebe zu erspähen suchten. Clementine riss mich in die Höhe, Aurelies Hemd kam wie ein Isisschleier über meinem Haupte zu liegen, und ehe ich noch aufgerichtet stehen konnte, ruhte schon mein Mund auf dem Labyrinth der Menschheit, zerrten schon meine scharfen Zähne an den feinsten aller adrianischen Härchen.

Hier sieht auf dem
wellumbrauseten Ufer von Dia
Ihrem mit ausgespanntem Segel entfliehenden
Theseus Ariadne nach.
Und es zerteilt sich das Feuer,
Welches die heilige Grotte verbirgt.

CATULL UND PHILOSTRAT

»Du Unverschämte!«, rief lachend Aurelie und trat zurück, dass ihre schneeweißen Lenden den schalkhaften Augen der Nichte entgegenstrahlten. »Was ist aus dir geworden?«

»Sag mir, wer hat dir männliche Kleider gegeben?«

»Männliche Kleider!«, rief ich im völligen Bewusstsein dessen, was ich fühlte, und hob meine Kleidung bis auf den Nabel in die Höhe. – »Männliche Kleider?« –

Die Spitzbübinnen alle drei schrien laut auf, als sie mein starrendes Glied vor sich sahen wie eine Lanze vor dem Behemoth.

»*Ma foi!*«, rief Eugenie, indem sie zu mir trat und mit ihrer Nadel, ehe ich es mir versah, den roten Schaft stach, dass ich laut aufschrie.

»*Ma foi, c'est Janthe!* Gemahlin des Iphis.«

»Wahr!«, versetzte Aurelie, »aber den Busen hätte Isis ihr lassen sollen; versuchen wir einmal, was wir können! Legt das unverschämte Jünglings-Mädchen hier über den Stuhl. Du, Clementine, halte sie fest, und du, Eugenie, greife ihr in den Busen und fahre mit deiner zarten Hand auf den Brustwärzchen hin und her.«

Ich stellte mich, als wollte ich entlaufen; schneller als der Blitz erhaschten mich die Mädchen, legten mich über den Stuhl und entblößten meinen Hintern.

Himmel, wie erschrak ich, als ich jetzt Aurelie mit einer aus Klaviersaiten geflochtenen Rute vor mir stehen sah.

»Ach, gnädiges Fräulein!«, schrie ich, und Clementine hielt meine Hände in die Höhe, und Eugenie fuhr mir in den Busen. »Ach, gnädiges Fräulein, haben Sie Mitleid mit meinem armen Hintern!«

»Bin ich gleich glücklicher gewesen als Eduard der Dritte bei der schönen Gräfin Salisbury.« Hier hatte ich schon den ersten Hieb weg, ich hob meinen Hintern hin und her. »So wissen doch auch gnädiges Fräulein sehr wohl, dass Dummheit in verliebten Sachen so unverzeihlich – als – das Au! Au! Oh, mon doux Jésus! Als ...« Hier regnete es Hiebe. »Als – als das ›Honni soit qui mal y pense‹ – ab-ge – Jésus – schmackt – Hi! Hi! Hi!«

Ich fühlte mein Blut fließen, es war kein königliches, aber ein gesundes rosenrotes Blut.

Ich schrie erbärmlich, ob es mir schon nicht halb so weh tat, als wenn mich Vater oder Mutter gezüchtigt hätten; ungestümer aber schlug mein Herz unterm wachsenden Busen; denn je stärker Aurelie schlug, desto mehr fühlte ich, wie ein Paar jungfräuliche Brüste unter Eugenies wundertätigen Händen ihr entgegenzitterten.

»Es ist genug, genug!«, rief jetzt Eugenie und riss mir das Halstuch ab.

Aurelie hörte auf zu schlagen und befahl Clementine, mich umzukehren.

Wie ein Wirbelwind ergriffen die beiden Teufelinnen mich armen Liebesketzer und hielten mir die Schenkel voneinander. Aurelie zog ihr Taschenmesser, ergriff mein Glied und wollte …

(Hier konnte ich nicht umhin, Fredegundes Erzählungen zu unterbrechen, ich deckte mich auf und wollte mir mit den Fingern Luft machen, aber mein Schalk zog sie sanft hinweg und gab mir, was ich verlangte, worauf er folgendermaßen fortfuhr:)

Aurelie ergriff, wie ich dir sagte, mein Glied und wollte es abschneiden. Aber Eugénie schrie: »*Bon Dieu! Que voulez-vous faire! L'aiguillon de l'abeille est un instrument, avec lequel elle cause de vives douleurs à plus d'une personne; pourtant c'est la faute de ceux, qui en sont piqués, n'ayant tenu qu'à eux de l'éviter; mais qu'on désarme l'abeille en lui ôtant cet aiguillon, ce sera le moyen de ne plus retirer d'elle le moindre service.*«

Aurelie lachte und sagte:

»Nichte! Ihre naturhistorischen Bemerkungen sind hier völlig passend und also« – hier warf sie ihr Messer aufs Sofa – »mag ich nicht einmal Kastraten und Nachtigallen ihren Beweisen entgegensetzen; beide pfuschen uns ins Handwerk, und eine männliche Sopranstimme ist mir so unausstehlich wie ein Mädchen ohne Zunge – oder ein – Klaviermeister ohne Stimmhammer.«

Eugenie lächelte. Clementine holte Eau de lavende und trocknete damit meinen Hintern ab, und Aurelie befahl, mich auf mein Zimmer gehen zu lassen.

Clementine führte mich vor die Tür, hob mir die Röcke auf, gab mir einen Schlag auf den armen übervorteilten Hintern und sagte: »Marsch! Fort!« Ich wollte aufs Geratewohl rechts gehen. »Wohin?«, schrie Clementine, »wohin?« Ich lachte ihr ins Gesicht, griff ihr unter die Röcke und lief links so weit fort, bis ich am Ende des Korridors ein Zimmer offen fand.

Ohne mich lange zu besinnen, trete ich ein, ziehe mich aus und lege mich, von tausend süßen und schmerzlichen Gefühlen bestürmt, in das weiche seidene Bettchen.

Ich fühlte keinen Hunger und keinen Durst. Vor mir hing ein großes Gemälde, Jupiter und Leda in der süßesten Vereinigung vorstellend. Ich sah es so lange an, bis mir über den aufgehobenen Röcken einer gewissen Prinzessin, die in Lebensgröße neben dem Jupiter unter den groben Händen eines Bedienten ihre Reize enthüllen lassen musste, die Augen endlich zufielen.

Als ich erwachte, dämmerte es schon. Totenstille herrschte rings um mich her, und der Abendwind rauschte in den Pinien und Pappeln des Gartens so abenteuerlich, dass ein Schauer mich überlief.

Jetzt hörte ich eine Tür öffnen, hörte in deutscher Sprache, von der ich etwas gelernt hatte, singen:

Jüngst flog ein Täubchen auf das Dach,
Der Tauber sah's und flog ihr nach –
Ich bin dein Mann, und du bist's Weibchen,
Du loses Ding, wie will ich dich!
Das Täubchen schwieg und bückte sich,
Und drauf – drauf ward es Friede.

Und sah, gerade als die Sängerin geendet hatte, Eugenie mit einer Wachskerze eintreten.

Sie stellte die Kerze auf ein Klavier, das von starrenden Priapen getragen wurde, phantasierte eine Cavatine und stand dann, betrachtend die mächtigen Zeugungsglieder.

Über dem Klavier hing die ›Schwächung der Thamar von Absalon‹. Absalons Priap starrte wie ein Weberbaum in dem über alle Beschreibung geilschattierten Schoße der unschuldigen Thamar.

Eugenies Brust hob sich sichtbar, sie legte ihr Busentuch von sich, langte unter dem Klavier eine birkene Rute hervor, deklamierte mit Gloster in Shakespeares »Lear«, unverwandten Blickes nach der geilen Szene hinschauend:

O villain, villain!
Abhorred villain!
Unnatural, detested
Brutish villain!
Worse than brutish
Abominable villain!

Sie entfaltete erst ihren Rosenschmetterling, und als sie ihn vom Tau der Liebe und der Wollust benetzt fand, ergriff sie gleichsam zürnend, wie Venus den Caduceus, die Rute, entblößte ihren schneeweißen Hintern und zerhieb ihn eigenmächtig so grausam, dass er bald glühte wie eine Purpurrose.

Ich erstickte, zitterte gleich dem Espenlaub, verging in wollüstigem Hinbrüten und wusste keinen besseren Rat, als, umwunden von meinem Schnupftuch, die Lüste des Fleisches selbst zu töten.

Nachdem Eugenie sich genug gezüchtigt hatte, zog sie sich aus, trat mit der Wachskerze ans Bett und öffnete die Gardine.

Ich stellte mich versunken in tiefem Schlaf; die Spitzbübin legte leise das Deckbett weg, hob mir das Hemd auf und bedeckte meinen eingeschlafenen Amor mit ihrer zarten Hand.

»*Ah, qu'il est beau*«, lispelte sie und drückte einen Kuss auf meinen Nabel, »das arme Kind! Schlaf, mein holder Engel, als Riese sehe ich dich bestimmt bald wieder.«

Hier blies sie die Kerze aus und legte sich leise zu mir. Ihr süßer Atem hauchte mir ins Gesicht; ein köstlicher Milchgeruch duftete mir vom reinsten aller jungfräulichen Körper entgegen, und hundert Küsse trafen meine Augen, Wangen, Brüste und alle Teile des sinnlichen Vergnügens. Zitternd ergriff sie meinen Amor und – alle seine angeborene Gewalt zerfloss unter ihrer Hand wie der Schnee am Fuße des Montblanc unter der glühenden Sonne eines schönen Frühlingstages. Ich wandte mich zu der reizenden Sappho, öffnete die zarten, wie Alabaster glatten Lenden, und mein Zeigefinger drang sanft und mit zarter Schonung bis zum innersten Eingang der Lust.

Wenige Minuten und ein seliges, schuldloses Hinbrüten umfing uns mit den stärkenden Fittichen der Nacht; süße Vernichtung versiegelte unseres Daseins heimlichstes Leben.

Die Sonne lauschte an den himmelblauen Gardinen, als ich erwachte, und ich wollte Eugenie mit einem Kuss wecken, als Clementine hereintrat.

»Fredegunde«, rief sie leise, »geschwind zum gnädigen Fräulein!«

Ohne mich zu besinnen, drückte ich meine Lippen auf die reizende Schläferin und eilte zu ihren Füßen von weichem Lager.

Clementine warf mir einen Unterrock über, eine Mantille um und nahm mich bei der Hand.

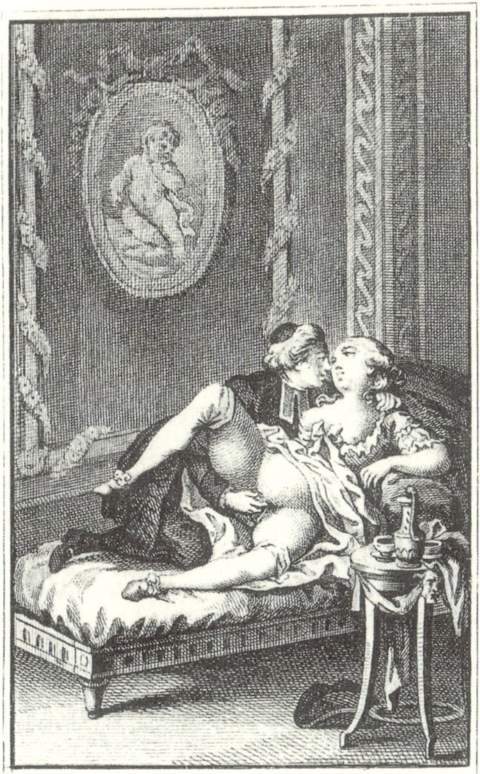

Die Hexe sah reizend geil aus. Ihr kurzes, wie eine englische Admiralsflagge wehendes Unterröckchen bedeckte kaum die Knie, und ein nachlässig über den bloßen Schultern hängendes Busentuch enthüllte, wie es ihm aufgegeben zu sein schien, die schönste Brustvertiefung, die je als Apotheose der Venus clunis und aller weichen, glatten, zitternden Arschbacken das Licht des Tages ohne hässliche Heimlichkeiten verriet.

Schon an der Türe ließ Clementine mich plötzlich wieder los, lief mit einem lauten Schrei ans Fenster, zog die Gardinen auf, stellte den einen Fuß auf einen Stuhl und deckte sich so rasch auf, dass es schien, als wollte sie die Strahlen der blitzenden Sonne zwischen ihren geöffneten Lenden auffangen.

»Ach, Fredegunde! *Ha, la coquine! Elle vaut une – pucellade!*«

Ich eilte zu ihr – und – was war es? Ein Floh! Eine Revolution, eine Evolution zugunsten weiblicher Schönheit und Lüsternheit.

»Schöne Clementine«, lispelte ich und fuhr ihr an den schönen Haarwuchs, der in üppiger Fülle am Eingange der Lust prangte. »Wir wollen das verwegene Geschöpf strafen – ungestraft hat es die Geheimnisse der Venus Nigra dem alles verratenden Tageslichte offenbart, und so soll nun sein Stachel in Riesengröße … Sehen Sie!« Hier entblößte ich meinen Stachel, und Clementine ließ sich mit ausgebreiteten Lenden, stillschweigend gehorchend, über die Lehne eines weichen Sessels nieder – die Wunde zur wohltuenden Heilung ohne Barmherzigkeit aufs Neue zu öffnen.

Wütend und schnaubend wie ein Eber, von Entbehrungen gestärkt und von Reizen in Flammen gesetzt, senkte sich mein Amor in Clementines Liebesgrotte so tief ein, dass wir beide alles Bewusstsein verloren und – ziemlich abgekühlt uns abtrockneten und verhüllten.

Noch schlief Eugenie, und Clementine riss mich mit sich fort.

Sie führte mich in den jungfräulichen Kreis der Hausgesellschaft; ein Frühstück, Schokolade, Kuchen, Biskuit, Bordeaux und Überbleibsel von dem gestrigen Abendschmaus, den meine in Wollust gesättigte Seele dem abgespannten Leibe entzogen hatte, beschäftigten jetzt unsere Zähne, stillten Hunger und Durst und erweckten den sechsten Sinn, nicht Melzers moralischen, sondern den sinnlichen des Lucretius zu neuen Genüssen.

Die Mädchen waren alle ausgelassen lustig. Ich deckte eine nach der andern bis übern Gürtel auf, keine aber konnte mit Clementines geheimsten Reizen einen Vergleich aushalten.

Schon hatten mich die Schäkerinnen ergriffen und mit bloßem Unterleibe auf den Tisch gelegt, als ein Wagen an der Tür vorfuhr und Clementine ängstlich rief: »Um Himmels willen, geschwind! Geschwind – die Braut kommt! Die Braut kommt!«

Die Schäkerei hatte ein Ende, und ich musste mit Clementine zum Fräulein.

»Was hast du getan, Clementine?«, rief Aurelie ernsten Blickes ihr schon in der Tür entgegen.

»Verzeihung, Allwissende!«, und stürzte in ebendemselben Augenblick ihr zu Füßen, als über den Korridor ein holdes weibliches Wesen, in milchweiße Gaze gekleidet, mit zurückgeworfenem meergrünem Schleier an mir vorbeiflog und Aurelie um den Hals fiel.

»Willkommen, meine Liebe, am letzten Tage deines Brautstandes! Venus oder Diana?«, fragte das Fräulein.

»Urteile, entscheide selbst, Aurelie.«

»Noch nicht, Lucilie.« Hier griff sie der Ankommenden unter die Röcke und klitschte ihr die Lenden. »Noch nicht, Liebe, erst muss ich dieser Hetäre da (auf Clementine zeigend) ihre Schönheitslinie einmal nach Hogarth vorzeichnen, damit sie nicht so unwissend wie eine Pariserin im Paradies in bloßer, nackender Unschuld vergesse, was Mein und Dein ist.«

»Verzeihung, gnädiges Fräulein«, rief weinend die alles fürchtende Clementine und umfasste Aurelies Knie, »Lust ist grenzenlos!«

»*Laissez la faire – nous sommes des enfants*«, bat Lucilie.

»Eben darum«, versetzte Aurelie und entblößte Clementines Hintern, so wie er in erhabener Peripherie vor ihr sein Schicksal zu erwarten schien, »setze Schmerz ihr Grenzen. Kinder müssen frühzeitig die Rute haben; späterhin schlägt das Schicksal und die Liebe so grausam und blind zu, dass Stumpfsinn und Dummheit vergebens ihre Hülle um die Gepeitschten wirft, vergebens ein großer Dichter wie Wieland die alten Tragiker und die neuen Trauerspiele – und unsere Clementine – schön findet.« Hier streifte Aurelie Clementines Hemd über den Rücken hinauf, und Lucilie rief, entzückt von der Schönheit der beiden Erdhemisphären: »Nein!«

Nein, ein solches Gesäß hat außer Amor
Nie ein Gott gebildet noch besessen.

»Schone! Schone!«

»Nein! Nein!«, deklamierte Aurelie und fing an, mit ihren zarten Händen das noch zartere Fleisch der allerliebsten kleinen Hinterbacken zu kolorieren.

»Nein! Nein!«

Es weinen die Seelen unmündiger Kinder am Eingang,
Welchen der bleiche Tod das süße Leben missgönnt,
Sie von der Brust der Mutter ab in das bittere Grab riss.

IV

Aurelie bringt als Einlage in die Variationen über das Thema des fleischlichen Genusses einige philosophische Gedanken über falsch verstandene Sitte, die Liebe, Schönheit, Freude tötet und die Welt in eine Hölle verwandelt.

»Steh auf, Clementine, du mordest deine Seele, die Früchte deines Leibes durch wollüstige Triebe und gierige Befriedigung. Aber fürchte dich nicht, solange Millionen ihr Leben auf dem Schlachtfelde für Unsinn verbluten, dem Ehrgeiz eines Einzigen zu frönen, so lange sind die Früchte des Weibes ein Rätsel des Leibes und seine Auflösung Fluch und Verdammen.

Lucilie! Lucilie!«, fuhr Aurelie fort und fasste tragischlächelnd jene an der Hand, »gibt es ärgere Menschenmörder als die Großen? Die Welt hält Gericht über eine Kindermörderin, o des Unsinns – tausendmal Tausende sterben schuldlos von der Hand ihrer Brüder. Doch Geduld! Es bleibt nicht so – dort im ›Tartarus‹ hatten:

Die unschuldig mit Unrecht zum Schwerte verurteilt
worden –
Hatten den nächsten Platz und ihnen wurde der Sitz dort

Nicht ohn' Urteil und Recht beschieden; richterlich hält
Minos die Urn' und das Los; er beruft die geschiedenen Seelen
Mit Strenge zum Verhör und erforscht der Schuldigen Leben –
Jenseits werden die Rätsel des Lebens uns aufgelöst.

Jenseits, Lucilie! Diese Erde ist der Opferaltar des Herrn, kein Gewissen wird verschont, keine Unschuld bleibt ohne Schuld; und der Sieg des Bösen ist – die Verdorbenheit des Guten.

Hüte dich vor dir selbst, vor deinen Leidenschaften, hüte dich vor der Liebe – und des Gewissens Riesenkraft sinke zum Zwerge zusammen vor den Strahlen deiner hohen Einsicht. Im ›Tartarus‹ ist nicht gut zu wohnen, Lucilie«, fuhr sie lächelnd fort, »höre, wie Bodmer weiterdichtet:

Dann ist die Gegend, die folgt, den Finstern gegeben,
Die an sich selbst Hand gelegt und unwillig zu leben,
Ihrem Geist aus dem Leibe gejagt. Wie wünschen sie jetzt
Unter dem oberen Himmel mit Not und Jammer zu kämpfen!
Aber das Recht verbeuts, sie bindet der traurige Fluss an,
Und der verhasste Pfuhl, der Styx, der um die Gefilde
Neunmal herumgeschlungen sie hält. Nicht weit von dem Platze
Lieben die Läng' und die Quer' verbreitete Felder des Jammers
Weit umher. Der Name, mit dem sie genannt sind, ist: Wehe.

Hier verbergen sich in die entlegensten Gründe die Seelen.
Welchen die unerbittliche Liebe am Leben genagt hat.«

»Die unerbittliche Liebe«, versetzte Lucilie – »nein, diese kenne ich nicht – sie heißt Hass. *Mais:*

C'est un autre amour dont les vœux innocents
S'élèvent au-dessus du commerce des sens.
CORNEILLE

Warum fürchten wir diese?« Aurelie drückte einen Kuss auf Luciliens Lippen, zog ihr das Brusttuch auf, küsste sie auf die linke Brust und fuhr fort:

Hier versteckt sie ein Wald von Myrthensträuchen. Die
Sehnsucht
Plaget sie nach dem Tode. Hier wohnen Phädra und
Prokris.
Hier ist Eriphyle, sie zeigt die grausame Wunde.
Die ihr Sohn ihr geschlagen, Pasiphae hier und Evadne,
Laodamia bei ihnen und Käneus, ein Jüngling geboren,
Nachher ein Weib, dann wieder zurück zum Mann gebildet
Und Dido von Sidon
Die alle und Tausende irren da immer, verloren durch
Liebe.

Dieses mit Emphase und hoher Rührung gesprochen, reicht Aurelie Clementine die Hand, die soeben sie gezüchtigt hatte, und Clementine küsst sie. Lucilie Volanges flog an das Pianoforte, phantasierte und sang:

Weich geschaffen, dringe unter Lust und Schmerzen
Meines Schicksals Härte mir zum Herzen.
Der Natur geheimste Reize fesseln mich,
Für das Schöne hebt mein Busen sich.

Aurelie trat leise zu ihr hin, bückte sich, griff ihr unter die Kleider und entblößte sie bis an den Gürtel, ihr dann die Lenden voneinander ziehend und den geheimsten aller Reize betrachtend, erkennt sie an den hervorstehenden üppigen, glühend roten Lippen der Wollust, in der zarten und naiven Volanges keine Venus, die züchtig verbirgt, was sich verbergen lässt, sondern eine keusche Diana, die natürlich enthüllt, was die Natur an ihr nicht ins Verborgene zeichnete.

Noch weiter voneinander zog Lucilie ihre Lenden und fragte lächelnd: »Nun, was bin ich?« und riss Aurelien die aufgehobene Kleidung aus den Händen.

»Ein Engel bist du«, rief entzückt Aurelie, »eine Diana, ein offenes Geheimnis der Natur«, und küsste ihren Mund.

Lucilie lachte, schob Aurelie auf die Seiten und sang und spielte:

Rasch, Geliebter! öffne meines Schoßes Lippen –
Eh' noch Sappho von Leucatens Klippen
Ihrem Phaon krampfhaft jetzt entgegenstöhnt –
Jede Lust der herbe Schmerz verhöhnt.

Frech zerreiß den Schleier meiner weißen Lenden!
Lass dich nicht von ihrem Glanze blenden.
Zwischen ihnen thronet Amors Lebenskraft,
Stirbt des Herzens blöde Leidenschaft.

Leg' die Kleidung mir auf den gebeugten Rücken,
Meinen bloßen Hintern zu erblicken,
Den selbst Venus schöner, fester nicht ausspannt,
Wenn ihn züchtigt Mavors harte Hand.

Gute Götter! Oh, lasst mich in Lust und Schmerzen,
Lasst mich sterben unter Amors Schmerzen.
Dir, Geliebter, weih ich meinen Jungfraukranz!
Dir, Verhasster, einen – Eselsschwanz!

Wir lachten alle, und Aurelie führte mich zu Lucilie und deckte mich auf.

»Was hältst du von diesem weiblichen Amor?«, fragte sie diese schäkernd und gab ihn ihr in die zarten Hände, indem sie Clementine winkte, uns zu verlassen.

Lucilie errötete und manipulierte mein Glied unter ihrer hohlen Hand so ausnehmend reizend, dass es sich zwischen ihren Fingern durchdrängte und seinen Balsam über ihre Lebenslinie ausgoss.

»*Ha, ma petite; que vous êtes belle!* Ein wahrer Käneus, Aurelie, ein kleiner Schäker!«

»Lass dich von ihm öffnen, Siofna heißt die Liebesgöttin der Skandinavier, versuche es! Deinem Bräutigam bleibt doch noch viel zu tun übrig.«

»*Venez, mon enfant*«, rief Lucilie, hob ihre Röcke und ihr Hemd von allen Seiten in die Höhe und legte sich mit ausgebreiteten Lenden aufs Sofa. Ich, berauscht vom Anblick solcher nie gesehener Reize, werfe meine Kleider von mir und stürze mich wie ein Herkules über sie hin. Unaufhaltsam dringe ich vorwärts, wehe tat ich der reizenden siebzehnjährigen Volanges; Blut, rosenrotes Blut floss vom

Altar der Liebe; aber ein Genüge vermochte ich ihr leider nicht zu leisten.

Bald war ich erschöpft, und matt sank ich neben der kräftigen Ritterin ins Sofa zurück.

Aurelie hatte ihre Röcke abgelegt, ihr Hemd unter das Korsett geschoben; kaum lag ich ohnmächtig da, so warf sie sich auf Lucilie, und beide vollbrachten ein so wütendes Fingerspiel, dass ihre Schenkel und Hinterbacken zitterten wie die Palmen Memphis', wie die Wogen des Ozeans, wenn Boreas sie zusammenschüttelt.

»Schmerz hebe die Lust«, fing jetzt Aurelie an und arbeitete fort, »und der Unlust träge, ärgerliche Sinne vernichte wollüstige Vernichtung.«

»In allem, was du Sinnliches tust« – hier hob Lucilie ihren linken Schenkel so hoch in die Höhe, dass der ganze glühende Eingang der Lust sich versichtbarte, spreitete beide mit grazienhaftem Anstand voneinander und schloss sie wieder in so schöner pythischer Wut, rollte so begeistert die großen funkelnden Augen, blähte so herrlich den schwanenweichen Busen, und laute Seufzer erdrückten sich im lieblichen Munde so wollüstig, dass mir das Gesicht verging und ich nur hörte, was Aurelie sprach –, »liebe Volanges, oder beginnen willst oder dir widerfährt, begleite dich sittlicher Anstand, sittliche Grazie. In der Befriedigung sinnlicher Lüste steht oft der Mensch unter dem Tier; sein stolzer Eigendünkel findet das oft lächerlich und schädlich, was ihm das Leben gab und so manche Sorge, so manchen verzweifelten Anschlag ihm aus dem niedergedrückten Gemüte wegrückte.

Die Tugend bedarf keiner Scham, und Schamhaftigkeit ist nichts als der letzte aufgehobene Schleier der Schönheit.«

Hier schmolzen beide zitternd und zuckend zusammen, und nach einem leisen Seufzer fuhr Aurelie fort:

»Die Macht der Schönheit ist unüberwindlicher als die Kraft der Tugend. Dennoch sind beide eins; und beide verderben unter dem giftigen Hauche des Neides; und beide richtet der unerbittliche Tod.«

Hier setzten sich beide, entblößt, wie sie waren, aufs Sofa.

»Es gibt eine weibliche Seelenschönheit, man sollte sie nur moralisch und durch bloße platonische Anschauungen genießen. Es gibt eine natürliche Körperschönheit, die gleichsam selbst zum Genuss einladet und es als ein Verbrechen gegen die gütige Natur ansehen darf, wenn man sie geringer schätzt als die Flamme oder die Muskatellertraube. Wäre ich Gesetzgeber, hier würde ich Todesverbrechen beweisen. Beide, die Schönheit der Seele und die des Leibes, sind ja ohnehin dem Verderben und der Auflösung unterworfen, warum sie nicht genießen, warum sich ihrer nicht teilhaftig machen?

Nicht zu lieben, nicht zu genießen sind die größten Verbrechen gegen die Gottheit und Natur – aber der Teufel, welcher fähig ist, Unschuld des Gemüts und des Herzens, Reinheit der Seele und des Leibes, heiteres Leben, edles, frohes, einfaches Dasein zu beleidigen, zu vergiften und zu zerstören (und hierher inculpiert auch der ganze Tross der Kritiker und Despoten aller Art, als welche nicht gern allein wissen mögen, was gut und böse ist), für den sind Qualen der Hölle nicht Strafe genug.

Zwar ist im Menschen die Macht tierischer Leidenschaften und sinnlicher Triebe oft so groß und unbezähmbar, dass nirgends kein sittliches Gefühl des Gewissens Rechte an ihm zu behaupten fähig ist, aber diese Tiermenschen entschuldigt der größte Mangel an intellektuellem und intelligentem Vermögen, Mangel an Gefühl und Einsicht. Was alles dem Kulturmenschen in einem hohen Grad mitgeteilt ist und durch eigene falsche Anwendung ihn bis zum raffinierten Bösewicht herab- und hinaufzubringen vermögend ist.

Niemand – meine Liebe, hat ein Recht, mir das zu entziehen, was die gütige Natur und ihr Schöpfer mir verliehen haben, niemand ein Recht, mir Gesetze vorzuschreiben, wo meine natürliche Willensfreiheit nicht die eines anderen Individuums beeinträchtigt, und was die Sittlichkeit mir nicht selbst diktiert und die Liebe als verwerflich erscheinen lässt, davon überzeugt mich kein Gesetz.

Richter des Herzens und der Sinne, der Taten und des Lebens erheben sich zwar unter und über den Menschen wie wütende Stürme und Gewitter, Pest und Krieg über den Kreis der Erde, zu ihrer Strafe, zu ihrem endlichen Erwachen. Kein Gesetz aber kann mir aufgeben, das subjektivisch zu ehren, was objektivisch die Gewalt hat, mir zu schaden oder mich zu demütigen. ›Wer bist du, der du dich unterstehst, deinesgleichen oder andere zu richten, ihnen die höchste und reinste Objektivität dessen, was da richtet, vor die Augen zu stellen?‹ Diese Frage, liebe Lucilie, erstreckt sich über alles, was dem Menschen imputiert oder zugerechnet werden kann.

Lassen Sie es sich gesagt sein, das Anmaßende unserer Natur und Erziehung hat die härteste Scheidewand zwischen Mensch und Mensch gezogen, und sie allein ist das erste und größte Hindernis der Selbsterkenntnis.

Wie tief ist der Mensch gefallen! Neid, Zorn, Rachgier,

Bosheit, Unbilligkeit, Härte, Ungerechtigkeit, List und Betrug füllen das innerste Heiligtum seiner Seele, gehen in Taten über und prägen sich in den ärgsten Zügen auf seinem Angesicht aus. Lavater hat nur die guten Stoffe der Physiognomik behandelt; eine wahre Musterkarte aus des Teufels Fabrik ist auf jedem Bal paré und jeder Spielgesellschaft zu ersehen, selbst im höchsten Genuss der Geschlechtsliebe dringt der Dämon des Verderbens à la Justine hervor.

Wie nun den Menschen im Menschen dem Verderben entreißen? Wie hoch, auch noch so tief gefallen, ist er fähig, sich zu erheben, durch den Zauber der Imagination, durch Erkenntnis der sichtbaren und unsichtbaren Gottheit in der Natur wie im Menschen, durch Tugend und Rechtlichkeit und Pflicht.

Und wie fröhlich laden nicht die Sinne das reine Gemüt des Naturkindes zum Genuss ein. Alles schmilzt in uns in Andacht dahin, bei den einfachen und harmonievollen Akkorden der Glocke – durch erhebenden Gesang, durch erhabene und heilige Geheimnisse stimmt das Herz sich für die Gedanken einer besseren Welt. Das virgilische Geläute der fröhlichen Herde, das Zwitschern der Zikade, die himmelansteigenden Töne der Lerche, unsere vom Feuer des Tagesgestirns in glänzenden Farben prangende Atmosphäre und das sanfte Licht der still unter den Geistern der Nacht dahinwandelnden Selene, o Lucilie, dieses alles – Natur und Kunst – Gottes- und Menschen-Schöpfung – Lust und Schmerz, der herrliche kraftvolle Leib eines deutschen Herkules und der Rosenschmelz einer französischen Psyche – erheben den gefallenen, von niedrigen Leidenschaften und Genüssen befleckten Menschen aus dem angewöhnten und anerzogenen Schlamm seiner Unarten, erheben ihn, dass er, frei seiner Tierheit sich entlassen, frei in das glühende Auge der Welt und in das sanfte eines liebenden Weibes zu blicken vermag – erheben ihn zur Andacht und zum seligen Entzücken.

Aber es soll auch dieser Mensch, sollen wir so empfinden, so genießen, dass wir nicht vergessen das Elend von Tausenden und abermals Tausenden, die für alles dieses weder Sinn noch Gefühl haben.

Nur die Mittel, wie dieses geschehen soll, stehen nicht im Willen gemeiner Meinung, bleiben noch zum Teil Fragen ohne Antworten. Sollten wir durch die strenge Zucht moralischer Forderungen, gleich militärischen mit Exekution eingetrieben, sie für dergleichen verkannte Lebensgüter empfänglich machen?«

»Um aller Götter und Heiligen willen nicht!«, rief Lucilie aus. »Du! – Eine Priesterin der Natur, geschmückt mit Euphrosynens und den Reizen der heiligen Genoveva zugleich, wer würde dich in Paris, Chantilly oder Sarange unter einer solchen Dogmakapuze nicht unausstehlich finden?«

»Du hast recht«, fuhr Aurelie fort, »es gäbe keinen größeren Unsinn, keinen härteren Despotismus. Wie bisher soll es unsere Pflicht bleiben, durch unsere Reize zu siegen, zu bilden und zu bekehren. Der Macht der Schönheit soll selbst die weibliche Eitelkeit weichen und der Liebe erhabenste und zärtlichste Momente allein unsern Triumph über männliche Gesetz-Tyrannei feiern. Wo aber dieses am brutalen Sinn des Tiermenschen abgleitet wie fruchtbarer Regen am öden Felsenkuppen, da zeige das Weib, was es vermag! Eins sei Corday und Agrippina, Dido und Elisabeth von

Angoulême; sie seien eins im ganzen Gefühl ihrer vollkommenen richterlichen Weiblichkeit.

Aus hartem Marmor bildete Praxiteles seine knidische Göttin, und die korinthische und dorische Säule trägt aufs Edelste ungeheure Lasten. Verwandelt beide in Holz, wie mögen sie dem Wurm des bösen Gewissens und den Strömen widriger Schicksale und Leiden widerstehen? Darum bleibe eisern die Schönheit in eiserner Zeit, und unwiderstehlich durchschneide sie Herz und Nieren, Sinne und Gedanken.

Versöhnend aber öffne sich unser Herz und Schoß da, wo das schielende Auge der Konvenienz und die elende Politik der Selbstsucht, wo mit Gewalt aufgereizte Leidenschaften zu Verbrechen führen und den Unglücklichen an den Rand des Abgrundes der Verzweiflung schleudern.

Ja, Lucilie, aber entkleide dich! Fredegunde, hilf uns, ein Kräuterbad soll unsere verscheuchten Sinne zurückrufen: Die Verhältnisse des Guten und Bösen, des Legalen und Unlegalen sind oft so untereinandergeworfen, dass sie ihre Rollen wechseln und gräuliches Unheil anrichten.«

Hier zog ich Lucilie die seidenen Strümpfchen ab. Ha, Monika, wie reizend war sie.

»Und noch nie«, fuhr Aurelie fort, »hat ein Mensch, auf dieser Erde gewandelt, sagen können: Ich habe nichts zerstört, nichts abwendig gemacht von guter Tätigkeit, nie Gutes in Böses, nicht Böses in Gutes verkehrt!

So, liebe Lucilie, pflege ich zu philosophieren, und wie ich liebe und hasse, will ich Ihnen heute zeigen – kommen Sie!«

Aurelie stand schon nackend vor mir; Lucilie ließ den Unterrock sinken, und mit zitternden Händen streifte ich die letzte Hülle ihrer Schamhaftigkeit vom alabasternen Leibe.

Die schönen Hetären umfassten sich, und Aurelie sagte im Gehen durch mehrere Zimmer hindurch nach dem Bade, indem sie mir winkte, ihr zu folgen:

»Überall siegt das Physisch-Geschlechtliche, nirgends, selten das Göttlich-Intelligente, soweit es dem freien Menschen imputiert. Die *Materia genetrix* ist auch *Materia peccans*, und an ein Gleichgewicht zwischen Natur und Religion, Freiheit und Notwendigkeit ist nicht zu denken, solange die Tierseele über die Gottseele in vernünftigen Menschen siegt und Gesetze ihn zur verständigen Maschine bilden.«

Wir waren im Badezimmer, Aurelie sprang ins marmorne Becken und zog die zaudernde Lucilie nach sich; mir wurde bedeutet, ihr zuzuhören oder den Vögeln im Garten. Ich stellte mich an das hohe Fenster des Pavillons und wandte mein Gesicht gegen die zwei schönsten der Grazien, die je mein Auge wieder gesehen!

Aurelie fuhr fort:

»In allem, was Natur unserer Sinnlichkeit, von ihr Sittlichkeit das *Reflexum*, zu erkennen gibt, zeigt sie sich einfach und eins, allein im Element zusammengesetzt. Aber im Wesen des frei handelnden Menschen schwindet diese Einfachheit der Substanz; die Seele selbst, als das Einfachste aller Erscheinungen, ist in jedem Teile ihres Körpers etwas anderes, als sie ohne denselben sein würde.

Die Natur scheidet sich in allen ihren unendlichen Werken von der Einheit zur Einfachheit und einigt sich nur genetisch in der Haltung; aber der Mensch einigt und verbindet sich physisch und moralisch im Heterogenen und Komplikativen seiner Erfahrungen und Erkenntnisse. Nicht, als gäbe es keine einfachen Menschen, Naturen und Wesenheiten, aber selbst diese besitzen die Fähigkeit, mit anderen sich, selbständig bleibend, zu vermischen, ja gänzlich in sie überzugehen, ohne ihre Originalität zu verwischen. Eine Fähigkeit, welche weder die materielle noch tierische Natur – als Symbolik und Wesenstufenleiter von Geist und Menschheit – in *specie* noch in *genere* besitzt, chemisch aber durch die Kunst der Menschen erzeugt werden kann.

Diese herrliche Kunst, durch welche der Mensch wie ein Gott der Natur befiehlt und eigenmächtig ihre festen Schranken umstürzt, durch welche er auch das Abweichendste zu verbinden vermag, diese muss uns lehren: ›Was wir sein können, wenn wir wollen – durch den Genius der Menschheit‹, während die ganze übrige Schöpfung erst der Allmacht des Schöpfers bedarf, um aus sich selbst herausgehen zu können.

Doch vergebens sehen wir Hände an den Menschen; sie gehen und handeln ohne Hände; das Elend frisst die eine Hälfte; das Laster verschlingt die andere Hälfte dieser vierzweibeinigen Erdbewohner, und wir gehen nicht weit um, rechnen wir sie zu den Affengeschlechtern. Zwar erhebt sich dieser Mensch durch seine Vernunft über die Tiere, aber seinen Charakter und seine Selbständigkeit muss er noch immer unter den Tieren suchen.

Und darum, liebe Lucilie, stehen auch wir auf dem Punkt, wo uns die Männer gern stehen sehen. Wir wollen ihnen die kleine Freude gönnen! Ihre Herrschaft sei wie bisher die Erde, wir durchfliegen die Räume der Himmel, und zurück bleibt der träge Erdenkloß trotz aller seiner Inspiration.

Komm her, Fredegunde, ziehe dich aus und beginne das

Werk der körperlichen Reinigung an uns«, endete Aurelie, und ich gehorchte. Versehen mit wohlriechender Seife und Tüchern, sprang ich zu ihnen hinein – in das lauwarme Bad, nach Hufelands Vorschrift bereitet, und fing mein Geschäft mit Aurelies üppigem Unterteile, besonders mit allen ihren Erhabenheiten und Vertiefungen so emsig an, dass sie kaum Zeit behielt, ihren oberen Rosenmund zu öffnen und mir zu befehlen, an Lucilie mein Heil zuerst zu versuchen. Ich gehorchte, und Aurelie küsste Lucilies Brüste und befahl ihr, sich auf den Rücken zu legen und ihre Lenden voneinander zu breiten. Lucilie gehorchte, und ich begann und endete zwischen den schönsten Punkten des Lebens – zwischen Lucilies jungfräulich-enger Rose und der reizendsten Öffnung ihres hochgewölbten Hinterns – mit einer solchen energischen Besonnenheit, Schonung und Sachkenntnis, dass diese zärtliche Braut mir, als ich fertig war, mit einem Kuss lohnte. Während diesen herrlichen Manipulationen und Mesmerischen Reibungen sagte Aurelie noch Folgendes:

»Hast du einmal Gelegenheit, Lucilie, deine Haut durch ein Vergrößerungsglas zu betrachten, so wirst du dir leicht eine treffende Ähnlichkeit zwischen dem Körper des Menschen und dem Weltgebäude zu abstrahieren verstehen. Diese ewige und unbewegliche Masse von Fixsternen sind das Gehirn des Äthers, aus ihnen fließt dem Geiste des Menschen alle Erkenntnis und alle Weisheit nach der Kraft und Empfänglichkeit seiner Organe zu. Feuer und Blut ist ein und dasselbe Fluidum. Beim Erblicken des Skorpions denke dir die Herrschaft des Herrn als schaffendes Prinzip; bei der Jungfrau die Regentschaft des Weibes, und Saturn ist das öffentliche Geheimnis der Zeugung. Alles, was der

Mensch im Kleinen, ist die Welt im Großen, alle Teile ein zusammenhängendes Ganzes.

Auch die Zusammensetzungen und Verbindungen chemischer und mechanischer Reize auf und in dem animalisch-menschlichen Körper ergreifen durch den großen Überfluss kylischer Fülle dermaßen unsere Sinne in wollüstiger Leibesvereinigung, dass dadurch aller Verstand, alle Bosheit und alle Tugend des Anstandes und der Schamhaftigkeit vernichtet, als völlig unnötig, gleich abgeworfenen Kleidern, in süßer Untätigkeit vor uns liegen. Himmel und Erde werden in Bewegung gesetzt, und die Herrlichkeit und Macht der Schöpfung gleicht einem Feiertag, dem Sinne und Gemüt in entzückender Andacht huldigen.

Aber, liebe Lucilie, zu einer solchen Schöpfungspalingenesie, zum Genusse einer solchen Wollust gehört eine gesunde gewissensfreie Seele und ein von keinen Ausschweifungen entweihter Körper, wie offenbar unser Erdkörper schon ein solcher geworden ist und durch wiederkehrende Revolutionen werden wird. In unorganischen Körpern ist der Chemismus der Natur herrschend, je mehr die Kultur das Physische verlässt und sich verständlich dem sinnlichen Menschen macht, desto mehr werden die Güter des Genusses uns entzogen, und unser Eigendünkel allein ist es noch, der seine Stelle vertritt.

Seitdem die Schwanzperücken Mode geworden, gibt es keinen Herkules mehr, und der ungeheure Lockenwald aus dem Zeitalter der schönen Valière ist wahre Satire auf unsere kahlen Bunsenritter.«

So weit hatte Schwester Monika den versammelten Nonnen ihre und ihres Freundes Geschichte preisgegeben, als die Tür des Locutoriums aufflog und die immer rasch vorschreitende Schwester Pförtnerin der Schwester Monika einen dicken, dicken Brief einhändigte mit der Bemerkung, ihn habe ein Expresser gebracht.

V

Die Äbtissin erzählt Monika einige Details aus der Geschichte der Klöster. Monika erhält einen inhaltsreichen Brief von Linchen, deren Mitteilungen Monika ebenso überraschten, wie sie unsere Leser befriedigen werden.

Da es eben Mittagszeit war, so wandelten die Nonnen in das Refektorium, und Monika sagte, dass sie zum Nachtische vorlesen wolle, was ihre Freundin, ihrer Mutter ehemaliges Kammermädchen, Linchen, ihr da geschrieben habe.

Als das lateinische Tischgebet gesprochen war, das erst die Äbtissin allein, dann alle zugleich sprachen, bemerkte jene, dass einige unter den Schwestern immer noch nicht die Gewandtheit sich zu eigen gemacht hätten, welche dazu gehöre, die lateinische Sprache, die Sprache der Kirche, zugleich aber auch als die reinste, die nie zische und näsele, mit Kraft und Würde zu reden.

»Der Deutsche zischt; der Franzose näselt«, fuhr sie fort, »der Franzose kann nicht einmal ›non‹ sagen, wenn er die Nase zuhält.«

»Ehrwürdige Mutter«, fiel ihr Monika ins Wort, »erlaubt mir eine Frage: welchen Ursprungs ist wohl das Wort Nonne?«

»Ich will dir davon sagen, was ich weiß, liebes Kind«, versetzte die Äbtissin.

»Das erste Frauenkloster wurde von der heiligen Benedikta, einem edlen Frauenzimmer in Spanien, nach der Regel des heiligen Fructuosus auf einem Platze, der None hieß, erbaut und gestiftet; und es waren in kurzer Zeit achtzig geistliche Jungfrauen in diesem Kloster versammelt.«

»Da könnte man denken«, öffnete Annunciata die Grazienlippen, »diese Nonnen hießen deswegen so, weil alle Vollkommenheit sich mit der Zahl ›Neun‹ schließt und die folgende, die ›Null‹, das Grab, des ewigen Lebens Ideon sei, wenn Christus, diese ewige Einheit, uns durch sie hinbegleite.«

»Wahrhaftig christlich gedacht, liebe Schwester! Das, muss ich dir gestehen, ist mir bei aller meiner Kenntnis in geistlichen Dingen noch nicht einmal eingefallen.«

»Ach«, redete eine Nonne drein, »die französischen Spitzbuben werden uns bald alle verjagt haben.«

»Uns nicht«, versetzte lachend die Äbtissin, »weder der Zauberer Simon noch Merlin noch jener von Thionville wird sich unterstehen, uns anzutasten.

Über die Nützlichkeit der Klöster ist ohnehin längst entschieden, die Protestanten selbst lassen sie nicht eingehen.

Jedermann weiß, sagt Hippel, wie viel an der frühzeitigen Bildung des Verstandes und des Herzens der zarten weiblichen Jugend gelegen ist. Auferbauliche Christinnen, fromme Ehegattinnen, vernünftige Hausmütter haben wahrhaftig in die Glückseligkeit der Ehen, in den Frieden und die Ruhe der Familien, in die Aufrechterhaltung des Nahrungsstandes, in eine wohlgeordnete Kinderzucht und hiermit in die Wohlfahrt eines ganzen Staates nicht geringen Einfluss;

solche rechtschaffene und tugendsame Frauenzimmer werden nun in den Klöstern der Salesianerinnen, in den löblichen Kongregationen, von unserer lieben Frau genannt, in den Pflanzschulen der Ursulinerinnen und Englischen Fräuleins mit vielem Eifer und mühsamem Unterricht erzogen und also wohlgebildet der Welt in die Hände zurückgeliefert.

Andere Nonnen aber von anderen Ordensständen, die vermöge ihres Instituts mit Maria den besten Teil, nämlich das reine beschauliche Leben erwählt haben, die bei den Füßen des Herrn sitzen und sein heiliges Wort anhören, das ist, die sich nur im Beten und Betrachten, Chorgesängen und anderen Werken der Andacht üben, diese genießen schon hier der besseren Welt. Nützen sie der Kirche nichts, so zieren sie doch die Kirche, und ihr Beten kann für alle diejenigen angenommen werden, die nicht beten, sondern wie das Vieh leben.

Jungfräuliche und gottliebende Seelen sind gleichsam so viel schöne Perlen und Granaten am Schmuck der geistlichen Braut Christi. *Collum tuum sicut monilia*, singt das Hohelied. Aber lasst uns die Speisen nicht kalt genießen.«

Als man zum Nachtische Früchte und Gebackenes aufgetragen hatte, zog Monika ihren Brief aus dem Busen und las Folgendes vor:

Liebe Monika!

Der Herr hat mich hart züchtigen lassen, aber zu meinem Heil; und ich suche jetzt nichts weiter, als ihm und meinem Gemahl zu Gefallen zu leben.

Bruder Eligius, der dich einmal so tüchtig peitschte, hat mir gesagt, dass du hier seiest und Monika genannt würdest. Es freut mich herzlich, dass du dieser argen und bösen Welt, an Leib und Seele gesund, entwichen bist, denn wenn man krank ist, hat man nirgends Ruhe. Lass dich nur oft peitschen, unten und oben, das wird, wie Sirach sagt, deinem Nabel gesund sein. (Die Nonnen lachten beifällig.) Ich bin eine gnädige Baronesse geworden, aber mein Gemahl ist kein Bauern-Schinder, er ist die Gütigkeit selbst. Als wir unsere Hochzeit feierten, sagte er zu den versammelten Untertanen: »Wisst ihr, was der Mensch ist und was er sein sollte?«

»O ja, gnädiger Herr! Er ist bös und sollte gut sein.«

»Nicht doch«, versetzte mein Gemahl, »der Mensch hat mit der Natur nichts mehr zu schaffen, sondern mit der Politur. Er ist ein Schurke und sollte ein Edelmann sein.«

Und als mein Gemahl das gesagt hatte, zog er sich vor allen Bauern und Bäuerinnen bis auf den Gürtel aus, und unsere zwei Mägde mussten ihm so lange die Geißel geben, bis das Blut floss. Die Bauern standen erstarrt und wussten gar nicht, was sie sagen sollten, und die Mädels hielten die Hände vor die Augen und flennten. Aber nun kam auch die Reihe an mich.

»Das Herz des Menschen ist nichts nutz« – und hier musste ich mich über einen steinernen Tisch legen, und mein Gemahl entblößte das Unterteil meines Leibes –, »und die Sinne des Menschen« – sagte er und zerhieb mich mit einer fürchterlichen Rute – »sind auch nichts nutz. Darum: Liebe durch Hiebe – Hiebe um Liebe!«

Seit dieser Zeit lässt er sich alle Quatember von den beiden Mädchen den Rücken geißeln, und ich muss mir alle Quatember von zwei jungen Bauernburschen der Reihe nach den Hintern hauen lassen. Ach, Monika, das ist gut!

Besser von der Rute als von niedrigen Leidenschaften gepeitscht werden. Meine beiden Mädchen sind so kirre, dass sie sich, sooft ich will, mir über den Schoß legen und von meinem Gemahl bezahlen lassen. Der Schmerz der Lust ist bitterer als die Lust des Schmerzes, und es muss so etwas in der Seele der Heiligen und Märtyrer vorgegangen sein, dass sie so standhaft so große und viele Martern haben ausstehen können.

Doch, liebe Monika! Ich muss meine Geschichte von da anfangen zu erzählen, wo deine Mutter in Teschen uns trennte. Wissen wirst du, dass sie unsichtbar geworden ist, daher weiß ich dir von ihr auch nichts zu melden, desto mehr aber von mir.

Deine Tante hatte mir meine Kammer anweisen lassen, und ich stand eben vor dem Spiegel und hatte mich aufgeschnürt, als Gervasius eintrat.

»Ich gehe zu meinen Brüdern, den Jesuiten hier«, fing er zu mir an und schielte auf meine Brüste, die ich Mühe hatte seinen steigenden Gelüsten zu entziehen. »Wollen Sie nicht die schönen Kirchen sehen, Linchen?«

»Ich hätte wohl Lust«, war meine Antwort, »allein Sie sehen, Pater, ich bin noch in Reisekleidern.«

»Oh, reizend wie eine Madonna sehen Sie aus, liebes Kind!«, versetzte Gervasius, »und der Staub vom Wagen, der etwa noch dieses reizende Faltenröckchen, dieses schneeweiße Korsettchen beschwert, sollen Zephire wegtragen, weil keine Bürste da ist, wie ich sehe. Kommen Sie!«

Er fasste mich bei der Hand, und ich folgte mechanisch, nicht ohne heimliches Grauen.

Wir kamen an dem bekannten Kloster vorbei; ein Pater stand an der Tür und grüßte uns. Er hatte so etwas Freundliches und Zutrauliches in seinen Blicken, das unwiderstehlich anzog und seltsam mit Gervasius' scheuen und blinzelnden Augen kontrastierte.

»Ei, ei, wohin lieber Bruder in Christo?«, rief ihm der alte Pater zu, als wir noch einige Schritte von ihm entfernt waren und seitwärts gehen wollten.

»Grüß Sie Gott, Pater Sylverius!«, erwiderte Gervasius und führte mich mit sich zu dem alten Mann. »Ich will meine Brüder besuchen und dieses Frauenzimmer da Ihre schöne Kirche sehen.«

»Bin ich Ihnen denn so fremd geworden, dass nicht einmal ein gutes Gläschen Herzstärkung, das Sie sonst so gern von mir annahmen, mich Ihnen in die Erinnerung zu bringen vermag?«

Gervasius lachte, drückte dem Alten die Hand und sagte: »Das heißt *admonere amicum alicui rei*, eines Freundes Freund sein, soweit es das Gewissen zulässt, nicht wahr, Mademoiselle, nicht Gewisseres in der Welt als ein Gläschen Wein?«

Ich lächelte und sagte zu dem alten Manne, ich hätte noch nicht gelernt oder erfahren, die Freundschaft oder die Liebe nach Gläsern Wein oder sonst materiellen Gegenständen zu berechnen, und ich glaubte, Herr Gervasius würde es auch nur zweideutig verstanden haben wollen.

Die Patres lachten, und Gervasius nahm mich bei der Hand und sagte: »Nein, liebes Linchen! In vollem Ernst will ich es verstanden haben, kommen Sie mit, ich will vor Ihnen in der Probe bestehen.«

Ich zauderte. »Oh, Sie werden sich doch nicht vor meinem Altar fürchten, liebes Kind«, sagte Pater Sylverius, ergriff mich bei der Hand und zog mich nach sich zur Tür hinein. »Ich führe Sie hier neben hin, zu unserem Bruder Schreiner. Ein paar Gläser alten Ungar, und Sie werden Gottes Gabe loben.«

Pater Sylverius führte uns wirklich in die Arbeitsstube des Bruders Schreiner, der eben beschäftigt war, einen Sarg anzustreichen.

»*Rex trementis majestatis*, du bist eingetreten in unsere vier Mauern«, rief ernsthaft Pater Sylverius. »Nimm hin, was zu sterben weiß, verschone, was das Leben liebt, und lass dich nur wie ein Missetäter beim Wein finden. Schenk ein, Bernhard«, fuhr er gegen den Bruder Schreiner fort, und dieser schenkte drei Gläser voll roten Wein und reichte ihn uns.

Ich weigerte mich, aber der Alte nahm ihm das für mich bestimmte Glas ab und reichte es mir mit einem Blick, dem ich nicht zu widerstehen vermochte.

Wir tranken alle drei die Gläser auf einmal und rein aus. Kaum aber hatte ich den Wein aus der Kehle, so wusste ich auch nicht mehr, was mit mir vorging. Ein dichter Schleier legte sich vor meine Augen, ich sank in die Knie und vermochte kaum, mich an dem Sarg zu halten.

»Sie ist tot – lebendig tot«, hörte ich noch den Bruder Schreiner sagen und fühlte, wie mich die beiden anderen umfassten und in den Sarg legten.

»Hinunter mit dir! Kind der Sinne und der Sünde!«, schrie mir Gervasius ins Ohr.

»Lebendig tot bist du!« Ich hörte es wie in weiter, weiter Entfernung; aber mein Gefühl war noch lebendiger, denn ich fühlte, wie mir Röcke und Hemd aufgehoben und mein Hintern entblößt wurde – fühlte, wie ich immer tiefer und tiefer sank und dann, wie eine kühle, feuchte Luft sich auf mein entblößtes Fleisch legte.

Mehr aber weiß ich nicht. Ich verlor das Bewusstsein, um aufs Neue im Traum lebendig tot vor mir zu erscheinen.

Es war mir nämlich, als träte ich eben auf dem Münchener Theater – wo ich einmal einige Vorstellungen gesehen und ein paar schöne Schauspieler mit meiner Phantasie genossen hatte – in der Rolle der Braut von Messina, mit Don Cäsar und Don Manuel auf die Bühne. Die Szene stellte ein unterirdisches Gefängnis vor. Don Cäsar und Don Manuel waren als Dominikaner und ich als Zisterzienserin gekleidet. Mein Weisel war zurückgeschlagen und meine Brüste gänzlich entblößt.

Don Cäsar führte mich gegen das Proszenium, ich sah das ganze Theater bis oben an mit Menschen bedeckt. Er deklamierte:

Wohlan, freche Hündin!
Andere Reize sollst du jetzt uns entfalten
Und das Märchen von des Schicksals Gewalten –
Mit der Rute deine Menschheit erziehe so.

Don Manuel legte mich in seine Arme, und Don Cäsar hatte die Unverschämtheit, mich vor allen Leuten bis auf den Nabel aufzudecken, meine Lenden voneinander zu reißen und mit Gewalt mir das zu rauben, was dein Vater selbst, liebe Monika, so edel zu verschonen wusste.

Ich fühlte sein Glied in meinem Schoß eindringen, fühlte mein jungfräuliches Blut an meinen Lenden herabfließen, fühlte – sollte ich es leugnen? – unaussprechliche Wonne.

Wenn du aber glaubst, dass ich mitten in dieser Wonne erwacht wäre, irrst du.

Als Don Cäsar sein Glied, starrend noch und mächtiger

als zuvor, aus meiner Scheide gezogen, Don Manuel mich zugedeckt und die Zuschauer auf eine fürchterliche Weise geklatscht hatten, ergriff mich Don Cäsar und sagte:

Wohlan, du Hure!
Erlöse uns von den Banden
Verächtlichen Fleisches –
Öffne unseres Geistes Gefängnis.

Da musste ich mit beiden vor ein hohes eisernes Tor treten. Don Cäsar hob mir Röcke und Hemd in die Höhe, fasste mit meinem Hemde zugleich das ungeheure Schloss des eisernen Tores, und – indem er mir befahl, niederzuknien und meinen Hintern auszustrecken – zerhieb ihn Don Manuel mir mit einer birkenen Rute so grausam, dass mein Blut zum zweiten Mal, ärger als jenes des heiligen Januarius, floss. Ich schrie, und die Zuschauer deklamierten *a gara* erst rechts:

Was dem einen Teil billig, ist dem andern Teil recht.
Es wandelt im Leben ein arges Geschlecht,
Dass der Bruder die Schwester nicht – lause.

Dann links:

Was dem einen Teil billig, ist dem andern Teil recht.
Eins wird bedient, das andere ist Knecht,
Der Herr ist nicht immer zu Hause.

Mit der letzten Strophe fiel der Vorhang; rasselnd taten sich die eisernen Flügeltüren auf; und schlafend schlief ich unter dem Gedanken Sirachs ein: *Öffentliche Strafe ist besser als heimliche Liebe*, und über mir tönte es: *In der Auferstehung werden Sie weder freien noch sich freien lassen.*

Aber ich sollte nicht schlafend einschlafen. Es war mir, als erwachte ich im Sarg; mit einem Kruzifix in der Hand richtete ich mich auf und sah mich in dem Tempel der Dya-Na-Sore. Den Staat muss er verachten; er findet ihn überall als eine denkende Maschine, aufgezogen, angetrieben, hin und her geworfen, nirgends die Autorität des Ichs, überall die Gewalt des Seins – und – tierisch, glücklich.

Liebes Malchen! Ich musste gestern plötzlich aufhören, dir die ferneren wichtigen Entscheidungen und Belehrungen meines guten Jeromes aufzuschreiben. Denk nur, deine Mutter, Louise Gräfin von H., ist bei mir. Gräfin von H.?

Ja! Ja! Der Graf von H. lernte sie in den Bädern von Baden in der Schweiz auf die originellste Art von der Welt kennen. Vorher aber wisse, dass dein Vater und Beauvois sich einander die Degen durch die Leiber jagten. Beauvois, weil er aus einem allerchristlichen Christen zu einem erbärmlichen Juden sich umgeschaffen sehen musste, und dein Vater, weil das Wahre und Gerechte in ihm über das Gute und Schöne deiner Mutter dominierte und Schopenhauers vierfache Wurzel, sein Verderben, tragisch enden sollte.

»Im Zeitalter der Phantasie lebt kein Mensch zu Hause«, pflegte jedes Mal der Graf von H. zu sagen, wenn von etwas Vernunftlosem, das ein Mensch getan, die Rede war. Er hält also alle Menschen gewissermaßen für Phantasten und das Kreuz, das sie traf, für doppelt trächtig, folglich sie zu lieben sich auch doppelt verpflichtet. Dass ich's kurz mache, deine Mutter wird dir's selbst erzählen: Der Graf probierte einmal einen Isabellschimmel und stieg, da er ein Riese von Figur ist, von der Erde auf den eisenharten Rücken des herrlichen Tieres. Alles applaudierte – Louise, die zugegen war und deren Schönheit und elegantes Badekleid alle Augen auf sie gezogen hatte, sagte dem Grafen ins Gesicht, dass sie seinen Schimmel auf eine Art und Weise bespringen wollte, von der selbst Penthesilea und Tomiris nichts gewusst hätten. Und sie hielt Wort, hob, als der Graf abgestiegen war, ihre Kleider bis an den Gürtel in die Höhe und sprang mit einer solchen Schnelligkeit und mit ausgespreiteten Lenden von hintenzu auf die halbwilde Bestie, dass ein Chiarini es nicht herrlicher ihr nachgemacht haben würde.

Von dieser Zeit an war Graf von H. ihr erklärter Verehrer, und als endlich mit Herrn von Kotzebus »Leontine« zugleich die Nachricht mit nach Baden kam, dass ihr Gatte und Beauvois sich eigenmächtig das Leben genommen hätten, wurde es ihr an der Seite ihres Grafen noch einmal so interessant.

Indessen hatte des Grafen Hausarzt ihm geschrieben, die Bäder von Piemont mit jenen von Baden zu vertauschen, und der Graf, der weder von Krankheit noch von Gesundheit, seitdem er die Blattern gehabt und zum ersten Mal seine Kammerjungfer entjungfert hatte, etwas Rechtes zu erzählen wusste, folgte blindlings dem Rate seines medizinischen Mentors.

Deine Mutter folgte ihm, und in Piemont eröffnete sich ihr ein neuer Schauplatz. Du kennst ja die unüberwindlichen Reize deiner Mutter, liebe Monika, und du wirst erstaunen ob ihres Anblicks. Genug! Ganz Piemont, Fremde und Einheimische wurden toll und rasend in sie verliebt. Wenn sie auf der Promenade erschien und ihre leichte Kleidung in die Höhe hob, dass die Leute ihre herrlichen Waden und oft gar das Strumpfband, das bloße Knie und das schneeweiße Hemdchen erblickten, erstarrte alles in süßen Gefühlen, und kein Mensch dachte noch daran, dass er krank sei.

Vier Studenten hatten sogar sich einander einen leiblichen Eid geschworen, sie entweder zu besitzen und zu genießen oder zu sterben, und der göttliche Zufall schien ihr verruchtes Vorhaben zu begünstigen.

Der Graf von H., ein Hagestolz von neunundvierzig Jahren und plötzlich vom Schlag gerührt, dachte an alle seine begangenen Jugendsünden, vermachte Louise die Herrschaft Flammersbach als Witwensitz und fl. 30000 jährliche Revenuen, ließ sich mit ihr trauen und gab seinen Geist in Louises Schoße auf, ehe noch ein zweiter Schlag ihn ans Sterben erinnern konnte.

Louise traf dieser Schlag mit, du kennst ihr liebendes Herz. Piemont wurde ihr verhasst, und die Kriechereien ihrer Liebhaber zum Ekel.

Sie machte sich auf, verließ heimlich Piemont und reiste ihren Gütern zu.

Auf der Hälfte des Weges dorthin liegen die meinigen. Ein kleines Birkenwäldchen, mit romantischen Wiesen und geßnerischen Buchen verschönert, trennt die Herrschaft Lebensziel von dem Städtchen …

Vier Studenten, von denen ich dir eben geschrieben und gerade so viel als Fakultäten, folgten ihr von Station zu Station nach. Ich erzähle dir, was sie mir erzählte und wie ich sie zwischen diesen Musensöhnen fand.

Paulini, ein Mediziner von Jena, Hildebrand, ein Theologe von Marburg, Beck, ein Jurist von Göttingen, und Budäus, ein Philosoph von Halle, waren die Verbündeten.

Paulini führte eine Pistole, Beck einen Stoßdegen, Hildebrand einen Kosakenspieß und Budäus eine Trompete mit sich.

Diese vier Fakultätenritter hatten einen gascognischen Schneider, den sie *Jean de Paris* tauften und der jetzt als ein guter Violinist seine Stückchen und Stücke geigte, als Bedienten bei sich, und nun stelle dir vor, liebes Malchen, welchen Aufzug die verrückten Kerls durch unser ehrbares Deutschland hindurch gemacht haben.

Louise hatte nur eine Kammerjungfer des Grafen bei sich. Der Kutscher war ein Lohnkutscher und eine alte Volleule.

Es war mir an dem Tage, als ich deine Mutter wiedersehen sollte, liebe Monika, ich weiß gar nicht wie. Ich konnte nicht zu Hause bleiben, mein Gemahl hatte Geschäfte, allein lief ich weg über Feld und Stein, über Klee und Hanf, erst als ich das Birkenwäldchen erreicht hatte, wurde meine Seele ruhiger.

Und nun stell dir vor, was ich in diesem Wäldchen erblickte.

Kaum hatte ich es erreicht, so stürzte mir ein Frauenzimmer entgegen, dem der Schrecken alle Sprache genommen hatte. Sie warf sich mir in die Arme und lispelte kaum hörbar und atemlos: »Um Gottes willen – hel-fen Sie … Kommen Sie der gnädigen Gräfin zu Hilfe … Vier – vier sind über ihr.«

Und damit zog sie mich so hastig über Dorn und Busch hin, dass meine Kleider hängen blieben und die Dornen mir durch die Strümpfe drangen.

Wenige Schritte noch und wir befanden uns auf einer lieblichen Waldwiese meines Gebietes und jener an Schönheit ähnlich, auf welcher die gefiederten Seelen Platons sich ergötzten, zu denen ich leider meine Hühner und Gänse nicht zählen darf.

Gütiger Himmel, was erblickte ich. Ich will es dir so vorstellen, wie deine Mutter es mir erklärte.

In der Mitte der Wiese hielt nämlich der Reisewagen der Gräfin. Der Kutscher lag neben den Pferden. Die Kammerjungfer stand mir zur Seite und zeigte mir die erstaunlichste Szene.

Louise lag mit halbem Leibe im Schlag des Wagens, der verfluchte Jean de Paris saß oben auf ihm und hielt ihre Füße und zwischen denselben seine Violine hoch in die Höhe – und geigte: *La Fideltá* von Kanne.

Louises Röcke und Hemd, weggefallen vom schneeweißen Hintern, entblößten alle ihre geheimen Reize.

Der verteufelte Hildebrand hatte seine Kosakenlanze tief durch Louises Röcke und Hemd hindurch in die Erde gestoßen und benediktierte: »*Nous jouissons, et s'il plaît au Seigneur, notre postérité la plus reculée jouira la prospérité de la sainte liberté qui nous est échue en partage.*«

Neben ihm kniete Budäus und blies mit seiner Trompete: *Es ritten drei Reiter zum Tore hinaus*, gerade in Louises Kerbe hinein – und deklamierte zürnend, wenn er das Maul von der Trompete wegtat:

»Die meisten Menschen, sagt Abt Mably, sind nur darum unglücklich, weil sie dumm genug sind, die Glückseligkeit, die ihnen die Natur (*id est* – die nackende Hure!) auf ihrem Wege anbietet, nicht zu verachten, und lieber den Chimären ihrer Leidenschaften nachjagen.«

Beck hatte ihren Busen entblößt und hielt mit heftigen Küssen und Geifern seinen Stoßdegen auf der anderen Seite des Wagens an ihr geängstigtes Herz und schrie:

Suum cuique!
Omne tulit punctum!
Dictum et factum!

Paulini aber, mit der Pistole in der Hand, zog ihre Lenden voneinander und wusste sich stillschweigend so gut bei ihr zu empfehlen, dass ich wohl sah, wie vergeblich es sein würde, hier eine andere Art von Menschlichkeit geltend zu machen.

Wie ich nachher von Louise hörte, so haben sich Hildebrand und Budäus, Paulini und Beck miteinander duelliert. Paulini hatte mit seiner ungeladenen Pistole Becks Stoßdegen so trefflich gepackt und besser als Budäus mit seiner Trompete die verwünschte Kosakenlanze, als welche beinahe, wie Idomeneus den Ares getroffen, die Hand ihm durchstoßen hätte, dass ihm einmütig Louises Reize zuerst überlassen wurden.

Als Paulini seine Lust gebüßt hatte, kamen die übrigen drei an die Reihe – und da auch diese sich gesättigt hatten und Jean von Paris seine Gefesselte niederlassen musste, schien es uns Zeit, der Armen zu Hilfe zu eilen.

Aus vollen Kehlen schrien wir also »Hilfe! Hilfe!« Die fünf Schurken aber schwangen sich auf ihre Pferde, und deine Mutter, liebes Malchen, erwachte in den Armen ihrer ehemaligen Freundin.

KARL TIMLICH

PRIAPS NORMALSCHULE
DIE FOLGE GUTER KINDERZUCHT

Ein kleiner Roman
in gefühlvollen und zärtlichen
Briefen

Erster Brief

Wilhelm an Heinrich

Liebster Heinrich!

Seit ich dich nicht mehr sehe, glaube ich mich gänzlich verwaist. Du warest mir allezeit mehr als Vater und Mutter. Dir konnt' ich mein Herz ausschütten; aber wem soll ich es itzt? – Ich habe hier einen einzigen Bekannten, namens Friederich. Er sitzt in der Schule gleich neben mir. Wir verplaudern oft ganze Stunden daselbst und bestehen gleichwohl, wenn uns der Lehrer aufrufet; weil einer dem andern aus dem Buche einbläset. O das ist dir eine herrliche Lust, wenn man dem Herrn Schwarzrock so eine Nase drehen kann! – Er mag den Tabaksrauch nicht leiden. Gestern bohrte einer von uns ein Loch durch die Türe und blies selben von außen in solcher Menge zur Klasse herein, dass der Herr Terzius alsobald schließen musste.

Wir wandten diese Zeit zum Spazieren an; und da gleich Vogelschießen war, begaben wir uns dahin und fanden eine große Gesellschaft beiderlei Geschlechtes. Als wir eine Weile zugesehen hatten, entstand in dem dabei aufgeschlagenen Zelte ein heftiger Streit. Ich kann dir den Anfang nicht berichten; aber das hört' ich, dass ein Bürger zum dasigen Förster sagte: »Herr, was untersteht Er sich, meiner Frau ans Maul zu riechen?« Der Förster gab ihm eine Ohrfeige, dass ihm die Mütze vom Kopfe flog, und nun kam's zu Schlägen. Mir war schon bang um den armen Förster; und wenn ich nicht Schulstrafe gefürchtet hätte, würd' ich ihm geholfen haben; denn er ist ein braver Kerl, und jeder Schüler liebet ihn. Er kann verschiedene Künste. Z. E. brunzet er dir so weit und hoch, dass es bis in die Fenster des ersten Stockes eines Hauses gehet. Zwanzig Maß Bier sind ihm nur gepfiffen. Unter andern sagen sie von ihm, dass er einen Schwanz wie ein Esel hätte, und wünschen sich alle ebensolche.

Ich meines Orts halte dies für keinen Ruhm, wenn man menschliche Eigenschaften mit eseligen vergleichet. Ich habe Eselsschwänze gesehen, als ich vor der Stadtmühle vorbeiging; und wenn er eben einen solchen hätte, so wär' er nicht im Stande, ihn in die Hosen zu bringen. Ich kann es also nicht glauben. Dem sei aber, wie ihm wolle, so bin ich mit dem meinigen zufrieden; ob mich gleich Friederich schon oft darüber ausgelachet und ihn einen Regenwurm genannt hat. Zu was brauch ich ihn denn sonst als zum Brunzen; und ist er etwa zu dieser Verrichtung nicht groß genug?

Bei dieser Gelegenheit muss ich dir etwas im Vertrauen eröffnen, wovon du aber meinen Eltern, um ihnen kein schweres Herz zu machen, nichts sagen musst. Ich habe seit einiger Zeit einen unglücklichen Umstand. Fast alle Morgen, wenn ich noch im Bette liege, fühl ich eine gewaltige Erhärtung daran. Da wird er so steif wie ein Haselstecken; doch spüre ich meistens Linderung, sobald ich aufstehe und das Wasser lasse. Bisweilen hilft aber auch dieses nicht.

Neulich ging mein Kostherr mit seiner Frau in die Kirche und ließ mich bei seiner Sophie, die mit mir fast von

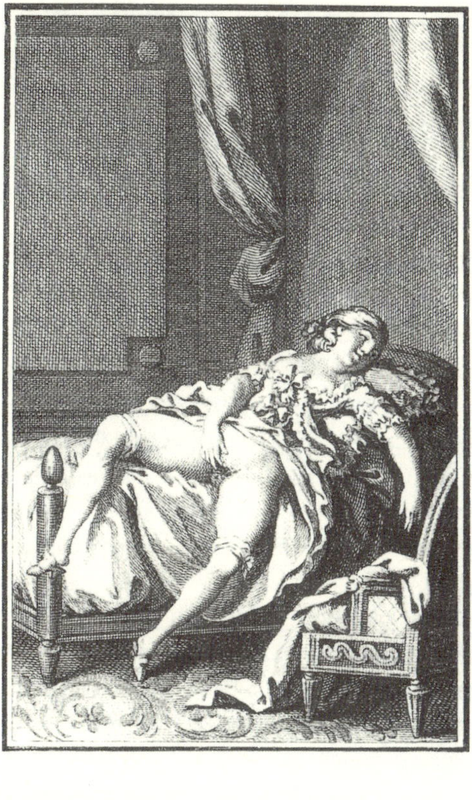

gleichem Alter ist, allein. Er war kaum weg, so nahm sie mich bei der Hand und tanzte mit mir in der Stube herum. Wir wurden müde und wollten uns setzen; weil aber nur ein einziger Sessel da war, so setzte ich mich und nahm sie auf den Schoß. Als ich sie ein Weilchen gehalten hatte, kam meine Erhärtung. Er kitzelte mich gewaltig und machte so heftige konvulsivische Bewegungen, als ob er das Fieber hätte. Ich konnt' es nicht mehr aushalten und ging hinaus, mein Wasser zu lassen; aber diesmal half es nicht. Kaum nahm ich sie wieder auf den Schoß, so stellte sich auch mein Zustand wieder ein. Ich hätte mich fast zu Tode brunzen mögen. Fast alle Augenblicke ging ich hinaus und konnte keinen Tropfen mehr erzwingen, und dennoch ließ es nicht nach.

Wir sind seitdem öfter beisammen gewesen, und da hatt' ich allemal meine Not. Gestern wieder. Ich stand neben ihr, als sie saß, und es peinigte mich so, dass mir die Hitze ins Gesicht stieg. Auf einmal fuhr sie mit der Hand nach meinen Hosen und knipp mich bei der Spitze daran, wozu sie laut lachte und gleich davonlief. Ich hätte darauf vor Kitzel fast vergehen mögen.

Was soll ich daraus schließen? – Sollte wohl das junge Mädchen schon etwas von der Hexerei verstehen? – Alte Weiber, sagt man zwar, seien gemeiniglich Hexen, aber so jung – und dennoch, Bruder, ist es nicht anders. Sie hat es mir getan – ist eine Hexe. Wie schade ist es nicht um sie! Mir ist angst um ihre Seele, die gewiss verlorengehet, wenn die Zeit ihres Paktes mit dem Bösen aus ist. – Und ihr Vater ist Oberpastor bei der Stadtkirche. – Welche Schande für die geistliche Familie! – Ob ich ihm wohl die sündliche Kunst seiner Tochter entdecke, damit er sie kraft seines

Amtes von dem Unholde losmache? – Ich will dir noch einen Beweis geben, dass die Sache richtig ist.

Ihre Kammer ist der meinigen gegenüber. Eben gestern, nachdem sie davon gelaufen war, hört' ich darinnen ein Geräusch. Die Neugierde trieb mich, sie durch das offene Schlüsselloch zu beobachten. Lange hielt mich die Furcht zurück, ich möchte den leidigen Satan bei ihr erblicken und für meine Naseweisheit übel bezahlet werden; ich panzerte mich aber mit den Waffen des Glaubens, betete ein Vaterunser, und nun schielt' ich hinein. Was sah ich? Den Teufel zwar nicht, aber ebenso viel.

Fiekchen saß in einem Winkel auf dem Boden mit entblößtem Unterleibe. Um sie her lag in einem Zauberkreise eine Menge Petersilienwurzeln und gelbe Rüben, die zum Teil ebenso geformet waren als meine Ente. Sie nahm eine um die andere und dippte sich damit in die Schenkelfügung, wobei sie ihre Beschwörung still murmelte und mit untermengten Seufzern die Augen verdrehete, als ob sie ihren Geist aufgeben wollte. Mit Endigung dieser Zeremonie ließ sie die Arme sinken und fiel auf eine Minute lang in Verzückung. Endlich stand sie wieder auf, und ich entfernte mich so geschwind als möglich.

Sind dir das nicht Beweise genug, dass sie eine Zauberin ist? – Ja, Bruder, es hat seine Richtigkeit. Sie hat mir meinen Übelstand getan und eben gestern wieder neue Kräuter gemischet, mich ferner darin zu erhalten. Von der Gewissheit ihrer Wirkung muss ich dir sagen, dass sich schon beim Zuschauen am Schlüsselloch meine Verhärtung wieder einfand und bereits ziemlich hoch gestiegen war, als ich mich zum Glücke wegbegab.

Die kleine Boshafte! – Wer wird mir helfen, oder was soll

ich anfangen? – Erteile mir doch deinen freundschaftlichen Rat darüber, eher will ich nichts unternehmen; denn sie ist ein gar hübsches, lustiges Mädchen, und ich möchte sie nicht gerne zum Scheiterhaufen befördern.

Nach so langem Umschweifen komm ich wieder auf unsern Förster. Der Bürger hatte schon eine blutige Nase und rief seine Frau zu Hilfe. Sie eilte hinzu, nahm den Mann in die Arme und drückte ihn fest an sich. Dadurch bekam der Förster Gelegenheit, ihn erst recht zu walken. Man rechnet ihr dies für Bosheit an und behauptet, dass der Förster mit ihr zu tun gehabt habe. Ich glaube vielmehr, dass sie diesen Fehler bloß aus Unerfahrenheit im Raufen begangen und dass es töricht sei, in Schlägereien eine Frau zur Hilfe zu rufen.

Übrigens lasse ich zu, dass der Förster mit ihr zu tun gehabt hat; aber ist denn das was Böses, wenn man zu tun hat? Heißt es nicht: Müßiggang ist des Teufels Ruhebank? Indessen habe ich oft sagen hören: »Der Mann hat hübsch zu tun.« – Also muss es doch etwas Gutes sein, wenn man zu tun hat. Lebe wohl. Ich bin

Dein Wilhelm

Zweiter Brief

Ernestinchen an Fiekchen

Liebes Fiekchen!

Sage mir nur, was du machest, dass du gar nicht an mich schreibest? Bist du denn etwa eine Monatsrose, die kaum aufkeimet, um sogleich der Welt wieder zu entwelken? – Das heiße ich Versprechen halten! – Wohl, weil du deine Pflicht vergessen hast, so will ich dich beschämen und dir zuerst schreiben.

Mein neues Kosthaus will mir gar nicht behagen; den ganzen Tag muss ich stricken und darf nicht aus dem Hause. Desto mehr genießet meine Frau Tante die frische Abendluft. Sobald da die Abendglocke geläutet wird, macht sie sich in einem leichten Korsett und Rocke, den sie nur das Appetitsröckchen nennet, auf die Strümpfe, schleicht sich um die Gottesackermauer herum und kommt nicht eher wieder, als bis Abendbrot aufgetragen wird, und da – isst sie immer für drei Personen. Der gute, ehrliche Pfarrer, mein Onkel, freuet sich allemal, wenn er sie so bei Appetit siehet. – »Nun, Gott segne dir's«, sagt' er neulich. »Was wollt' ich darum geben, wenn ich deinen Magen hätte! – Essen kannst du, teure Hälfte, als wenn du ins Tagelohn gingest.« – Ich hörte, dass eine von unsern Mägden sagte: »Ist es denn ein Wunder, wenn sie sich beständig vom Rittmeister von R. reiten lässt?« – Das dumme, einfältige

Vieh! – Wie sollte der Rittmeister die Frau Tante reiten können, da er noch halb so groß ist als sie? – Sie könnt' ihn ja gar nicht tragen, – und wenn das auch möglich wäre, so möcht' ich einmal die allerliebste Positur sehen, wenn er so auf ihr säße und seine Füße schleppten auf der Erde! – Überdies hat er selbst vier schöne Pferde, die gewiss einen besseren Galopp laufen als die Frau Pfarrerin. –

Er ist ein sehr braver Mann, und der Herr Pfarrer spielet öfters das Damenbrett mit ihm, wenn er bei uns ist; ist aber der Onkel über Land, so sperret sich die Frau Tante mit ihm in die Stöhnerstube ein. Ich kann nicht erraten, was sie da machen; aber ich glaube wohl, sie lernet ihm Beten, weil sie sehr stark darin ist, die Herren Soldaten aber just da nicht zum Allerbesten beschlagen sind. Nach dem Gebete sehe ich die Frau Tante immer Wasser und Handtuch hineintragen; das mich schon oft auf den Gedanken gebracht hat, ob dem Herrn Rittmeister nicht so was vom Alten Testamente oder Alkoran aus der Familie anklebe, wo gerne gewaschen wird. – –

Wenn ich ihm Unrecht tue, so vergebe mir's der Himmel. Ich bin ihm wirklich nicht feind; aber er hat kuriose Moden an sich. Anstatt mir bisweilen die Hand zu küssen, greifet er mir an den Busen und schiebt mir das Halstuch weg, damit er mich recht aufs Lebendige küssen kann. Nach diesem wechselt er die Hände, legt mir eine auf den Hintern und drückt mich etliche Mal mit solcher Gewalt an sich, dass mir ordentlich warm dabei wird. Was das nun für ein Gebrauch der Höflichkeit sein muss? – Ich habe wohl gelesen, dass sich die Indianer beim Gruße die Nasen berühren; aber was dieser Gruß für ein Landsmann ist, möcht ich wohl wissen. Er macht's der Frau Tante bisweilen ebenso, aber ich mag sie nicht darum befragen; denn ich will mich nicht gegen sie bloß geben, dass ich noch so schlecht in der Lektüre bewandert bin.

O höre! Gestern erfuhr ich dir etwas Neues. Es sollte Konsistorium über einen Bauer und sein Weib gehalten werden, das sich von ihm scheiden lassen wollte. Ehe es anging, füttert' ich im Hofe die Hühner. Als ich aus dem Stalle gehen wollte, hört' ich hinter der Türe einen starken Knaller (du verstehest mich schon) aus der hinteren Batterie. Ich glaubte, es wäre unsere Viehmagd, und wollte sie durch die Lücke belauschen, sah aber den Bauer da stehen. Er knöpfte just seine Hosen auf und zog etwas Fleischernes heraus, das einem starken Rinderdarme ähnlich sah. Er nahm das Ding bei der Mitte und schlug sich's auf beiden Seiten an die Schenkel. Mit einmal füllte es sich wie eine Leberwurst und wurde so strotzend, dass es ihm von selbst wie eine Stange vor'm Leibe stand.

Er zog itzt vorne eine Gattung von Fuhrmannsmütze zurück, und nun zeigte sich ein roter Kopf von antiker Form. Oben über dem Wirbel hatt' er eine tiefe Schmarre, wie von einem Säbelhiebe, und gab eine Menge dampfendes Wasser von sich. Endlich reicht' ihm der Bauer eine Ohrfeige, worauf es in die Höhe schnalzte, als ob es ihm ins Gesicht springen wollte. Der Bauer zog darauf einen großen ledernen Beutel, der das Rauche außen hatte, worinnen (wie mich dünkte) zween Knollen Geld waren. Vermutlich wollt' er das Tier damit für die Ohrfeige bezahlen; es gab sich auch gleich zur Ruhe, und er stopfte beides wieder in die Hosen, knöpfte sie zu und ging.

Wunderlich kommt es mir vor, dass er sein Geld zwischen den Schenkeln verborgen. Das muss sehr unbequem zu tragen sein. Wenn aber der Beutel zu dem Dinge gehöret hat, liebes Fiekchen, so kannst du dir keine bessere Vorstellung von ihm machen, als wenn du einen kurzen, umgekehrten Klingelbeutel in der Kirche ansiehest. Wie die Versammlung zum Konsistorium beisammen war, ging ich in die Kammer, die daran stieß, und lauschete vor der Türe. Ich hörte weiter nichts, als dass sich sein Weib beschwerte, dass er ihm nicht gehörig aufdamen wolle.

Liebes Fiekchen, es ist doch traurig, wenn sich Eheleute um so eine Kleinigkeit zertragen – wegen dem Aufdamen – – Wenn der Herr Rittmeister und meine Frau Tante Dame spielen, da ist niemand geschwinder mit dem Aufdamen als er; – aber er kommt ihr auch immer in die Dame; hingegen wenn er mit dem Onkel spielet, da geben sie sich alle Mühe, einander die Dame zu verwehren. Aber man sollte doch aus solchen Kleinigkeiten nicht so viel Wesens machen. Lebe wohl, ich bin

Dein Ernestinchen.

Dritter Brief

Heinrich an Wilhelm

Liebster Wilhelm!

Nun bin ich recht froh, dass ich nicht der einzige Leidende in der Welt bin. Wisse, mich hat das nämliche Schicksal betroffen, das du jüngst mir klagtest. Du weißt, dass ich bisher immer mit unserer alten Katharine, die mich auferzogen hat, zu Bette gehen müssen. Jüngst erwacht' ich in der Nacht. Ich fürchtete mich und kroch näher an sie. Bei dieser Gelegenheit kam ich an den Hintern und wurd' einen Büschel Flachs oder Werg gewahr (was es sein mochte), das sie vermutlich den Abend vorher der Mama gestohlen und zwischen die Beine verborgen haben mochte, bis sie es den andern Tag verpraktizieren könnte.

Ich zog daran, so stark ich konnte, um es ihr wegzurupfen; es hielt aber sehr fest; doch wachte sie darüber auf. Ich hielt ihr itzt ihren Diebstahl vor. Lange gab sie mir keine Antwort; als ich aber immer fortfuhr, sie zu schrauben, fing sie an zu weinen und sagte: Wenn ich nicht aufhörte und nur ein Wort zur Mama spräche, würde sie sich ins Wasser stürzen. Ich versprach ihr, nicht allein zu schweigen, sondern ihr auch den andern Tag noch einen recht großen Wickel Werg aus der Flachskammer dazuzugeben. Ich hielt auch mein Wort; dem ungeachtet war sie nicht mehr zu bewegen, mich bei sich schlafen zu lassen. Sie übernahm die

Küchenwäsche, und die Mama übergab mich der Jungmagd zur Aufsicht.

Sie heißt Theichen. Die ersten Tage machte sie nicht viel Wesens mit mir, bis gestern Morgen, als Papa und Mama noch schliefen und ich ohne Hosen auf der Ofenbank saß; da hob sie mir das Hemde mit diesen Worten in die Höhe: »So zeige mir doch dein kleines Nudelchen!« Sie fing nun damit zu spielen an, und ich hielt ganz still. Bald darauf wickelte sie es zwischen beiden Händen gelind hin und wider, so, wie die Bäcker ihre Brezeln zu strecken pflegen oder der Apotheker seinen Pillenteig. Nach und nach fing es mir an zu schwellen und wurde beinhart. Sie wickelte immer fort, bis es mich mit Gewalt juckte und einige Tropfen Wasser herausspritzten, die ihren Busen benetzten; worauf es nach und nach gänzlich wieder zusammenfiel.

Sie wischte sich solchen mit ihrem Tüchelchen rein, gleichwie mein Nudelchen; wobei sie es unter den Worten: »O du kleines, zuckernes Zipfelchen! – An dir werde ich noch viel Freude erleben«, inbrünstig küsste.

Ich sagt' es der Mama, dass mich Theichen gewickelt hätte. »Das ist mir lieb«, antwortete sie, »so darf ich dir keinen Friseur halten, wenn sich Theichen dazu applizieren will. Es ist zwar nicht in ihren Dienst eingedungen, aber ich werde sie dafür besonders beschenken.« – Morgen muss sie mich wieder wickeln, und ich werde sie dann der Mama wegen ihres Diensteifers so empfehlen, dass ihr ein guter heiliger Christ nicht entgehen soll. Leb wohl. Ich bin

Dein Heinrich.

Vierter Brief

Fiekchen an Ernestinchen

Liebes Ernestinchen!

Ich habe deinen Brief richtig erhalten. Wär' er um acht Tage eher gekommen, so würd' ich mich über die Sachen, die du mir geschrieben, höchst verwundert haben; aber ich bin seit dieser Zeit so aufgekläret worden, dass mir jedes Wort ein neuer Grund zu frischem Gelächter war.

Sage mir doch, mein gutes Kind, – wenn dir der Herr Rittmeister die Hand auf den Hintern leget, dich so an sich drücket und küsset, – spürest du nicht, dass sich dann eine ebensolche Gattung von Leberwurst, umgekehrtem Klingelbeutel oder wildem Tiere in seinen Hosen erzürnet und dir durch die Schürze einige modeste Schneller oder Drücke gibt? – Indessen eröffn' ich dir im Vertrauen, dass ich nun die Ehre habe, dieses Ding persönlich zu kennen. Höre!

Vorigen Sonnabendnachmittag kam mein Papa gleich aus der Beichte nach Hause. Er küsste die Mama und fragte: »Wo ist Fiekchen?« Ich stak hinter dem Ofen und rührte mich nicht, weil ich kurz zuvor sein Trinkglas zerbrochen und Schläge fürchtete. Er trug, nachdem er zuvor seine Beichtgroschen auf den Tisch geworfen hatte, die Mama auf das Bette, über welches er sie hinlegte, und kam unter seinem Priesterrocke mit einer Maschine hervor, die eher einer großen Stange Rapée als einer Leberwurst gleichsah.

Er deckte der Mama, die aus Furcht die Augen zuhielt, die Röcke in die Höhe und setzte sie ihr an den bloßen Bauch. Sie zuckte erst ein bisschen. Als er es ihr aber in etlichen Stößen in den Leib geschoben hatte, hielt sie zu meiner Verwunderung ganz still, schlang die Arme um ihn und spielte mit den Lippen an seinen leinenen Gesetzestafeln. Er wackelte nun ganz entsetzlich mit dem Hintern; endlich pfropfte er noch einmal so geschwind als im Anfange, und plötzlich hört' er auf und sank mit der Nase über der Mama Schulter hin. Ich benutzte diesen Augenblick und schlich zur Türe hinaus.

Nachdem ich mich etliche Tage lang dem tiefsten Nachdenken überlassen, macht' ich endlich den Schluss, dass mehr Männer dergleichen Dinger haben müssten; fand auch wirklich, dass unser Wilhelm eines habe, weil ich es durch seine Beinkleider wahrnahm und sogar auf den Raub befühlte. Gestern war ich mit ihm im Garten, Salat zu holen. Wir kollerten eine Weile auf dem Grase; endlich fragte er, ob wir nicht ein Spiel machen wollten. Ich schlug ihm das Papaspiel vor; aber er versicherte mich bei seiner Ehrlichkeit, dass er es nicht kenne, bat mich, es ihm zu lernen, und – ich gewährte seine Bitte.

Ich sah mich um und erblickt' ein trockenes Mistbeet, auf welches ich ihn mich tragen hieß. Itzt fragt' er mich, was er weiter anfangen solle; es fiel mir schwer zu sagen, aber ich half mir mit Winken. Schon hatt' er den Oberrock in die Höhe gehoben, als die Gartentüre aufging und der Papa mit der Frau eines Hanswursts, der nebst seinem Herrn, dem Zahnarzt, eben bei uns auf dem Jahrmarkte war, eintrat.

Er sah mich in dieser Positur liegen und fragte mich, was

Wilhelm mit mir gemachet habe. Ich antwortete ihm weinend: »Der lose Junge! – Da hat er mir meine Nuss aufschlagen wollen, die mir der Herr Kantor schenkte; und weil ich sie ihm nicht gab, wollt' er mir den Hintern klatschen.« Wilhelm sagte, es sei nicht wahr, und wollte weiterreden, als ich ihm winkte. Er verstand es und schwieg. »Nicht doch, Kinder«, sagte Papa, »lasst mir die Nüsse stehen, bis sie reif sind. – Und du, Wilhelm, der Arsch meiner Tochter ist nicht mit in dein Kostgeld eingedungen. – Itzt geht nur nach Hause.« Wir nahmen unsere Salatbündel und gingen.

Siehest du, liebstes Ernestinchen, wie herrlich ich mich aus der Affäre gezogen habe? – Ja, lügen kann ich ganz passabel und will es (mit Gottes Hilfe) darin auch noch weiter bringen.

Ich habe gehöret, dass es Leute gebe, die das, was sie lügen, zuletzt selbst glauben. So weit möcht' ich kommen. – Da würde ich ja im Glauben stark werden; denn mein Papa spricht immer von der Kanzel dem Volke zu: »Stärket euren Glauben! – Selig sind, die da nicht sehen und doch glauben!« – Auf solche Art wäre der letzte Ausspruch gewiss vollkommen erfüllet; denn wer so lügt, der sieht nichts und hat es nie gesehen und glaubet es dennoch mit vollkommener Stärke. – –

Der Papa hat oft gesagt, die Hanswürste seien eine sündliche Profession und man könne mit gutem Gewissen keinen kommunizieren lassen. Vermutlich hat er deswegen seine Frau mit in den Garten genommen, um ihr unter vier Augen den bösen Lebenswandel ihres Mannes zu Gemüt zu führen und sie zuerst zu bekehren. – Lebe wohl; ich küsse dich und bin

Dein Fiekchen.

Fünfter Brief

Wilhelm an Heinrich

Liebster Heinrich!

Nun bin ich gewiss überzeugt, dass Fiekchen eine mächtige Zauberin ist; denn sie selbst hat mich von meinem Übelstand erlöset. Gestern Nachmittag rief sie mich in ihre Kammer und verschloss die Türe. »Komm her«, sagte sie, »ich will dich das Papaspiel vollends lehren. – So weit waren wir gekommen«, fuhr sie fort und legte sich mit aufgedecktem Oberrocke quer über das Bette, »nun mache weiter.« – Sie erklärte sich itzt deutlicher. Ich musst' ihr Unterrock und Hemd aufschlagen und meine Pike an den Bauch setzen. Ich fühlte da ein kleines Gebräme und bekam Lust, dies Phänomenon näher zu betrachten; aber sie erlaubt' es nicht.

»So stoße zu«, sagte sie; ich befolgt' es und rannt' ihr dermaßen damit auf den Leib, dass sie hätte zerbrechen mögen. Es musst' ihr ebenso weh getan haben als mir, denn sie zuckte; aber bald machte sie einige Bewegungen, und da fühlt' ich, dass ich auf etwas Nasses kam. Sie hieß mich noch einmal zustoßen; und als ich zauderte, zog sie mich bei beiden Westentaschen so fest an sich, dass meine Ente ihr mitten in den Leib drang. Ich erschrak über diese Begebenheit; aber sie lachte. Dies machte mir wieder Mut, und ich blieb so eine ganze Weile auf ihr liegen. Sie sagte mir nunmehr, dass ich mit dem Hintern wackeln müsse; worauf ich eben so zur Seite hin und her wackelte wie ein Schlosser, der mit dem Brecheisen etwas ausheben will. Dies war nun freilich der rechte Modus nicht, wie ich nachher erfuhr. Mit bitterm Gesichte warf sie mich von sich herab und hieß mich einen Tölpel, zeigte mir mit verächtlicher Miene den Rücken und ging.

Niemand war trauriger als ich, weil ich Fiekchen beleidigt hatte und glaubte, ich hätt' ihr weh getan. Ich suchte sie zu besänftigen, kauft' ihr täglich die besten Kuchen; und nach vier Tagen bekam ich ein besseres Gesicht. Wir waren wieder allein. Sie saß auf dem Tisch und hatte die Füße auf der Bank. Ich setzte mich auf die Bank und fing mit ihren Füßen zu spielen an. Nach und nach kam ich immer höher bis an den Bauch zu der kleinen Spaltung; und sogleich war meine Erhärtung wieder da. Eine Zeit lang zupft' ich gelind an ihren weichen Härchen; und da sie ruhig blieb, fuhr ich immer fort. »Bist du noch böse auf mich, Fiekchen«, sagt' ich, »dass ich dich letzthin zu stark gestoßen?« – »O gehe doch!« – »Aber – willst du denn nicht auch einmal mit mir spielen? – – Komm, – ach komm doch, Engel!« – Sie klopfte mir die Backen, küsste mich und stand auf.

Ich trug sie auf ihres Papas Bette und war gleich mit allen Anstalten fertig. – »Aber (fing sie an) du musst dich heute gescheiter aufführen – nicht hin und her wackeln, sondern rückwärts und vorwärts, wie es unser kleiner Mordar machet mit der Belline.« – »Nu, nu, ich will schon machen«, sagt' ich und tauchte mein Schwänzchen in ihre Wunde, dass es bis an den Beutel darinnen stak. Itzt fing ich an zu wackeln. O wenn ich dir doch das angenehme Jucken beschreiben könnte, welches ich da empfand! Auf einmal konnt' ich mich nicht mehr enthalten und pfropfte aus allen Kräften los, dass ich mir fast meine kleinen Eier im Säckchen zerquetschet hätte und Fiekchen mich (vermutlich aus Schmerz) zurückstoßen wollte; aber ich hatte mich so fest angeklammert, dass alles vergebens war, und fuhr so lange mit Ungestüm fort, bis mir jählings so wohl und wunderlich wurde, dass mir die Knie sanken und ich, ganz außer mir selbst, auf ihr liegenblieb.

Sie hatte unter währendem Spiel hastig Atem geholet, und itzt machte sie solche Züge nach Luft, die recht aus dem Innersten gingen. Ihr Auge war geschlossen, die schöne Brust wallte beständig auf und nieder, und ihre Arme lagen zur Seite geschleudert, als ich, der am ersten wieder zu sich kam, sie anblickte.

Nun hatt' ich Zeit, ihren Tempel der Wonne recht zu betrachten. Das süße Löchelchen stand noch etwas voneinander, wie eine halb eröffnete Auster, und sickerte tropfenweise einen weißlichen Schaum von sich, der schon ganz ihre Schenkel befeuchtet hatte und wie Perlentau auf jungen Lilien anzusehen war. Ich küsste sie mit Entzücken und bedeckte sie mit ihren Kleidern. Sie erwachte wieder, fiel mir um den Hals und weinte. – »Ach Wilhelm! – itzt gehe, ich bitte dich; – es möchte jemand kommen. – Ein andermal mehr.« –

Sie hatte auch kaum ausgeredet, als ich die Haustüre knarren hörte. Ich schlich mich geschwind in meine Kammer. Es waren Fiekchens Eltern. Vermutlich werden sie es ihr angesehen haben, dass etwas vorgegangen, denn ihre Haube war sehr zerrüttet; aber Fiekchen weiß sich zu helfen, denn sie ist nicht auf den Kopf gefallen, und lügen kann sie dir, als wenn's gedruckt wäre. Lebe wohl. Ich muss schließen; denn bei der Erinnerung juckt es mich wieder so gewaltig, dass ich mich zu Bette legen und sehen muss, ob ich einschlafen kann. Ich bin

Dein Wilhelm.

Sechster Brief

Ernestinchen an Fiekchen

Liebes Fiekchen!

Ich kann dir doch endlich schreiben, dass das wirklich wahr ist, was ich nimmermehr geglaubet hätte; nämlich, dass der Herr Rittmeister die Frau Tante reitet. In der Tat sieht die Positur, die sie beide machen, nicht so gar lächerlich aus, als ich mir wegen der Größe des Herrn Rittmeisters vorgestellet hätte. Ich will dir treulich erzählen, was ich gesehen habe.

Gestern war ich in dem Wagenschuppen und hockte just neben einer alten Radwelle, als sie vor mir vorbeischlichen. Ich hielt mich ganz ruhig. Sie blieben bei dem Mistwagen stehen, und die Frau Tante stützte sich mit beiden Händen auf die Wagendeichsel. Da sie sich noch einmal umsah, sagte der Herr Rittmeister zu ihr: »Sein Sie nur ruhig, Frau Magisterin, ich will Ihnen die Schabracke schon selbst aufheben.« Er legte ihr dann solche nebst dem Hemde auf den Rücken und machte sich gleichsam einen Sattel; aber es ging nicht so, wie ich dachte. Er blieb hinter ihr stehen, und nachdem er zwischen ihrem Hintern und seinem Leibe mit beiden Händen genistelt, rückt' er ganz nahe an sie, legte die Hände auf ihren Rücken, als wenn er sich anhalten wollte, bog sich mit dem Oberleibe vor wie ein Husar und ruderte wie ein Bauer, der seine alte Gurre von der Stelle bringen will, ausgenommen, dass er sie nicht spornte.

Die Frau Tante kehrte sich nicht im mindesten daran, sondern hielt ihre Deichsel fest. Es ist ihr auch nicht zu verdenken, denn sie hat einen Kinderfuß, und überhaupt ist das Pedal nichts mehr nutz. Ich hätte gewiss mit ihm über den Wagen weggesetzt. Es dauerte nicht lange, so machte er eine Kniebeuge, wie unsre Bauern, wenn sie um den Altar gehen; und damit hatte der Betteltanz ein Ende, und sie gingen.

Liebes Fiekchen, du hast mich durch deinen Brief auf des Herrn Rittmeisters Hosentürchen sehr aufmerksam gemachet, und ich habe befunden, dass er eben einen solchen Schwengel darinnen haben muss wie dein Bauer; nur dass er vielleicht die Blessur über den Kopf nicht hat. Kaum hatt' ich diese Stelle gelesen, so trat er zur Türe herein und setzte sich nieder. Gleich nach ihm kam auch die Frau Tante. Er grüßte sie wie gewöhnlich; und da ich wie ein Heftelmacher achtgab, so merkt' ich gleich darauf, dass vorne an seinen ledernen Hosen, die ihm wie angegossen anliegen, ein Riegel wurde, der nach und nach wie eine Nudelwalze anschwoll. Er machte zugleich starke Bewegungen, als ob er durch sein Gefängnis brechen wollte, die (wie mich dünkte) auf meine Frau Tante gerichtet waren. Er muss sie doch sehr gut kennen, weil er sie sogar im Finstern unterscheiden kann und ihr sogleich die Honneurs erzeigen will. Vermutlich kennet er sie an der Stimme, sonst wüsst' ich nicht, wie es zuging.

Ich bekam diesen Tag noch nähere Überzeugung. Die Frau Tante wurde bald darauf gerufen, die Wäsche zu übernehmen, und ich blieb bei ihm allein. Er mochte merken, dass ich die Augen an seinen Hosen kleben ließ; denn er sah mich an und lachte. Ich stellte mich ganz unbedeutend und blickte wieder auf meine Strickerei. Er nahm mich darauf beim Kopfe und gab mir wohl zwanzig Küsse auf alle Provinzen meines Oberleibes, wobei er auch seinen gewöhnlichen Gruß nicht vergaß.

Da das Wehren bei ihm nichts hilft, so muss ich dir sagen, dass ich mir ein für allemal vorgenommen habe, wie eine Katze stillzuhalten. »Du kleines Schneckchen«, hub er an, »wenn ich nur einmal mit dir ein paar Wörtchen im Vertrauen sollte reden können!« – »Mit mir, Herr Rittmeister? – O, Sie können reden, was Sie wollen; ich bin so verschwiegen wie eine Mauer.« – »So? Ist das wahr?« – »Ja wirklich, ich bin ganz zu Ihren Befehlen.« ... »O das wäre ja alles, was ich wünschte; – aber – du kleiner Blasengel (hier nahm er meine Hand und zog sie hinüber auf seine Knie), wenn ich dir nun itzt befähle ... doch nein, – nicht befehlen; – dich würd' ich allezeit bitten – um jede Gefälligkeit tausendmal bitten.« – »O Herr Rittmeister, hören Sie auf! Sie lassen sich allzu viel gegen mich armen Wurm herab. Was sollte ich, so ein Mädchen wie ich, einem Offizier für Gefälligkeiten erzeigen können?« – »Viele, gar nicht ge... O du herrliches Geschöpf! (Itzt hob er mir die Hand in die Höhe, küsste sie und legte sie als von ohngefähr auf das Hosentürchen, dass ich die Schwüle darunter recht eigentlich fühlen konnte.) – Ich liebe dich recht sehr ... Könntest du mich denn auch wiederlieben?« – »Ich liebe Sie so schon. Eine gute Christin muss ja jeden Menschen lieben.« – »Jeden? Das wäre nichts. Du müsstest mich ein bisschen mehr lieben als andere.« – »Auch das, Herr Rittmeister. Es kommt ja auf eine Hand voll Hutzeln nicht an.« – »So, das ist recht. Du bist ein Mädchen wie ein Husar; und die hab' ich recht gerne.« ... »O gleich wollt' ich reiten lernen, besser als mancher von Ihren Rekruten.« ... »Nun warte, du kleine Büchse, weil du so prahlest, so musst du mir einmal probieren, ob du die Tempos zum Exerzieren nachmachen kannst; und für jeden Fehler sollst du mir einen Kuss geben.« – Er nahm nun sein spanisches Rohr, exerzierte mir die Tempos vor und gab es mir dann selbst in die Hände. Als es zum Laden kam, trat er hinter mich, um (wie er sagte) zu sehen, ob ich rückwärts das Tempo mit der Patronentasche gut ausdrückte. Sobald er kommandierte: »Ergreift die Patrone! Eins!« ... griff ich schnell hinter mir hinab und kam in seinen Hosenlatz, den er ganz still aufgemachet hatte und der vermutlich in Ermangelung etwas andern die Patronentasche vorstellen sollte, wo mir aber statt der Patrone sein ... ich weiß nicht, wie ich es nennen soll – in die volle Hand kam.

Er war sehr hart und steif, wie mich dünkte, gar dreieckig und blähete sich wie ein junger Hengst, der sich nicht will gurten lassen. Ich hielt ihn lange Zeit an einem Orte fest und getrauete mich nicht weiterzugehen; dazu hielt mir auch der Herr Rittmeister mit der einen Hand den Arm, dass ich ihn nicht herausziehen konnte, mit der andern aber drückte er meine Finger an seine Patrone, dass ich sie um und um fassen musste.

Als ich lange so gehalten hatte, fing er an: »So exerziere doch weiter.« – Ich sagte, dass ich die Hand nicht herausbringen könne. – »Ja so«, erwidert' er, »es hängt an deinem Röckchen, – warte, ich muss es dir auf die Seite schieben.« – Auf einmal schlug er mir all meine Röcke mit dem Hemde in die Höhe, setzte sich auf den danebenstehenden Sessel und zog mich so rückwärts zu sich auf den Schoß, wobei ich fühlte, dass mir das Ding an dem Hintern war.

In dem Augenblick öffnete sich die Tür, und der Herr Onkel ging durch das Zimmer in ein anderes! »So, so, hübsch vertraulich!«, fing er an. – »Herr Pastor, da hab ich Ernestinchen ein bisschen exerzieren gelernet; und nun ist der Rekrut müde.« – »Ja, ja, das glaub ich. Aber wenn nur die Herren Offiziers alle ihre Rekruten so hübsch auf den Schoß nehmen müssten; ich wette, sie würden sie weniger hudeln.« – – »Herr Pastor, sie exerzieret recht brav.« – »Schon recht. Ein bisschen Bewegung kann dem Mädchen nicht schaden, – es dient zum Wachstum. – Sie vergeben, Herr Rittmeister, ich werde gleich wieder bei Ihnen sein … muss nur meine Trommeltauben füttern.« – Er ging und hatte nichts gesehen als sitzen, weil er schon ein wenig blöde auf den Augen ist.

Kaum war er hinaus, so bohrte der Herr Rittmeister aus allen Kräften zwischen meine Schenkel hinein, dass es mir wehe tat. Er wollte über eine Viertelstunde lang nicht aufhören; aber ich zwickte die Hinterbacken aus aller Macht zusammen. Alles half nichts, bis ich drohte zu schreien und auch wirklich zu quäken anfing. Nun gab er Ruhe; aber er schwitzte dir wie ein Schweinebraten und konnte lange nicht zu sich selbst kommen, denn er war fast gänzlich außer Atem.

Eben kam die Frau Tante wieder. Sie sah ihn an und fragte, was ihm fehle. Er klagte über Kopfschmerz. Sogleich zog sie das Balsambüchschen heraus, welches sie ihm unter die Nase hielt; und ob er gleich dagegen heftig protestierte, so musst' er doch nolens volens daran riechen, und sie beschmiert' ihm Stirn und Nase dermaßen damit, dass er wie ein Marder stank. Er konnt' es vermutlich nicht länger aushalten; denn er nahm seinen Hut und Degen und ging, weil er, wie er sagte, noch einen Schwadronsbefehl zu schreiben hätte.

Sosehr ich auch böse auf ihn sein sollte, da er mir so mitgespielet hat, so kann ich doch nicht anders als ihn wegen seines Diensteifers loben. Er ist ein geborner, wahrer Soldat. Du kannst es schon aus dem erkennen, dass er, als ich exerzierte, vor lauter Diensteifer außer sich selbst gekommen und sich so weit vergessen, dass er mich für einen Karabiner angesehen und mit Gewalt hat laden wollen.

Hingegen habe ich auch schon oft von glaubwürdigen Leuten sagen gehöret, dass seine Reiter wie die Bürstenbinder exerzieren sollen, und das heißt doch gut. –

Wenn jedem Rekruten, den er unter seine Hand bekommt, so ist wie mir, so behaupte ich, dass er einen Inspirationsgeist führet; denn seit der Zeit kommt es mir beständig vor, als wenn meine Stricknadeln lauter solche Patronen und die Zwirnknäule Granaten wären. Ich wette aber auch, er wird mit der Zeit noch General-Feldmarschall-Lieutnant, da er in seinem Metier so gut bewandert ist.

O Fiekchen, wenn unser König lauter solche Helden hätte, der Türke müsste gewiss bald das Testament machen; ja, was sage ich? – den Teufel (Gott sei bei uns) könnte er damit aus der Hölle jagen! Kurz, er macht seiner Familie viel Ehre, ich bin

Dein Ernestinchen.

Siebenter Brief

Heinrich an Wilhelm

Bester Wilhelm!

Dein Brief hat mir so gut gefallen, dass ich mich beinahe krankgelachet hätte. Das Papaspiel! – O ich kann es gar nicht vergessen. – Das muss ein allerliebstes Spiel sein. Ich habe Theichen schon um alles in der Welt gebeten, es mit mir zu spielen; aber das Mädchen macht allerlei Entschuldigungen. Bald sagt sie, es sei in unserm Städtchen nicht Mode; bald, es sei zu schwer für mich; bald, es müsse nur an einem gewissen Tag im Jahre gespielet werden; bald sagt sie gar, ich sei noch zu jung dazu; und das verdrießt mich nicht wenig, denn ich bin doch schon zwölf Jahre alt, und wie ich aus deinem Briefe ersehe, kann es wohl so schwer nicht sein. Endlich entschuldigte sie sich damit, sie wisse nicht einmal, was das für ein Spiel wäre.

Ich zog nunmehr deinen Brief aus dem Sack und ließ ihn ihr lesen. Sie setzte sich damit nieder. Ich gab genau auf alle ihre Mienen acht und bemerkte, dass sie im Lesen die linke Hand in ihren Schlitz steckte, als ob sie etwas suchen wollte, und von Zeit zu Zeit hin und wieder rutschte. Anfangs lächelte sie beständig, zuletzt aber seufzte sie bei jeder Zeile; ihr Busen arbeitete wie ein Blasebalg; auch sah ich, dass ihr aus den Winkeln des Mundes das klare Wasser lief. Vermutlich hat sie gleich dazumal der Herzenswurm beseicht. Mir ist es auch schon öfters so gegangen. Ich befragte sie darum, erhielt aber keine Antwort, bis sie fertig war. »Nun, Theichen, kannst du das Spiel?« – »Ich kann es nicht.« – »Zum wenigsten wirst du's nachmachen können. – Du bist ja sonst ein geschicktes Mädchen und lernest gleich eine Speise kochen, wenn es dir die Mama nur einmal zeiget. Mache mir keine Entschuldigung mehr; du musst mit mir spielen.« – »I nun, ... kannst du mich auf das Bett tragen?« – »Nein, Theichen, du bist mir zu schwer.« – »Also musst du es lassen, bis du einmal stärker bist.« –

Sie hält mich hingegen auf andern Seiten dafür schadlos, und es vergehet fast kein Tag, wo sie mich nicht wickelte. Weil ich es letzthin der Mama gesaget hatte, dass mich Theichen gewickelt hat, so hat sie mich gebeten, dass ich nichts mehr sagen soll; und ich folge ihr pünktlich.

Ich und meine kleine Schwester Friederike spielten letzthin das Verstecken: Da musste denn das eine immer aus dem Zimmer, wenn sich das andere verbarg. Endlich sagte Theichen zu mir: »Ich will dich itzt verbergen, dass dich Friederikchen gewiss nicht finden soll.« Friederikchen musste hinaus, und Theichen setzte sich auf einen Stuhl und schob mich unter ihre Röcke. Kaum war ich unten, so fühlt' ich etwas Rauches, das mich an der Stirne kitzelte. Ich griff in die Höhe und fühlte, dass Theichen zwischen den Beinen, die sie ganz gutwillig auseinandertat, ebenso wie die alte Katherine, Werg hatte; nur dass dieses ein Wickelchen von kurzem, feinem Haar, jener aber ein enormer Wickel mit langen Zotten war, die man eher für groben Hanf hätte halten sollen. Ei, ei, dacht' ich, hat Theichen auch gemaust? – Es ist schon ausgemacht, dass der Mama Flachskammer bei allen unsern Mägden Haare lassen muss.

So wie ich Theichen im Anfange für eine Diebin hielt, so sprach ich sie doch auf der Stelle von diesem Verdacht los, da ich mit den Fingern nähere Untersuchung anstellte und das Mädchen dabei so stille hielt wie ein Schoßhündchen; und schrieb dieses auf Rechnung ihres guten Gewissens. Ich fand, dass es in der Haut feststak und eingewachsen war. Ich fasste das ganze Perückchen in die volle Hand und drückt' es zusammen; und da kam ich mit dem Daumen in eine feuchte Öffnung, die mich ganz in Schrecken setzte, weil ich glaubte, dass ich es ihr zerdrücket hätte. Ich steckte deswegen den Kopf aus dem Schlitz und sah das Mädchen an. Als ich aber bemerkte, dass es recht zärtlich lächelte, verlor ich alle Furcht, kroch wieder hinein und setzte meine Untersuchung fort.

Bald zog ich die beiden Teile von Theichens Perücke auseinander, bald legt' ich sie wieder zusammen. Ich weiß nicht, was mir das Spiel damit für besonderes Vergnügen verschaffte. – Einen Finger nach dem andern legt' ich wechselweise hinein und begrub ihn gleichsam in diesem Tale der Süßigkeit. Endlich kam ich an einen Abfall, der ungemein viel tiefer war. So gelind als möglich bohrte ich, so weit ich konnte, hinein und fühlte dabei ein Entzücken, das mir durch die Seele drang. – Ach, dacht' ich, wenn mich doch nur Friederikchen recht lange nicht fände, damit ich in meinem Vergnügen nicht gestöret würde! –

Es war, als ob Theichen meine Gedanken erraten hätte. Nachdem meine Schwester gegen eine Viertelstunde vergeblich gesuchet hatte, fing Theichen an: »Ach Friederikchen, ich glaube gar nicht, dass Heinrich im Zimmer ist. – Du wirst ihn schwerlich finden; gib dir lieber keine Mühe.«

Friederikchen ging, und Theichen, die sich nun allein sah, schlang beide Arme um meine Schultern und drückte mich eine Weile mit der heftigsten Zärtlichkeit an ihren Leib, wobei sie die Schenkel ganz auseinanderfallen ließ. Endlich hub sie an: »Mein liebster, bester Heinrich, hör auf! – es ist genug, – ich kann es nicht mehr aushalten. – «

Mir selbst war so hart und ängstlich dabei, dass ich dir es nicht beschreiben kann. Ich kroch nun also mit den zerrütteten Haaren wieder hervor. Theichen umfing mich aufs Neue und gab mir wohl hundert Küsse. Sogar die Augen küsste sie mir; worauf sie den Kamm nahm und mir die Haare wieder in Ordnung brachte.

Kaum war sie damit fertig, so wurd' ich zum Frühstück gerufen. Ich saß, wie gewöhnlich, neben der Mama. Auf einmal zog sie die Nase hin und her. »Es riechet mir etwas so wunderlich«, sagte sie. »Ich habe nichts verbrannt, liebe Mama«, gab ich darauf, indem ich ihr zu gleicher Zeit die Backen streichen wollte; aber eben, als ich mich mit der Hand ihrem Gesichte näherte, ergriff sie mich dabei und hielt sie sich an die Nase: »Da haben wir's ja, du junger Schweinpelz. Gewiss hast du gestern wieder in Heringen gewühlet. – Ich muss dich nur noch einen Heringskrämer werden lassen.« –

Du weißt, dass ich öfters in den Kaufmannsladen gehe, der uns gegenüber ist, um mit den Sachen zu spielen; diesmal aber hatte Mama unrecht. Sie befahl mir, auf der Stelle die Hände zu waschen; welches ich denn auch tat.

Theichen hat seit der Zeit mit dem Krabbeln ein bisschen spröder gegen mich getan; indessen habe ich sie doch wieder dazu zu bewegen gewusst. In dem grünen Zimmer stehen einige große Töpfe mit eingemachten Früchten.

Theichen isst sie für ihr Leben gern. Sie tat mir den Vorschlag, dass, wenn ich ihr alle Tage ein halbes Kaffeeschälchen voll geben und wenn endlich die Mama den Abgang merken sollte, das ganze Naschen übernehmen wollte, so wollte sie mich auch alle Tage dafür krabbeln lassen. Ich übernahm den Akkord, und es soll mir auf etwelche Maulschellen nicht ankommen, wofür ich mich aber auch sicher bezahlt machen will. Ich bin

Dein Heinrich.

Achter Brief

Fiekchen an Ernestinchen

Liebstes Ernestinchen!

Es wundert mich, dass mir nicht, ehe ich noch diesen Brief vollende, für Traurigkeit die Feder aus der Hand sinket. Ach, ich bin das unglückseligste aller Mädchen; denn wisse, ich soll Knall und Fall aus dem Hause und auf das Land zu meiner Mama Schwester in die Kost kommen, und das ist bei mir ebenso viel als ins Zuchthaus; denn sie soll ärger sein als des Teufels großer Kettenhund.

Meiner Eltern Haus zu verlassen wäre noch das wenigste; aber meinen Wilhelm – mein Herz, das seither schon so manchen Stoß ausgehalten hat, wird doch diesen Stoß aller Stöße unmöglich übertragen können. Ich muss dir nur die ganze Geschichte erzählen.

Du wirst dich erinnern, wie ich dir geschrieben, dass ich alle mein zugemüsenes Werkzeug unter dem großen Mehlkasten verborgen habe. Seit ich Wilhelmen zum Papaspiel abgerichtet, bedurfte ich meiner Rüben und Wurzeln nicht mehr und ließ sie gänzlich aus der Acht. Neulich fiel es mir ein, sie hervorzuholen und in den Abtritt zu werfen, und, siehe da! sie waren verschwunden. Da ich aber ein kirres Lämmchen auferzogen habe, so glaubte ich, es würde der Räuber gewesen sein und solche gefressen haben; und schon gedacht' ich nicht daran, dass sie je wieder zum Vorschein kommen sollten.

Vor vier Tagen war mein Geburtstag. Die Mama hatte mir heimlich eine Torte machen lassen und in einer Kammer aufbewahret. An diesem Tage wurde sie, mit einer Serviette bedeckt, auf den Tisch gesetzt. Ich bekam nicht eher Erlaubnis, sie abzudecken, als bis das Essen vorbei war. Kaum konnt' ich den Augenblick erwarten; aber stelle dir meinen Schrecken vor, als mir anstatt der Torte meine geschnitzte Rübenarbeit ins Auge fiel. Ich schrie vor Entsetzen und purzelte ohnmächtig vom Stuhl; aber es war dir keine Ohnmacht, sondern ich suchte nur Zeit zu einer Lüge zu gewinnen. Ich hörte Papa und Mama in der Stube herumrennen und schreien: »Ach Gott erbarme sich's! – Unsere liebe Tochter – unser einziges Kind!« –

Sie rieben und bespritzten mich; endlich schlug ich die Augen wieder auf, aber die Mama war über diesen Streich voll Zorn. Sie zieh ihn einer unserer Mägde, und der Papa examinierte sie sehr scharf. Er sagte immer: »Wehe dem, der der Jugend Ärgernis gibt.« Indessen fragte er mich, warum ich vor dem Gerichte so erschrocken wäre. »Ach, lieber Papa«, gab ich weinend zu Antwort, »ich glaubte, es waren Ratten, denn ich fürchte mich ganz entsetzlich davor.« – »Du hast dich doch sonst nicht davor gefürchtet«, erwidert' er. »Es ist richtig«, fiel die Mama ein, »sie hat seit einiger Zeit einen natürlichen Abscheu davor« – »Ei, ei«, versetzte der Papa, »das Ding muss eine Bedeutung haben.« Die Mama schlug hierauf die Hände voneinander und schrie: »Dass dich doch! – Das Ding! – Das Ding! – Ich weiß nicht, was du mit dem Dinge willst. – Was wird das Mädchen von Dingern wissen? Höre doch auf.« Ich verdoppelte mein Weinen. »Siehst du«, fuhr sie fort, »wie sie weinet. Du wirst wohl machen, dass das Mädchen noch einmal ohnmächtig wird oder gar ins Wasser springet. – Gehe, Fiekchen, gehe in deine Kammer und ruhe auf diesen Schrecken wieder aus; vergiss aber nicht, das Wasser abzuschlagen.« – Ich ging, sie trug mir meine Mandeltorte nach und ließ mich damit allein.

Zur Torte, dacht' ich, muss auch was Nasses sein; und husch! war ich im Keller und kaperte eine Bouteille Rheinwein, die ich unter meinem Bette versteckte.

Kurz darauf ging Wilhelm vorbei. Ich rief ihn zu mir hinein, und er bat und beschwor mich, dass ich doch ja nicht mehr zaubern möchte; und ob ich gleich nicht wusste, was der Narr damit wollte, so versprach ich es ihm gleichwohl, um auf wichtigere Sachen zu kommen.

Wir erneuerten das Papaspiel. Diesmal musste Wilhelm die Mama vorstellen, und ich legte mich auf ihn. Es ging alles nach Herzenswunsch. Wir nahmen hierauf Torte und Wein zu Leibe und repetierten unser Spiel. Nach Endigung desselben stieg ich von ihm herab; er blieb auf dem Rücken liegen und entschlief fast in dem Augenblicke. Ich benutzte den, besah seine ganze Feldequipage und hatte meine innigste Freude darüber, wenn ich immer seinen Zebedäus wie einen Kegel aufrichten wollte und er so wie ein gehangener Dieb den Kopf zur Seite baumeln ließ.

Ich blieb so eine Weile sitzen, und endlich schlief ich auch neben ihm ein. Auf einmal wurd' ich durch eine bekannte Stimme ermuntert. »Da siehst du nun, wie sich das Mädchen schämet. – Ei, haben wir nicht Freude erlebet, liebes Mütterchen!«, hörte ich vor mir und erblickte, als ich die Augen aufschlug, meine Eltern. Ich hielt wirklich noch

Wilhelms Beutelchen in der einen Hand und in der andern seine Wurzel, so wie man eine Wachtelpfeife zu halten pfleget. Er erwachte gleichfalls und lief mit herunterhängenden Hosen in seine Kammer, wo er sich aus Furcht einer üblen Begegnung von meinem Papa mit Stühlen verpalisadierte.

Itzt ging es weidlich über mich her. Es hieß, ich sollte gestehen, was der böse Bube mit mir gemachet hätte, oder nach Waldheim ins Zuchthaus wandern. Meine Bestien, Luder und ungeratne Kinder steckt' ich willig ein; denn ich dachte: »Ich schüttle mich wie ein Pudel, der im Wasser war – und alles ist weg«, – aber die Ehrentitel, die mein Wilhelm bekam, schmerzten mich.

Ich wusste wohl, dass mir nicht viel geschehen würde, und nahm deswegen alle Schuld auf mich allein. Geschwind extemporiert' ich eine Lüge und sagte, dass Wilhelm mit einem Faden Zwirn in meine Kammer gekommen und mich um eine Nähnadel gebeten, um sich ein Schreibebuch zusammenzuheften. Hier blieb ich stecken. – »Und«, fiel der Papa ein, »weiter, weiter!« – Ich wusste nichts mehr zu sagen; aber just erblickt' er die Weinflasche. – »Da ist ja das Und«, fuhr er fort. »Wo hast du das hergenommen?« – »O das weiß ich selber nicht«, antwortete ich, »glaubte aber, Sie hätten sie mir in die Kammer stellen lassen. Wilhelm half mir ihn austrinken, und wir schliefen beide ein. Übrigens ist Wilhelm ganz unschuldig; denn ich habe ihm selbst die Hosen aufgeknöpft, aber bloß, um zu sehen, ob er keine Verse darin hätte: denn er trägt oft Carmina bei sich.«

»Allerliebst!«, verfolgte der Papa. »So suchet man die Verse bei den Männern in den Hosen? – Woher du alle die Wahrheiten weißt! – Aber wie ist denn der Griffel in deine

Hände gekommen?« – »Das ist mir unbegreiflich; – es muss mir ihn jemand im Schlafe in die Hand gegeben haben, mir einen Possen zu spielen, ich glaube gewiss.« – »Du glaubest? – Das heiß ich wohl recht: Einem den Glauben in die Hand geben ... Unvergleichlich! – Was wird aus diesem Kindlein werden? ... Drei Haupttugenden besitzest du schon: Stehlen, Lügen, und ... doch die dritte mag ich gar nicht nennen; ... aber wir werden uns sprechen, und du musst mir aus dem Hause, ehe du unserer Familie eine größere Schande machest!«

Man legte ein Schloss vor meine Kammer, und ich wusste nicht, was mit mir werden würde. Gegen Abend hörte ich an der Türe ganz leise meinen Namen. Es war Wilhelm. Der Papa hatte ihn durch das Versprechen, dass ihm nichts geschehen sollte, weil er unschuldig sei, bewogen, aus seinem Verhaue hervorzugehen. Er gab mir Nachricht von meiner Versendung auf das Land, versprach mir aber zugleich, es nimmermehr zuzulassen und eher mit mir in alle Welt zu gehen.

Ich bin es vollkommen zufrieden; aber wo wir ein Loch finden werden, weiß ich nicht. Doch der Himmel wird uns in unserem Vorhaben beistehen; das ist auch meine einzige Hoffnung. Indessen musst du mir nicht antworten, Ernestinchen, bis ich dir wieder geschrieben habe.

Dein Fiekchen.

Neunter Brief

Wilhelm an Heinrich

Liebster Heinrich!

Wenn du die Wirtschaft ansähest, die itzt bei uns ist, so weiß ich gewiss, dass du für Lachen krank würdest. Ich schrieb dir letzthin, dass Fiekchens Papa den Hanswurst und seine Frau bekehren wolle; und nun scheinet es, sie haben ihn selbst bekehrt. Er spricht nicht mehr Böses von ihnen, sondern lauter Gutes. Der Hanswurst blaset, wenn sein Herr aufstehet, ein gewisses Stückchen auf dem Waldhorn; das hat er sich nun aus Noten setzen lassen und spielet es Tag und Nacht auf der Violine, dass einem das Gehör vergehen möchte. Sogar die Kirchenmusik hat auf seinen Befehl am vorigen Sonntag diejenige nachahmen müssen, die gewöhnlich da, wenn er sich auf dem Seile schwenket, aufgemachet wird; auch wird (was vorher nie geschehen) itzt unter der Kommunion ein gedämpftes Waldhorn geblasen.

Der Frau Hanswurstin Stimme ist lebhaft genug. Sie sang letzthin in der Kirche auf dem Chor, und damals blieb der Herr Oberpastor in der Predigt stecken. Man sagt, er habe die Hanswurstin angesehen, die beständig an ihrem Halstuche gespielet, und darüber sei er irre worden. Sie hat Brüste wie ein Paar Laibe Landbrot; aber das verstehe ich nicht, wie einen diese konfus machen sollten. – Die Frau

Oberpastorin spricht immer, sie möchte keine solche Schweizer Kuh sein, sie hat aber leicht reden, denn sie hat nichts. Indessen zanket sie beständig, dass das Deputatkorn auf dem Boden immer weniger wird. Letzthin wollte sie gar gesehen haben, dass der Hanswurstin das Hemde unter dem Rocke vorgegangen und mit ihrem Wäschezeichen gemerket gewesen wäre. Daraus will sie behaupten, es sei einer von ihren feinen Kornsäcken gewesen. Auch bringt er ihr itzt immer zu wenig Beichtgroschen nach Hause; und ob er gleich saget, dass dermalen zur Ernte wenige Leute beichten, so ist sie doch nicht damit zufrieden und nennet es kahle Ausrede.

Ich und Fiekchen vertragen uns schon besser, und ich müsste es wie ein Schelm lügen, wenn ich noch über Zauberei an meinem Daumen klagen wollte. Er wird mir zwar oft noch steif, aber es ist auch gleich Hilfe da, und Fiekchen ist wirklich eine rechte Balsambüchse für meine Wunden.

Noch etwas muss ich dir berichten: Fiekchens Löchelchen, das sonst so gar niedliche Löchelchen, hat sich seither gedehnet wie ein abgetragener Handschuh und heißt schon mit Recht ein Loch. Manches Mal bin ich schon mitten darinnen, und doch ist es mir, als ob ich noch in freier Luft wäre. So sind nun alle Sachen auf der Welt der Veränderung unterworfen. – Lebe wohl. Ich bin

Dein Wilhelm.

Zehnter Brief

Fiekchen an Ernestinchen

Liebes Ernestinchen!

Kummervoll, aber doch vergnügt schreibe ich dir heute, da ich mich nun in L** befinde. Ehe ich dir aber diese vortreffliche Stadt beschreibe, will ich dir lieber die Art meiner Rettung berichten und meine Reise beschreiben.

Der Papa kam des andern Tages zu mir und kündigte mir an, dass ich den folgenden Morgen wandern müsste. Ich antwortete: »Ich werde eine gehorsame Tochter sein.« – »Nun, so ist's recht«, erwiderte er und ging und schloss mich wieder ein. – Ja hintenum, dacht ich; Herr Papa, wir werden schon ein Loch finden.

Wilhelm hatte mit mir abgeredet, mich in der kommenden Nacht zu erlösen und mit mir zum Teufel zu gehen. Da zwischen meiner und seiner Kammer nur eine bretterne Wand war, an welcher unsere Betten standen, so war es ihm leicht, den Tag über mit einem scharfen Schnitzer ein Stück auszuschneiden, dass ich bequem durchkriechen konnte, ohne dass man gleich das Loch wahrnahm. Mit größtem Schmerzen erwartete ich die Nacht. Sie kam, und Wilhelm legte sich in sein Bette, bis der Wächter elf rief; da klopfte er mir. Ich zog mich hurtig an, packte alle meine Wäsche und Kleider in einen Bündel, schob den durch das Loch in seine Kammer und kroch hinterher. Wilhelm zeigte mir eine Strickleiter, die er ans Fenster geknüpfet hatte. Ich ging noch in meiner Mama Putzstube, machte den Schrank auf, holte mein Patengeld nebst einer Schweinsblase voll Beichtgroschen und einem Schächtelchen ab, worin einige gute Ringe und silberne Schuhschnallen waren; und dann ging's hopp! hopp! über das Fenster hinab auf die Gasse.

Wir mussten vor der Post vorbei, wo eben eingespannt wurde. Wilhelm fragte den Postknecht, ob wir nicht blind mitfahren könnten? Er sagte: ja, wir sollten nur vorausgehen und draußen hinter dem Galgenberge auf ihn warten. Wir hatten ihn bald erreicht, blieben aber eine gute Strecke davon stehen und getraueten uns nicht näher, weil wir beim Mondenschein einen Dieb daran baumeln sahen. Wir klammerten uns voll Furcht aneinander an, und ich fühlte, da ich von ohngefähr Wilhelms Pfeife berührte, dass sie so schlapp war wie eingetauchtes Löschpapier. Ich fragte ihn um die Ursache, und er antwortete, wie er sich seiner Sterblichkeit erinnere und – der Beichtgroschen. – Ich verstand es, er meinte eine Staupbesen-Kollation; ich tat ihm aber dar, dass der Papa nimmermehr zulassen würde, dass man geistliches Fleisch und Blut stäupte. – Indem kam der Postwagen; wir riefen, und er hielt still.

»Nun, steigt herauf!«, sagte der Schwager. Der Wagen war ganz voll Passagiere, welche fluchten, als sie sahen, dass er uns noch mitnehmen wollte. Wir näherten uns, und da sie mich sahen, wurden sie sogleich höflicher, und einer nahm mich auf den Schoß; Wilhelm aber musste hinten im Korbe vorliebnehmen.

Der, so mich auf dem Schoß hatte, schlug seinen Mantel um mich und hielt mich fest, dass ich nicht auf den Vordersitz geworfen wurde. Er fragte mich, wie ich hieße; und da ich ihm eine Nase gedrehet, sagte er mir, dass ich ein schönes Mädchen wäre; das mir sehr lächerlich tat, dass der dumme Zipfel von meiner Schönheit sprach, da doch der Mond untergegangen und er mich im Finsteren nicht ansehen konnte.

Nach einer kleinen Weile griff er mir unter das Halstuch, stach sich aber in eine darinnen steckende Nadel. Er verbiss seinen Schmerz und sagte nicht ein Wort. Dies erweckte mir Mitleiden; und weil ich ihm für meinen Sitz Erkenntlichkeit schuldig war, erleichtert' ich seine Mühe und nahm die Stecknadel heraus. Er hatte nun freie Fahrt und machte sich mit meinem Busen viel zu schaffen. Bald strich, bald drückt' er ihn; bald bedeckt' er den linken, bald den rechten Hügel; bald beide Brüste zugleich, und bald fuhr er in der Rinne zwischen beiden mit der Spitze der flachen Hand ganz gemächlich auf und nieder.

Während der Zeit war er auch mit der andern Hand nicht müßig. Er rückte mich, dass er die Schürze etwas vorbrachte, und suchte den Schlitz; weil aber der etwas enge war und er größere Hände hatte als Wilhelm, so riss er selben auf eine sehr geschickte Art in beiden Röckchen neben der Naht hinab mehr in die Länge, bis er bequem Eingang fand. Ich bemerkte überhaupt, dass der gute Herr schon oft dabei gewesen sein müsse. Er zupfte nun an meinem Hemde; und weil ich es mit den Knien an den Vordersitz klemmte, so macht' ich die Füße gerade und erleichtert' ihm auch diese Arbeit, worauf er es in drei Zügen in die Höhe zog und seine gierigen, zitternden Finger über meinen Venushügel, das beste Grundstück, was ich besitze, hinabglitschen ließ.

Er hielt sich nicht lange bei der Wolle auf, sondern suchte

mir ans Fleisch zu kommen, und es setzte keine Schwierigkeit und war für mich eine unbeschreibliche Kitzelwonne.

Ich befand mich auf meinem Sitze so wohl wie eine Fürstin, bis ich endlich meinen armen Wilhelm hinten im Korbe laut seufzen hörte. Ich vermutete, dass sein Seufzen vom schlechten Platze herrührte; dies machte mich so wehmütig, dass mir die Augen übergingen und ich laut zu schluchzen anfing.

»Warum weinen Sie, Engel?«, fing mein Gefährte an. »Vor mir dürfen Sie sich nicht schämen, denn Sie sind ja mein. – Ich liebe Sie wie meine Seele; und wenn Sie wollen, so heirate ich Sie und mache Sie zur glücklichen Frau.« Ich antwortete nicht, hielt aber dafür, wie gewöhnlich, ganz stille, als er mir etliche Küsse auf den Mund drückte, auch das Pfand ewiger Treue hervorzog und in meine Hand gab.

Mittlerweile brach der Morgen an, und wir hielten in der Station bei einem Wirtshause still und stiegen ab. Wilhelm kroch mit aus seinem Korbe hervor.

Er war von dem nächtlichen Nebel ganz erstarret und schlich sogleich hinter den geheizten Ofen, wo er sich auf die Bank setzte. Er rief mich zu sich hin und murrte gewaltig, weil er wollte gesehen haben, dass mich mein Schoßhalter geküsset hätte; aber ich log es ihm vor der Nase weg, nannte ihn einen dummen Schöps und wusst' ihm das Maul so gut zu stopfen, dass er schwieg und endlich von der Wärme gar einschlummerte.

Mich zwang nunmehr die Not, einen Ort zu suchen, wo ich mein jungfräuliches Wasser ablassen könnte; und ich ging in einen leeren Stall. Ich kauerte mich da nieder; aber kaum war ich fertig, so kam mein Reisenachbar von ohngefähr eben dahin. Er machte mir einige prompte Karessen und ließ mir die Röcke gar nicht mehr hinuntertun, sondern zog seinen Bengel heraus und wollte mir ihn ohne Umstände in den Leib schieben. Ich machte auch weiter keine Dizentes und ließ mich gutwillig an die Wand lehnen. Da er aber ein großer starker Mann und ich klein war, ging es nicht, und er stach mir immer zwischen den Beinen durch.

Nachdem er sich und mich eine Weile vergeblich gemartert hatte, zog er mich hastig an einen daneben vom Boden auf die Krippe gelegten Streubaum, ermahnte mich zum Bücken und mit den Händen darauf zu stützen und drehete sich um mich herum und fing seine Arbeit von hinten an.

Kaum hatte er angesetzt, so fühlt' ich, dass er einen ganz entsetzlichen Kerl haben müsse, denn es war nicht anders, als ob mir ein jähriges Kalb mit der Schnauze in den Leib fahren wollte. Er konnte auch lange nicht damit fort. Nach ohngefähr sechzehn langsamen und bescheidenen Zügen gelang es ihm endlich, dass er mein Inwendiges erreichte; und nun holte er weit aus und pfropfte mich dermaßen, dass es mir durch Mark und Beine ging und ich alle Kräfte anwenden musste, um nicht das Übergewicht zu bekommen. Welch Entzücken ich da empfand, kannst du leicht denken; aber ach! es wurde mir ziemlich versalzen.

Als wir in der besten Arbeit waren, bekam ich einen so jähen heftigen Stoß, dass ich über den Streubaum wegflog und mich im Pferdemist überkollerte. O welche Szene, als ich mich umsah! – Ein großer Ziegenbock hatte sich mit den Hörnern in meines Geliebten Hosen, die ihm bis auf die Knie herunterhingen, ganz verwickelt und zappelte mit ihm im Stalle herum, ohne dass sich weder einer noch der andere helfen konnte. Der bestialische Bock hatte sich in den Stall geschlichen, und weil er vermutlich unsere devote Kruppe für etwas Feindliches gehalten, meinen Reiter dermaßen auf das Hinterkastell gehutzet, dass ich davon über den Baum stürzte. Itzt wanderten sie beide miteinander zur Türe hinaus, und es wäre gewiss für einen Vierten eine äußerst komische Szene gewesen, den Passagier mit nackichtem Podex und den Bock mit gesenkten Hörnern in seinen Hosen zu sehen.

Ich wusste nicht, sollte ich weinen oder lachen; aber das Lustigste kam erst. Kaum waren sie vor der Türe, so stolperte mein Freund und fiel samt seinem Führer nach aller Länge in die Mistpfütze, in welcher eine Menge Kuhfladen und Menschensatzungen herumschwammen. Der Bock arbeitete aus allen Kräften, um aus der Pfütze zu kommen, und brachte seinen Gegner immer noch tiefer hinein, bis ihm auf mein hierüber erregtes Geschrei einige Leute zu Hilfe kamen und vom Bock erlöseten.

Das Erste, was er tat, war, dass er hurtig noch in der Pfütze die Hosen hinaufzog und zuknöpfte; aber er hatte zugleich auch eine Partie solcher schwimmenden Materialien mit hineingeschlagen, dass sie ihm unter den Kniegürteln hervorquatschelten und er sich weder zu raten noch zu helfen wusste. Alles, was in der Gaststube war, lief heraus, den armen Schelm zu betrachten, der wie ein Aas stank, für Schrecken außer sich war und nicht wusste, ob er stehenbleiben oder entlaufen sollte. Einige hatten Mitleiden mit ihm, andere lachten. Sie fragten ihn, wie das zugegangen, erhielten aber keine Antwort. Ich stand von ferne, wie Petrus am Kohlefeuer, und dachte: – Ich könnt' es euch am besten erklären – aber ich musste mich selbst nach Wasser umsehen, mir die Hände und das Gesicht zu reinigen.

Mittlerweile hatten sie ihn in eine Scheune geführet, und ich kam just vorbei, wie ihn ein Knecht auszog und die Magd ein großes Schaff Wasser brachte, womit sie ihn wieder reinigten.

Er öffnete nun seinen Koffer und kleidete sich um, worauf wir alle das Frühstück nahmen und über diesen Zufall verschiedene Bemerkungen gemachet wurden, wobei es mir aber gar nicht zum Lachen war und ich ganz stille schwieg. Wilhelm, der den ganzen Auftritt verschlummert hatte, wurde itzt hinter dem Ofen hervorgerufen und genötiget mitzutrinken; und dann bestiegen wir den Postwagen wieder und fuhren weiter. Mein gesalbter Schoßhalter aber mietete sich eine Bauernfuhre und nahm eine ganz andere Straße, wodurch ein Sitz erlediget wurde, der mir nunmehr glücklich zuteilward.

Vergib, teures Ernestinchen, wenn ich hier abbreche; da meine Reise ohnehin nichts Merkwürdiges mehr enthält. Ich bin unausgesetzt

Dein Fiekchen.

Elfter Brief

Ernestinchen an Fiekchen

Liebstes Fiekchen!

Ich habe deinen Brief erhalten und eine Menge Tränen darüber vergossen. Wenn du wüsstest, wie viel Anteil ich an deinen Fadium nehme, so würdest du mich gewiss noch einmal so sehr lieben, als du itzt schon tust. Armes Mädchen! Du musst viel ausstehen, aber der Himmel wird dich nie verlassen, da du eine so aufrichtige Seele bist. – Ich stehe dermalen wirklich auf dem Punkt, in deine Fußtapfen zu treten; und damit du siehest, dass ich dir an Aufrichtigkeit nichts nachgebe, will ich dir alles schreiben, was sich bisher bei uns zugetragen hat.

Seit dem Abend, da die Frau Tante den Herrn Rittmeister mit ihrer Balsambüchse so einsalbte, kam er ganze vier Wochen lang nicht in unser Haus. Das war dir ein Leben. – Sie stellte sich in alle Winkel und flennte und gab keinem Menschen ein gutes Wort; überhaupt war die ganze Zeit über nichts mit ihr zu machen. Endlich stellte er sich wieder ein, und ihre Freude darüber war unbeschreiblich. Er schien aber ganz anders gesinnet als vorher. Er blieb nicht mehr so lange bei ihr allein, ausgenommen, ich war dabei; hingegen war er aus meinem Zimmer oft tagelang nicht zu bringen. Von dieser Zeit an machte er mir, wenn wir allein waren, alle nur erdenkliche Karessen.

An meinem Geburtstage ersuchte er die Frau Tante, dass er mich anbinden dürfe, und schickte mir dann zu einem ganzen Kleide Taft nebst einem Paar silbernen Schuhschnallen. Wer könnte wohl so einem Manne feind sein? – –

Vor vierzehn Tagen bat er mich, dass ich ihn doch eine Nacht bei mir schlafen lassen möchte; und ich erlaubt' es ihm. Ich ging abends wie gewöhnlich zu Bette, legte mich aber nicht nieder, sondern blieb angezogen in Gedanken und schmerzhafter Erwartung an dem Fenster sitzen und sah bisweilen hinunter. Eben als die Glocke elf ausgebrummet hatte, sah ich einen in einem Bauerkittel und einen Reiter kommen, der eine Leiter trug, die er ohne Umstände an mein Fenster setzte, worauf der Bauer in die Höhe stieg.

Ich war ganz voll Schrecken, einen fremden Menschen zu sehen; aber er verschwand, als ich in ihm den Herrn Rittmeister erblickte, der, um nicht erkannt zu werden, sich so verkleidet hatte. Er gab mir seinen gewöhnlichen Kuss und hieß mich guten Mutes sein; in dem Augenblick aber fiel mir ein Zweifel bei, den ich ihm mit der größten Ängstlichkeit eröffnete. Ich fragte ihn nämlich, ob ein Mädchen, wenn ein Mann bei ihm geschlafen, noch eine Jungfer sei. Mein Vorsatz war, ihn, wenn er mich dessen nicht gewiss versichern könnte, nicht bei mir zu leiden; aber er versicherte mich, dass ich im Gegenteil eine doppelte Jungfer würde, und bekräftigte mir solches mit so viel Exempeln und Schwüren, dass ich endlich über diesen Punkt ganz beruhigt wurde.

»Wo hast du denn dein Bettchen?«, fragte er; und als ich es ihm gezeiget, leitete er mich dahin und setzte sich mit mir darauf. Er ermahnte mich sogleich, meine Röcke auszuziehen. Vergebens wandte ich ein, dass es Schande sei, im

Hemde bei ihm zu bleiben. Er stellte mir vor, dass es ja Nacht wäre und die Röcke zu viel Platz einnehmen würden; kurz, er legte selbst Hand an; da er aber des Aufbindens nicht recht kundig war, so verknüpfte er sie mir. Doch er wusste sich zu helfen, wie Alexander mit dem Gordischen Knoten, und streifte sie mir über die Füße; worauf er sich neben mir hinlegte und mir an die Feige griff, endlich aber die Hosen eröffnete und mit seiner Patrone angerücket kam.

Er kniete zwischen meine Schenkel, richtete seine Maschine an das Schwarze und fing mich damit gewaltsam zu drücken an. Es tat mir wehe, und ich bat ihn himmelhoch aufzuhören; er gab es aber dem Schuld, dass ich zu niedrig läge; nahm daher meine Röcke, rollte sie zusammen und stopfte sie mir unter den Hintern, worauf er sich wieder in die vorige Positur setzte: Allein es ging darum eben nicht besser.

Ich weinte und flehete; aber der Herr Rittmeister wurde so grausam, dass er mir keine Antwort mehr gab und wie ein unbarmherziger Barbar nur immer drauflosstieß. Bei jedem Stoße hätte ich für Schmerz schreien mögen und fühlte, dass er mir immer tiefer in den Leib kam. Endlich tat er so einen Stoß – einen Stoß, wie ein Römischer Widder oder Mauerbrecher an einer Festung tun könnte; und da platzte es ordentlich in meinem Magen. Zum Glücke hatte ich den Bettzipfel im Munde, sonst würde ich laut haben schreien müssen; aber ich hatte ihn im Übermaße meines Schmerzes durch und durch gebissen.

Von dieser Zeit weiß ich nicht mehr, was mit mir vorgegangen ist; ich kam ganz außer mir und wurde ohnmächtig. Endlich erwachte ich wieder und fühlte mich in des Herrn Rittmeisters Arme. Der Mond schien hell. Ich blickte erschrocken um mich her. Mein Ritter lag auf dem Rücken und schlief, und die verzweifelte Patrone, die mir so zugesetzet hatte, hing itzt mit geneigtem Haupte über seinen Schenkel her. Mit inniger Furcht und Ergötzen zugleich betrachtete ich sie, bückte mich und küßte dies Glied, das mich so sehr gemartert, in der Absicht, es auch, gleich seinem Herrn, zu meinem wahren Freunde zu machen.

In diesem Augenblick erwachte der Herr Rittmeister. Er nahm mich gleich beim Halse und zog mich auf sich nieder, wobei er mir viel hundert Küsse gab. Zu gleicher Zeit bemerkte ich, dass sich seine Patrone wieder füllte und mich an dem Bauch wie ein Hebebaum in die Höhe hob. Aus Furcht, es möchte mir noch einmal etwas geschehen, fing ich an zu weinen, das der Herr Rittmeister meiner Reue zuschrieb und mich aufs Beste tröstete; aber ich hatte nichts mehr zu fürchten, denn es kam der Reiter und legte die Leiter wieder ans Fenster. Er drückte mir nun etwas in einem Papierchen in die Hand (zum Andenken, wie er sagte) und gab mir noch einen brünstigen Kuss, stieg hinunter und entfernte sich.

Ich schlief itzt sehr vergnügt ein, erwachte aber zeitlich und stand auf; doch hilf Himmel! Welches Spektakel sah ich nicht, als ich mein Bett anblickte! – Ein Fleck, in der Größe einer Suppenschüssel, war so starr, als wenn er gestärket worden wäre; und sah so bunt wie die Landkarte der sieben vereinigten Provinzen. Mir war angst und bang. Ich besorgte, dass mir etwas im Leibe zersprenget worden, weil es mich spannte; noch mehr aber, dass meine Frau Tante das Bett sehen und daraus wahrsagen möchte. Lange studierte ich hin und her, was in der Sache anzufangen sei, und endlich verfiel ich dir auf ein Mittel, das unserem ganzen

Geschlechte Ehre machen muss. Ich setzte mich auf den Nachttopf und hofierte ein bisschen hinein, nahm dann meine Stricknadel und rührte es so lange, bis es sich aufgelöset hatte, und goss es ins Bette, dass es den Fleck ganz bedeckte, worauf ich mich wieder niederlegte.

Da ich zur Kaffeestunde nicht hinunterkam, stieg die Frau Tante zu mir herauf. Sobald ich sie an meiner Türe hörte, fing ich jämmerlich zu krächzen an; und da sie an mein Bette kam, klagte ich ihr mit matter Stimme, wie ich sehr heftiges Bauchgrimmen hätte und die Dissenterie im höchsten Grade. Sie fand die Bescherung im Bette, besah sie durch die Brille und schrie laut auf: – »Ach, dass Gott erbarm! Armes Ernestinchen, du hast die Ruhr.« – Sie ließ mir gleich Kissen warm machen und auf den Bauch legen, brachte auch Hauswurz und etwas in einem Fläschchen, das ich einnehmen musste.

Nach einer Stunde tat ich ihr zu wissen, dass ich mich besser befände; und gegen Mittag stand ich, zu ihrem großen Triumphe, dass ihre Medizin so gut gewirket hatte, wieder auf und bekam ein apartes Gerichte von frikassierten jungen Hühnern, die mir recht wohl zustattenkamen. Meine Spannung ließ den andern Tag auch nach, und gestern fühlte ich nicht das Geringste mehr. Der Herr Rittmeister war gestern nachmittags auch bei uns; allein ich bekam ihn nicht zu sehen, weil ich in meiner Stube für die Frau Tante arbeiten musste. Morgen aber wird er bei uns speisen, und da kann ich es einbringen, was ich gestern versäumte, und will meine Augen recht an ihm weiden. Lebe wohl, bestes Fiekchen, und glaube, dass ich ewig bin

Dein Ernestinchen.

Zwölfter Brief

Heinrich an Wilhelm

Bester Wilhelm!

Ich bin vor einigen Wochen wegen meinem Theichen übel weggekommen. Du wirst dich erinnern, dass ich ihr erlaubte, auf mein Konto täglich ein bisschen eingemachte Früchte zu naschen.

Sie ließ also keinen Tag vorbei und war so fleißig, dass sie bald auf den kahlen Boden kam. Kurz darauf hatten wir Gäste. Die Mama ließ Schweinswildpret zurechte machen und gedachte, eingemachte Sachen dazu aufzutragen; aber wie sie darnach ging, fand sie alles rein ausgefressen. Sie examinierte nun eine Magd nach der andern; da aber jede leugnete, musste ich endlich auch vor. Stolz darauf, meinem geliebten Theichen eine Aufopferung zu leisten, gab ich mich ganz freimütig selbst an. Sie hatte just den Löffel, der in einem dieser leeren Töpfe liegen geblieben war, in der Hand, und kaum war ich mit dem Bekenntnis fertig, so zerschlug sie mir das Maul damit so gewaltig, dass es mir im Augenblicke wie eine Bratwurst aufschwoll. – »Da hast du einen Denkzettel«, sagte sie, »ein andersmal friss einen Quark.« –

Ich konnte mich nun mit meinem zerschlagenen Maul nicht an den Tisch setzen und musste in Theichens Gesellschaft speisen. Sie lobte mich wegen meiner Verschwiegenheit, sosehr sie nur konnte, und beleckte mir mein Bratwurstmaul mit größter Zärtlichkeit. – »Von nun an«, sagte sie, »soll dir der Zutritt zu meinem Inwendigen, zu meinem Herzen, bei Tag und Nacht offen stehen.« –

Kurz darauf musste der Papa zu einer Inventur auf einem adeligen Schlosse, und die Mama machte sich diese Gelegenheit zunutze und ging mit Herrn Fuchsewitz, den man in der ganzen Stadt unseren Hausfreund nennet, welches er aber nicht leiden will, auf den Vogelfang, nachdem sie Theichen Geld dagelassen hatte, etwas aus dem Wirtshause für uns Kinder zu holen.

Theichen versprach mir, als sie hörte, was vorgehen sollte, alle Reiche der Welt nebst ihrer Herrlichkeit zu zeigen, sobald sie nur fort sein würden, und hielt auch ehrlich Wort.

Wir gaben beide am Fenster acht, ob Mama richtig ging, und dann führte mich Theichen zu einem nahen Bette. – »So komm«, sagte sie, »und nimm denn auch das Inventarium über deines Mädchens Sachen.« – Nachdem sie die Kopfkissen alle an das Bettbrett gerichtet und ein Paar Sessel daneben gestellet, setzte sie sich auf das Bette. Mit einer Hand hielt sie mich und mit der andern hob sie die Röcke auf und entblößte den Bauch; worauf sie mir die Hosen eröffnete, meinen Piephahn herauszog und das Hemde hinauf unter die Weste stopfte, damit es, wie sie sagte, nicht irren möchte. Itzt legte sie die beiden Füße auf die Stühle, richtete sich meinen Degen zurecht und fiel rückwärts langsam nieder.

Eine lange Weile tat ich das Meine, so gut ich konnte. Da ich aber das Werk nicht genug verstand, erinnerte sie mich unter den Worten: »Schiebe, schiebe!« zu besserem Fleiße und legte mir beide Fersen ihrer Füße auf den Hintern, womit sie mich mit aller Gewalt an sich schlug. Es dauerte so eine Zeitlang; endlich wurde mir plötzlich so wunderlich, als wenn ich im Sprunge von einem hohen Turme in der Luft flöge. Ich streckte mich zugleich auf dem Mädchen aus allen Kräften; da aber der Fußboden glatt war, rutschte ich aus und fiel mit dem Knie auf die Kante eines unter dem Bette stehenden gefüllten Nachttopfes, den ich umgoss, dass die ganze Stube besudelt wurde.

Theichen stand auf und brachte das Bette wieder in Ordnung; als sie aber die Nässe sah, wurde sie besorgt. Doch sie wusste bald Rat. Sie fragte mich, ob ich nicht heute ihr zu Liebe mit einem Stücke Brot vorliebnehmen wollte; und da sie mich geneigt fand, dingte sie für das Geld, was meine Portion gekostet hätte, ein altes Weib und ließ sogleich den Fußboden waschen. Endlich kam die Mama wieder, und da sie das gewaschene Zimmer sah und hörte, dass es Theichen gesäubert hätte, gab sie ihr zur Belohnung ein seidenes Halstuch; auch erlaubte sie mir, in die Komödie zu gehen.

Es wurde gleich damals »Der Deserteur aus Kindesliebe« aufgeführet. Der Sohn hielt, um seinen Vater zu retten, Spießruten aus. Da er nun mit aufgehauenem Buckel dasaß, verschnappte er sich und sagte: – »Gottlob, ich habe es überstanden, und mein Vater ist gerettet.« – Ich sah, wie ihm dieses Ehre machte, so dass er sogar Offizier wurde. Wie wär' es, dacht' ich, wenn du das auf Theichen und deine Maulschellen mit dem Löffel anwendetest? – –

Gedacht, beschlossen. Wie ich nach Hause kam, setzte ich mich hin, ließ den Kopf sinken und wiederholte beständig die Worte: – »Gottlob! Ich habe es überstanden, und

Theichen ist gerettet.« – Jedermann lachte darüber als eine Kinderei, und niemand wollte mich fragen, das mir recht in der Seele wehe tat.

Schon hatte ich mir vorgenommen, es nur noch ein einziges Mal zu sagen, als mich Mama fragte, was ich damit wolle. Ich gestand ihr meine Großmut, dass ich um Theichens Näscherei willen Maulschellen ausgehalten hätte; aber ich wurde zu meinem Erstaunen nicht belohnt wie der Deserteur, sondern bekam noch zwei recht derbe Ohrfeigen für meine Lügen; Theichen wurde herbeigerufen und ihr, nachdem sie es eingestanden, der Dienst aufgesaget. Es hieß, sie solle zum Teufel gehen. – Kaum hörte ich dies letzte Wort, so wurde ich ohnmächtig und kam nicht eher wieder zu mir selbst, als bis mir die Mama wohl zehnmal in die Ohren geschrien hatte, dass sie Theichen behalten wolle.

Das Mädchen war deswegen einige Tage auf mich böse und nannte mich ein altes Weib. Sie wollte mir gar keinen Akzess mehr gestatten; aber vorgestern gab ich ihr ein neues Viergroschenstück, und nun gehet alles wieder seinen alten Gang, denn das Mädchen hat das blanke Geld für sein ganzes Leben gern. Lebe wohl. Ich bin

Dein Heinrich.

Dreizehnter Brief

Wilhelm an Heinrich

Liebster Heinrich!

Wir sind nun schon seit sechs Wochen in L**, aber es gehet uns so miserabel, dass ich morgen trocknes Brot essen muss, wenn ich das Postgeld für diesen Brief wieder einbringen will; und dennoch tue ich es deinetwegen mit Vergnügen.

Als wir hier ankamen, begaben wir uns in den Gasthof »Zum roten Greif«. Man räumte uns auf mein Verlangen ein eigenes Zimmer ein, denn ich gab Fiekchen für meine Frau aus; aber der Gastwirt mochte gleich merken, wes Geistes Kinder wir wären, denn er lächelte recht heimtückisch, sagte aber weiter nichts.

Sobald wir abends gegessen hatten, legten wir uns nieder und schliefen gleich ein, denn wir waren von der Reise müde. Des andern Morgens um neun Uhr zogen wir uns an und gingen spazieren. Ich führte Fiekchen am Arme und bildete mir nicht wenig darauf ein, mein eigenes Mädchen zu haben. Als wir nach Hause kamen, war schon der Tisch gedeckt und wir aßen wie Fürsten. Den Nachmittag gingen wir wieder aus; aber das Abendgebet war kaum geläutet, so lagen wir auch schon im Bette. Erst in dieser Nacht fühlte ich die Größe meines Glückes. – Was das für eine Herrlichkeit ist, so ein hübsches Mädchen ganz nackend im Arme zu haben und dessen ganze Wärme zu fühlen! – Ich sattelte ihr gleich auf, sie schlang sich um mich wie eine Rebe; und wir zerarbeiteten uns so, dass frühmorgens eine Menge Stroh am Boden lag, das wir herausgerammelt hatten; wir richteten aber alles wieder zurechte.

Vierzehn Tage hatten wir so gehauset, als der Wirt kam, der vermutlich nicht viel Geld bei uns suchte, und uns die Rechnung brachte. Sie betrug dreißig Taler. Ich erschrak heftig darüber, ließ mir aber nichts merken. Wie er fort war, holte ich mit Zittern meinen Beutel (denn unsere Kasse war gemeinschaftlich), und da ich es aufgezählet, trug ich es hinunter in die Schenkstube. Wir hatten nur noch zwei Taler übrig, und ich weinte, als ich wieder zu Fiekchen kam, sie aber schien sich um nichts zu bekümmern; dennoch stimmte sie mir bei, dass wir unser Quartier alsobald verändern müssten.

Wir zogen also in den »Tiger« , aber da trafen wir es erst gut. – In vier Tagen war nicht allein unsere Barschaft fort; sondern wir mussten noch alles, was wir hatten, an Juden verkaufen und blieben doch noch neun Groschen schuldig.

Da ich das letzte Hemd vermöbelt hatte und eben unter der Türe mit Fiekchen schmerzliche Betrachtungen anstellte, kam ein Mann von kleiner Statur zu uns und tat verschiedene Fragen. Er hatte schon von unseren Umständen gehöret und sagte zu Fiekchen, er hielte im Hause Tanzboden: Wenn sie tanzen könnte, wolle er ihr täglich drei Groschen geben. Fiekchen tanzt wie ein Engel (sie hat's von einem Schuhknecht gelernet). Sie nahm sein Erbieten an, und da er sie im Tanze so stark fand, legte er ihr sechs Pfennige zu; und das sind unsere ganze Revenuen. Fiekchen braucht alltäglich zwei Groschen zu Rosinen und

Mandeln; du wirst dir also leicht vorstellen, was wir für Sprünge machen können.

Der Tanzboden ist über dem Pferdestall. Es kommen in der Woche Studenten, die sich üben, und sonntags Handwerksburschen. Die Person zahlet achtzehn Pfennige Entree; hingegen ist der Boden auch nur mit zween blechernen Leuchtern besetzet, und die Musik bestehet aus einer einzigen Violine.

Nun haben wir also unser Glück gemachet. – Bedenke nur, was ich da fühlen muss, wenn ich mein allerbestes Mädchen von Schlossergesellen so herumreißen lassen und noch zusehen muss. – Überdies schwitzet der Engel nach dem Tanze immer wie eine Sau und hat nur noch ein einziges Hemde auf dem Arsche. O Heinrich, was will aus uns werden? – – Ich kann für Wehmut nicht mehr schreiben, als dass ich bin

Dein Wilhelm.

Vierzehnter Brief

Ernestinchen an Fiekchen

Liebstes Fiekchen!

Was wirst du wohl dazu sagen, wenn ich dir berichte, dass ich aus meines Onkels Hause entflohen bin und mich nun ganz in die Arme des Herrn Rittmeisters geworfen habe? – Ich muss dir den Vorfall erzählen.

Vor drei Wochen brachte er uns die traurige Nachricht, dass sein Regiment marschieren müsse. Wie mir dabei ums Herz war, kannst du dir leicht vorstellen. Ich ließ mir es nicht so merken; hingegen die Frau Tante weinte wie ein kleines Kind, dem man die Arschbacken vollgeklitschet hat, und jedermann dachte, sie würde rasend werden. Der Herr Rittmeister war nun alle Tage bei uns, aber er konnte fast nie mit mir zur Rede kommen; denn die Frau Tante ging ihm, um ihn noch recht zu genießen, wenig von der Seite. Endlich fiel er auf sein bekanntes Mittel und machte mir eine nächtliche Visite durchs Fenster. Nachdem wir der Göttin der Liebe unseren Weihrauch abgebrannt hatten, schwuren wir uns, einander nicht zu verlassen, und verabredeten alles dasjenige, was wir wirklich ausführeten und du gleich lesen wirst.

Ich machte mich in der folgenden Nacht mit Sack und Pack aus dem Hause und begab mich in sein Quartier. Als man mich des andern Tages nicht fand, entstand ein erschreckliches Lärmen; und der Onkel schickte alle seine Pfarrdrescher nach mir aus. Indessen war in einer Stadt, eine Meile von uns, einem Menagerie-Inhaber ein großer Pavian krepiert; den ließ der Herr Rittmeister holen, durch den Eskadrons-Feldscher sauber barbieren und waschen; zog ihm dann eines von meinen schlechtesten Kleidern an und ließ ihn mit zerschlagenem und unkenntlich gemachtem Gesichte des Nachts vor einem nahen Walde an die Straße legen.

Frühmorgens kam schon Nachricht, man habe einen toten Körper gefunden; und er wurde einhellig für des Pfarrers Ernestinchen erkannt. Jedermann glaubte, ich sei aus Verzweiflung davongelaufen und von Räubern erschlagen worden: Und es war um desto wahrscheinlicher, weil ich etliche Tage zuvor ein gewaltiges Demelee mit der Frau Tante gehabt hatte. Ich wurde nun mit den gewöhnlichen Leichenzeremonien zur Erde bestattet, und der Herr Onkel hielt mir eine schöne Leichenpredigt, las auch meinen Lebenslauf von der Kanzel ab.

Es tat mir sehr lächerlich, mich selbst begraben zu sehen, denn der Leichenzug ging gerade unter meinem Fenster vorbei, und ich guckte hinter den Gardinen hervor, dachte aber: »Begrabet mich nur immerhin.« Alle Nachfrage hörte nun auf, weil man mich in der kühlen Erde glaubte; ich durfte mich aber vor keinem Menschen sehen lassen. Den Tag vor dem Abmarsche kroch ich, in Gesellschaft einer Reitersfrau, in des Herrn Rittmeisters Rüstwagen, und so ging's voraus bis auf die erste Station. Des andern Tages kam die Schwadron nach, und der Herr Rittmeister erzählte mir noch, dass ihm die Frau Tante weit nachgelaufen wäre und mit Teufels Gewalt mitgewollt hätte. Da sie nun durch keine Vorstellungen zum Umkehren zu bewegen gewesen, hätte er sich bemüßiget gesehen, sie meiner Sicherheit wegen durch den Stöckelknecht bis in die Pfarre zurückpeitschen zu lassen.

Auf dem ganzen Marsche, der acht Tage dauerte, war ich des Herrn Rittmeisters Matratze. Vorgestern rückten wir im neuen Quartier ein. Er deklarierte mich sogleich für seine Haushälterin, und du kannst gar nicht glauben, was die Leute für Respekt gegen mich bezeigen. Alles zieht den Hut ab, wenn ich komme; und sogar die Schildwache präsentierte mir schon einmal das Gewehr, als ich vorbeiging.

Das Soldatenleben ist doch ein lustiges Leben, und für ein Mädchen kann ja nichts Schöneres sein als ein Offizier. Es ist ein doppelter Grund, warum wir die Soldaten so lieben. Erstens sind sie lauter wohlgewachsene, angenehme, visitierte Leute; dann denken wir: Ei die armen Narren müssen sich um des Staats willen zerhauen, zerstechen oder wohl gar tot schießen lassen; – drum müssen wir ihnen auch aus Mitleiden jede Gefälligkeit erlauben, damit sie sich vor ihrem Ende noch was zugutetun können. Lebe wohl. Ich bin

Dein Ernestinchen.

Fünfzehnter Brief

Fiekchen an Ernestinchen

Liebes Ernestinchen!

Seit wir in L** sind, ist es mir ziemlich knapp gegangen; aber nun geht es wieder besser. Ich möchte dir nicht gerne alle unsere Fatalitäten beschreiben. Aus Not habe ich auf einem elenden Sechsdreiertanzboden als Vortänzerin müssen Dienste nehmen, und der war gleichwohl noch mein Glücke.

Es kam vor einiger Zeit ein alter Herr darauf, zuzusehen. Er fasste mich ins Auge, und ich gefiel ihm. Um ein Achtgroschenstücke gab ihm der Tanzmeister von meinen Umständen Nachricht, und er sprach mich selbst und verhieß mir seine Unterstützung, wobei er mich auf den andern Tag zu sich bestellte. Da ich hinkam, trug er mir für seine Kurzweile einen Konventionstaler an; das war für mich Marzipan. Allein seine Manipulierung war ganz besonders. Er legte mich über einen Sessel und klitschte mir den nackichten Hintern mit der Hand ab, dass er braun und blau wurde. Hierauf gab er mir den Taler und bestellte mich auf den andern Tag wieder. Er hatte eine schöne goldene Berlocke an seinem Uhrbande hängen. Diese biss ich ihm während der Klitscherei ab und behielt sie im Munde, bis ich nach Hause kam, und verkaufte sie für eine Dückedonne, hütete mich aber gar sehr, wieder hinzugehen.

An ebendem Tage führte man einen armen Sünder zum Galgen; da ich noch sehr wenige Exekutionen gesehen, ging ich mit hinaus. Ich mengte mich unter die Leute, die um den Galgen standen, und hatte einen Herrn von mittelmäßigen Jahren neben mir. Der Delinquent war noch zurück; und da noch nichts zu sehen war, redete er mich an und fragte, wo ich wohnte; ich gab ihm auch gleich richtige Adresse. Das Gedränge wurde immer stärker. Der Haufe bog sich hin und her wie ein reifes Kornfeld; und da jeder seinen Platz zu behaupten suchte, gab es ziemliche Fußtritte. Unter dem Vorwande, mich festzuhalten, schlang er seine Arme um mich, erkühnte sich aber, unbekannterweise unter meine Schürze zu schlüpfen und den Schlitz zu suchen.

Ich wollte keinen Lärm machen und ließ es willig geschehen. Er bohrte mit den Fingern zwischen meinen Beinen hinein und wollte mir gerne aufs Punktum kommen. Du weißt, ich bin eine gute Seele. Ich vergönnt' ihm diesen Spaß nicht nur herzlich gern, sondern bedauerte ihn sogar, dass er mich nicht auf der Stelle buchstabieren konnte.

Währenddem war der arme Sünder schon auf den Galgen gestiegen; aber stelle dir mein Entsetzen vor, als ich den Henker für den nämlichen Passagier erkannte, der auf der Poststation vom Ziegenbock in die Mistpfütze geworfen worden war. Ich tat für Schrecken einen lauten Schrei, und die Menschen um mich herum öffneten sich, um zu sehen, was mir wäre. Mein Nachbar wollte geschwind die Hand aus dem Schlitze ziehen; weil er aber mit dem halben Ärmel darinnen stak, so blieb er mit dem Aufschlagknopf am Hemde hängen und riss es mit heraus. Das war denn ein gräuliches Spektakel. Alles hub laut zu lachen an, und ich wusste in der Angst nicht, was ich tun sollte.

Endlich begab ich mich aufs Laufen, machte es aber dadurch nur noch schlimmer. »Eine Hure! Eine Gassenhure!«, schrien sie; und die Buben liefen hinter mir her und warfen mir mit Kot und Steinen nach. Ein Stein traf mich auf den linken Hinterbacken, und eine Handvoll Kot patschte mir so derb ins Genick, dass mir Hören und Sehen verging und ich beinahe niedergestürzet wäre. Ich nahm alle meine Kräfte zusammen, verlor aber bei der Gelegenheit einen Schuh, der jedoch ohnedem keinen Absatz mehr hatte. Da nun die Buben sahen, dass ich gute Füße in Kompanie führte und sie vermutlich meinetwegen nicht gerne das Hängen versäumen wollten, ließen sie von mir ab und kehrten wieder um. Das war auch mein Glück: Denn wäre es schon vorbeigewesen, so würde ich schwerlich ganzbeinicht davongekommen sein.

Als ich zu Hause ankam, ging ich gleich in meine Kammer und dachte so meinem Schicksale nach. – »Dass Gott tausendmal erbarme!«, sagt' ich zu mir selbst, »so bist du schon unter Schinders Händen gewesen und ein Spott der Buben geworden? – Weit, weit, armes Fiekchen, ist es mit dir gekommen.« ... Bei diesen Worten fing ich bitterlich an zu weinen und konnte mich gar nicht zufriedengeben.

Indem kam Wilhelm und befragte mich um die Ursache meiner Traurigkeit. »Soll ich nicht traurig sein«, erwidert' ich, »da ich mich hier in einer fremden Stadt sehe und kaum des Hungers erwehren kann?« Er tröstete mich und zog ein Stücke Brot aus der Tasche, das ihm der Hausknecht verehret hatte. Mein Appetit war itzt zu schlecht, als dass ich darein gebissen hätte. Ich hieß es ihn auf den Tisch legen und blieb mit unterstütztem Haupte sitzen, ohne ein Wort zu reden. Endlich ersucht ich ihn, mir einen Trunk Wasser zu holen, und er ging.

Kaum mochte er den Hof erreicht haben, so pochte man an meine Türe, und es trat ein junger Herr herein, der, wie ich nachher erfuhr, Magister war. Er grüßte mich sehr höflich und entschuldigte sich wegen seiner Freiheit. Er sagte, er hätte mir so übel mitspielen gesehen und mich bedauert; und da ihm mein Gesicht gefallen hätte, wäre er mir nachgegangen, mich mit seinem Troste aufzurichten.

Ich bat ihn um alles in der Welt, wenn Wilhelm käme, ja nichts von dem Vorgange zu erwähnen, und wir verglichen uns kürzlich dahin, dass ich ihn für einen Herrn Vetter, der einige Stunden von meinem Vaterorte her wäre, ausgeben durfte.

Wilhelm machte bei seinem Eintritte große Augen, als er einen fremden Herrn bei mir sah, erheiterte sich aber gleich, als ich ihn Herr Vetter nannte und von der Frau Muhme Stipenius an zu reden fing; noch mehr aber, als der schlaue Herr Vetter ihm einen halben Gulden gab, für welchen er ihn eine Bouteille Pontack, Semmeln und etwas holländischen Käse zu bringen ersuchte.

Gleich nahm er seinen Hut und ließ uns allein. Der Herr Magister machte sich die Zeit zunutze und stellte mich vor sich, wo er saß. Ohne um Erlaubnis zu fragen, hob er mir den Rock auf, drehte mich über den Strohsack und geigte mich recht dogmatisch und ehrbar. Wie er fertig war, stieg er herunter, packte zusammen und gab mir (kannst du wohl glauben?) einen halben Louis d'or in Golde mit der Versicherung, mich recht oft zu besuchen. Er sagte, er steckte mich gerne noch einmal; weil er aber heute bei einem Kaufmanne speisete, möchte er sich zu sehr derangieren. »Nach Dero Belieben,« gab ich darauf und neigte mich dazu.

Itzt brachte Wilhelm die Viktualien. Wir hatten kein

Glas, und ich schenkte in die Kaffeeschale ein und präsentierte sie ihm; aber er schlug es aus, ging auch gleich darauf fort und ließ es uns allein. Wir zehrten es mit größtem Appetit auf und hätten darüber bald unser ganzes Unglück vergessen. Ich bin nun kurios, ob ich bald wieder Gelegenheit haben werde, dir etwas von diesem guten Herrn zu berichten, oder ob er gar etwa ein Windbeutel ist und sich nicht mehr sehen lässt, welches ich aber kaum glauben kann; denn er hat ein gar zu ehrliches Gesichte.

Lebe wohl, bestes Ernestinchen. Ich wünsche dir viel Glück und bin mit der größten Zärtlichkeit

Dein Fiekchen.

Sechzehnter Brief

Heinrich an Wilhelm

Bester Wilhelm!

Ob du mir gleich noch eine Antwort schuldig bist, schreibe ich dir doch wieder. Ich machte mit dem Papa vor kurzem eine wichtige Reise nach M***. Es ist eine angenehme, schöne Stadt. Kaum waren wir abgestiegen, so suchte der Papa seine alten Bekannten auf; unter diesen war eine Baronesse, bei deren Vater er einmal in Diensten gestanden hatte. Wir wurden verschiedene Male von ihr eingeladen und recht nobel bewirtet. Er wollte sich nun auch einmal sehen lassen und mietete einen Wagen, worin sie auf seine Bitte mit ihm nach einem Landgasthof fuhr, wo er sie so gut traktierte, als nur möglich war.

Ich war auch mit ihnen. Unterweges betrachtete ich die Baronesse recht mit Andacht und fand sie liebenswürdig. Sie war brünett, höchstens fünfundzwanzig Jahre alt und voll Feuer. Sie hatte einen vollen, schönen Busen; und da durch die offenen Wagenfenster der Wind zog, flatterte das Halstuch auf eine sehr ergötzende Art.

Dies bewegte mich und erweckte in mir die sehnlichsten Begierden. Ich stellte mir im Geist ihre wollüstige Kruppe so natürlich vor, dass mir nicht allein die Nille stand, sondern ich wirklich, schon außer mir selbst, mit dem Hintern wackelte, welches man aber vor der Bewegung des Wagens nicht bemerken konnte. Mein Papa gab auch nicht acht, weil er mit ihr im Gespräche von vaterländischen Dingen verwickelt war. Wir langten an und schmauseten, wie gesagt, bis gegen Abend. Der Papa hatte ziemlich viel Wein zu sich genommen und die Baronesse sich nicht genieret. Diese Umstände benutzt' ich.

Wir fuhren endlich zurück. Der Papa ließ mich diesmal sitzen und setzte sich rückwärts. Es fing an zu dämmern, und ich jauchzte schon heimlich, wie ich meine Handgriffe machen wollte; aber ich wäre bei einem Haare übel angerumpelt. Nach gerade fiel im Wagen eine allgemeine Stille. Auf einmal griff ich der Dame so leise in den Schlitz, dass sie es nicht eher fühlen konnte, als bis ich schon am Bauch war. In diesem Augenblick begegnet' ich einer anderen Hand, die die meine ergriff und sanft drückte. An einem wegen eines Federmesserschnittes verbundenen Finger merkt' ich gleich, dass sie dem Papa gehörte, und zog, sobald er mich losließ, mit großer Eilfertigkeit wieder heraus. Die Baronesse merkte das Missverständnis so wenig als der Papa; aber ich war so erschrocken, dass mir Arme und Beine zitterten. Ich bekümmerte mich also nicht, was weiter im Finstern geschah, und war nur froh, dass ich so davongekommen war.

Unsere Rückreise ging ganz glücklich vonstatten. Gegen Mittag kamen wir nach Hause. Die Mama empfing uns unter der Türe. Theichen war auch da, tat aber ganz kalt gegen mich, wovon ich dir vielleicht nächstens die Ursache schreiben kann. Ich bin übrigens

Dein Heinrich.

Siebenzehnter Brief

Fiekchen an Ernestinchen

Liebes Ernestinchen!

Ich kann dir nun schreiben, dass der Herr Magister ein recht braver, ehrlicher Mensch ist. Er besuchet mich alle Tage; und weil er nicht will, dass ich mehr mit Knoten tanzen soll, so hat er's mit dem Tanzmeister ausgemacht, dass er mich gegen tägliche vier Groschen Kostgeld im Hause behält. Freilich ist der Tanzmeister ein Schlingel und speiset mich immer mit Kartoffeln ab; aber ich darf doch nichts sagen, weil er, wie er spricht, auch den Tagedieb (meinen Wilhelm meint er) mit umsonst füttern muss; das bringt aber der Flegel nicht mit in Rechnung, dass ihm der arme Junge beständig Holz hacken und Wasser tragen muss. Gehe es, wie Gott will; wenn ich nur etwas aus der Tasche zu fressen habe. –

Damit du auch den Herrn Magister näher kennest, so musst du wissen, dass er ein Theologe ist und in einem Kaufmannshause informieret, wo er nicht nur freien Tisch hat, sondern auch von der Frau ein schönes Schürzenstipendium genießet. Er ist übrigens ein sehr geschickter Mensch. Neulich disputierte er, und ich sah ihn, geputzt wie eine Docke, unter meinem Fenster vorbeitraben. Gleich nach der Disputation kam er zu mir und legte mich aufs Bette (denn er hat mir ein Federpolster gekauft); nahm mich auch rechtschaffen mit. Da er fertig war, zupfte ich ihm die Federn vom schwarzen Kleide und wünscht' ihm, als er ging, eine gesegnete Mahlzeit.

Ich kann dich mit aller Wahrheit, ja selbst bei meiner Ehre versichern, dass ich ihm recht gut bin, weil er so ein hübscher Mensch ist und besonders weil er vom geistlichen Stande ist, wie ich. Es bleibt doch immer wahr, was der Teufel zum Kohlbrenner sagte; nämlich dass sich Gleich und Gleich gern gesellet. Ich bin ewig

Dein Fiekchen.

Achtzehnter Brief

Heinrich an Wilhelm

Bester Wilhelm!

Da muss ich dir einen artigen Spaß berichten. Spaß sage ich, – ja weiter nichts. Dass nichts Ernstliches daraus wurde, danke ich meiner Mama Politesse und dem Umstande, dass ich auch hübsche Stückchen von ihr weiß.

Vor vierzehn Tagen sagte mir Theichen ganz im Vertrauen, dass sie schwanger wäre. Ich erschrak. »Mache nun Anstalt, Wilhelm«, sagte sie, »dass ich versorget werde.« Ich gab ihr die besten Worte, sie sollte keine Närrin sein und mich aus der Affäre lassen. – »Ja«, erwiderte sie, »du warest so oft bei der Affäre; so kannst du itzt auch dabeibleiben.« Ich fragte sie, ob es denn nicht anginge, dass sie einen andern zum Vater angäbe. Darüber wurde sie böse und sagte: »So geht's, wenn man sich von solchen Rotzbuben Kinder machen lässt.« – Über diese Rede gleichfalls aufgebracht, gab ich ihr eine Maulschelle und warf sie zur Türe hinaus, nahm dann meinen Hut und ging über Feld.

Der Papa war zum Glücke nicht zu Hause, aber die Mama kam gelaufen und traf Theichen auf der Erde liegend an. Die Bestie stellte sich, als ob sie tot wäre. – »Gott! Was ist das?«, sagte die Mama: »Theichen! Theichen!« Endlich, nach vielem Rütteln eröffnete sie die Augen, tat aber, als ob sie nicht aufstehen könnte, doch eröffnete sie ihr, dass ich sie geschlagen hätte. Sie ließ sie gleich ins Bette bringen und examinierte sie so lange, bis sie ihr gestand, dass sie den Ranzen voll hätte. Die Mama gab ihr nicht den mindesten Verweis, sondern brachte ihr im Gegenteil, zur Entschädigung für ihre Jungfernschaft und Schläge, eine Obligation von hundert Talern; dagegen sie aber einen Revers ausstellen musste, nichts mehr von mir zu sprechen und sich sogleich aus dem Hause zu begeben, das sie dann auch tat.

Noch muss ich dir berichten, dass ich nächstens auf das Gymnasium nach Z** kommen werde. Ich werde dir mit Nächstem meine Adresse schicken und bin

Dein Heinrich.

Neunzehnter Brief

Fiekchen an Ernestinchen

Bestes Ernestinchen!

Nun kann ich dir doch einmal wieder mit freudigem Herzen schreiben, denn ich bin wieder in guten Umständen; aber – bis ich so weit gekommen, habe ich mir manchen rauen Wind unter die Nase müssen gehen lassen.

Der Herr Magister besuchte mich noch oft, und ich ersparte mir so viel an ihm, dass ich mir etliche alte Hemden und eine übertragene Kantusche anschaffen konnte. Ich war dadurch im Stande, mich wieder mit Ehren auf der Gasse zu zeigen. Wo ich vor einem Hause vorbeiging, sagten Männer und Weiber: »Das ist ein hübsches Mädchen.« – Du kannst nicht glauben, wie mich das kitzelte; ich dachte aber: – ja, wenn ich was davon hätte. – Wilhelm ging anfangs mit mir; da setzten sie denn immer dazu: »Nur schade, dass sie sich mit dem schäbigen Jungen schleppt.« – Da wir nun einmal nach Hause kamen, bat ich mir's express von ihm aus, dass er mich nicht mehr begleiten sollte.

Tages darauf ging ich wieder aus, Zucker und Kaffee zu holen. Der Kaufmannsjunge machte mir verschiedene Karessen und fragte mich, wo ich wohnte. Da ich es ihm gesagt hatte, gab er mir noch einmal so viel Zucker, als ich verlangte, und drückte mir, als er mir das Geld herausgab, das ebenso viel in Münze betrug, als ich ihm im Ganzen gegeben hatte, mit vieler Zärtlichkeit die Hand; wobei er mir seinen umgeschlagenen Mittelfinger fest dareindrückte und mich zu besuchen versprach. Ich glaube, dieses Fingereinschlagen muss so ein gewisses Zeichen sein, wie etwa, der Sage nach, die Freimaurer haben. Vielleicht sah er mich für eine freie Mauer an, und da hatte er nicht Unrecht, denn ich lasse mir zu allen Zeiten Kalk anwerfen, soviel einer will.

Den andern Morgen, am Sonntage, trat er zu Türe herein. Wilhelm sah ihn gewaltig überzwerch an; als ich aber vorgab, dass mein und sein Papa auf einer Schule gewesen wären, ließ er sein Misstrauen fallen. Er brachte mir ein Pfund Schokolade nebst einer großen, großen Tüte voll Rosinen und Mandeln. Damit traf er recht meinen Geschmack. Um Wilhelm loszuwerden, winkte ich Ersterem, lud ihn auf eine Schokolade ein, und Wilhelm musste nach Milch, mit welcher er so geschwind nicht wiederkommen konnte. Der Kaufmannsjunge fragte mich itzt, ob ich ihm nicht einen Liebesdienst erweisen wollte; und da ich äußerte, wie ich mich glücklich schätze, unter dem Schirm seiner Flügel zu liegen, und zugleich bei dem letzten Worte über meine Schuhe stolperte und auf den Rücken ins Bett fiel, ließ er mich nicht mehr auf und fing mich gleich zu kalkulieren an.

Er wusste sehr gut damit umzugehen; ausgenommen, dass er mir mit seinen rauen Händen, die er mir unter die Hinterbacken legte, fast die Haut aufgekratzet hätte. Er tat abgesetzte, ernsthafte Stöße, rüttelte auch zuweilen wie mit seiner Mörserkelle vor dem Gewölbe. Das einzige versah er, dass ihm während der Arbeit ein ziemlicher (mit Salvenia) entfuhr, das ich ihm aber auch nicht übelnehmen kann;

denn die Kaufmannsjungen müssen die ganze Woche über genug an sich halten, damit sie den Safran nicht verstänkern; da ist es dann kein Wunder, wenn sie sonntags etwas verlieren.

Wir waren kaum fertig und hatten uns wieder in Ordnung gerichtet, so erschien Wilhelm. Der Kaufmannsjunge wollte itzt nicht mehr auf die Schokolade warten und ging sogleich davon.

Von ohngefähr sah ich auf dem Bette eine Tüte liegen, die ich geschwind aufmachte und mit lauter Pfennigen und Dreiern und etwelchen wenigen ganzen Groschen gefüllet fand. Werden vermutlich die Pfefferpfennige gewesen sein, die er aus der Büchse erlöset und die während dem Manöver ihm aus dem Sacke fielen. Ich machte so meine Betrachtungen darüber, in wie vielerlei Händen wohl alle diese Münzen vor einer Woche gewesen sein möchten, und band sie in meinen Hemdzipfel mit einem Bändchen in ein Knäuel zusammen und trug sie so unter dem Rocke.

Von dieser Stunde an hatte ich wieder lauter Unglück. Ich ging abends in die Komödie und sah da einen uralten Herrn mit einem Stern an der Brust auf dem Parterre herumschleichen, der gar nicht acht auf das Stück gab, sondern mit dem Fernglas immer in die Höhe herumsah und unter andern mich eine ganze Stunde lang beguckte. Mitunter nickte er mit seinem grauen, ehrwürdigen Haupte, als wenn ich seine Approbation hätte. Dies dauerte, bis das Stück aus war, und ich sah ihn dann nicht mehr.

Der andere Tag war der unglückseligste für mich, der mir jedoch in der Folge sehr nützlich wurde. Ich ging in das Kaufmannsgewölbe um eine Muskatnuss. Auf dem Rückwege folgte mir der Markthelfer auf dem Fuße nach. Ich wusste nicht, was das bedeute; aber kurz darnach kam der Hausknecht und sagte mir, dass sich jener bei ihm nach mir erkundigt und, wie er wieder gegangen, auf dem Rückwege lauter kleine Münzen aufgeklaubet hätte. Sobald er weg war, sah ich nach meinem Hemde und fand, dass der Knollen ein Loch bekommen und ich das meiste Geld verloren hatte.

Ich konnte mir nun das Rätsel leicht erklären und befürchtete üble Folgen. Es traf auch richtig ein. Nachmittags kamen einige Polizeidiener, visitierten alles aus und nahmen weg, was sie fanden. Ich musste mit ihnen aufs Rathaus wandern. Sobald ich vor den Polizeikommissär gebracht wurde, fragte er mich, ob mir nicht ein Kaufmannsjunge Geld und Waren zugestecket hätte. Ich leugnete geradeweg. Itzt kam er auf den Artikel, dass ich auf dem Heimwege Geld verloren, welches ich vermutlich aus dem Gewölbe mitgenommen hätte. Hier hob ich meinen Rock auf und zeigte ihm den Bund im Hemdzipfel, bewies ihm auch, dass ich den nicht erst im Gewölbe hätte machen können.

Ich weiß nicht, ob meine Verteidigung oder die Zeigung meines Hemdes seine Strenge gemildert hatte. Er erklärte mich den Augenblick für unschuldig, wollte aber doch, sicherheitswegen, das Polizeisiegel auf meine Unschuld drücken. Ich musste mit in sein Expeditionszimmer gehen; er schloss die Türe ab und – ließ mich gehen. »Noch eins«, sagte er, »– wir wollen's miteinander nicht verderben. Wenn du einmal einen guten Fang weißt, so gib mir Nachricht. Du sollst die Hälfte davon haben und nie bestrafet werden.«

Abends war ich schon wieder zu Hause; doch ob mir gleich der Kommissär versprochen hatte, dass ich alles

Weggenommene wiedererhalten sollte, so brachte man mir doch nicht alles. Da muss ich denn schon das Kreuz darüber machen. Der Kaufmannsjunge bleibt itzt mit seinem Weihrauch und Myrrhen auch sauber aus; im Gegenteil, wenn er mir auf der Gasse begegnet, so tut er, als ob er mich gar nicht kennte. Indessen habe ich schon wieder von andern Seiten her einige Leibrenten gezogen, die mir unser Hausknecht gegen etliche Freibillets zugewiesen hat. Lebe wohl. Ich bin

Dein Fiekchen.

Zwanzigster Brief

Heinrich an Wilhelm

Bester Wilhelm!

Ich bin schon ganz in Z** eingewohnt. Als ich hier ankam, führte mich der Papa zum Herrn Rektor und drückte ihm einen Laubtaler in die Hand, wobei er ihn bat, mich zu examinieren und nach Verdienst in eine Klasse zu setzen. Er brachte mir Ovids »Kunst zu lieben«, und ich musste eine Seite exponieren. Gleich tat er dem Papa kund, dass ich in die Prima kommen würde. Diese Nachricht trug ihm noch einen Taler ein.

Den andern Tag schied der Papa unter dem Tor des Gasthofes, wovon der Wirt sein alter guter Saufbruder war, mit Tränen und lautem Zetergeschrei des Jammers von mir. Sobald er die Gasse hinaus war, kehrt' ich lachend um und blieb noch eine Weile im Gasthofe sitzen. Der Wirt ritt gleich hernach auf ein Dorf und ließ seine Frau allein. Sie ist höchstens dreißig Jahre alt, von Gesicht hübsch, nicht groß und so dick, dass man zwei andere Weiber daraus machen könnte. Wenn sie so in der Gaststube herumging, so schwapperte und wackelte sie mit dem Arsche; und das gefiel mir. Bald durchkreuzten mich allerlei wollüstige Ideen, und ich bekam Lust, sie zu beschnauflen.

Gleich darauf ging sie in den Keller, und ich hinterher. Ich entschuldigte meine Neugierde; und da ich merkte, dass es ihr nicht unangenehm war, umarmte ich sie, soweit es ihre Dicke zuließ, griff ihr unter den Rock und suchte das mütterliche Erbteil. Sie sperrte die Schenkel weit voneinander und ließ mich finden. Sie führte ein Nest, trotz einer Pudelmütze, und war in dem besten Zustande.

Sie griff mir auch an die Hosen; da ich aber damit herauswollte, sagte sie: »Lassen Sie es itzt gut sein: ich werde gleich in die obere Stube gehen, und da schleichen Sie nur nach. – Können wir's uns doch bequem machen.« – Ich verließ den Keller und traf sie kurz darauf in ebendem Zimmer an, wo der Papa logieret hatte. Sie stand mitten darinnen; ich ging auf sie zu; und sie ließ sich unter den wiederholten Worten: – »Was haben Sie aber davon?« – rückwärts bis an's Bett bugsieren, auf welches sie sich setzte und mich schalten und walten ließ. Ich machte mich über sie her, konnte aber vor ihrem dicken Bauche nicht aufs Wahre kommen, bis ich zween Stühle hinsetzte, wornach es mir herrlich gelang.

Ich setzte meine Besuche fleißig fort; fand es auch sehr nützlich, da sie mir ansehnliche Taschensubsidien bewilligte, und traf sie gemeiniglich im Nebenzimmer an, wo sie Mittagsruhe hielt und worein man durch die Küche gehen musste. Eines Mals war ich auch bei ihr und eben unter der Arbeit, als die Türe aufging und ich bei meinem Umsehen den Herrn Wirt erblickte. Was sollte ich da tun? Ich wollte meinen Hengst geschwind herausziehen, besann mich aber doch anders und dachte, dass es besser sei, ihn gar nicht sehen zu lassen, um ihm kein Ärgernis zu geben; sondern lieber in seines Weibes Leibe zu verbergen.

Ich blieb also ruhig und erwartete das Weitere, allein es erfolgte nichts, und alles, was er sagte, war: – »So, so? Nun, das gefällt mir.« – Er ging wieder fort und machte die Türe hinter sich zu. Ich wollte mich auch davonmachen, aber die Frau sagte, ich sollte sie vollends expedieren, denn es wäre schon alles eins. Ich wollte ihren Willen erfüllen, allein der Schrecken war mir so sehr in den Zapfen gefahren, dass er sich krümmte und ich ihn durch alles Winden, Drehen und Drücken nicht mehr ermuntern konnte. Es war also nichts zu tun, als mich fortzumachen. Durch die finstere Küche fuhr ich wie ein Pfeil und duckte mich mit dem Kopfe; denn ich dachte, wenn er so auf der Lauer stünde und schlüge mich mit der Ofengabel hinter die Ohren? – Aber es erfolgte nichts, und ich kam glücklich nach Hause, hütete mich aber, den Gasthof mehr zu betreten.

Kurz darauf war des Herrn Konrektors Namenstag. Nach Gewohnheit machten ihm sämtliche Schüler ein Angebinde, und einige davon wurden bei ihm zu Gast geladen. Ich war unter dieser Zahl und kam etwas später als die andern. Er hatte sie, weil das Essen noch nicht fertig war, in sein Naturalienkabinett geführet. Als ich kam, stand die Frau Konrektorin, eine große grenadiermäßige Blondine, in der Küche und sott eben einen Karpfen. Noch hatt' ich sie nicht gesehen; denn der Herr Konrektor hielt sie sehr kurz. Ich näherte mich ihr mit allem schuldigen Respekt und macht' ihr eine Menge Komplimente, die sie bloß mit einfältigem Lächeln erwiderte.

Ich merkte gleich, dass sie das Schießpulver nicht erfunden haben und etwas zu tun sein müsse. Während den Komplimenten machte ich noch den Versuch auf ihre Keuschheit und stieß sie etliche Male mit der Hutspitze an den Bauch, der, da sie eben schwanger ging, nicht leicht zu verfehlen war. Sie zuckte nicht im mindesten. Da sie mich aber erinnerte, ins Naturalienkabinett zu gehen, bat ich sie, sich im Kochen nicht stören zu lassen und zu erlauben, dass ich sie, als das beste Naturalienkabinett unseres Lehrers, untersuchen dürfe.

Sie drehte sich lächelnd gegen das Feuer, und ich blieb hinter ihr stehen; da merkte ich dann, dass sie den Schlitz hinten hatte. Hurtig war die Hand darinnen. Sie sträubte sich zwar ein wenig; aber weil sie die Pfanne in der Hand hielt, die sie nicht gleich wegsetzen konnte, hatte ich Zeit genug, ihr das Hemde in die Höhe zu ziehen. Da ich nur einmal mit dem Finger in der Büchse war, hatte ich schon gewonnen, und sie rührte sich nicht mehr. Ich knöpfelte nun mit der einen Hand auf und legte die Lanze zum Turnier ein, die ich mit dem Finger verwechselte und ihr so tief in den Leib schob, als ich nur konnte. Endlich, nachdem ich dem jungen Herrn Konrektor den Kopf weidlich abgefeilet hatte, bedankte ich mich für die Wohltat und suchte die Gesellschaft. Sie kam mir eben entgegen; der Herr Konrektor bewillkommte mich und führte uns an den gedeckten Tisch. – »Sie müssen schon vorliebnehmen«, sagte er, » – Hausmannskost, weiter nichts.« – Als aber der Fisch auf den Tisch kam, ärgerte er sich, weil er verbrannt war, wovon ich die Ursache am besten wusste.

Unterdessen hatte der Gastwirt die ganze Naglungsgeschichte seiner Frau meinem Papa umständlich geschrieben und mich bei ihm verklaget. Ich wusste von nichts, bis ich eines Morgens zum Herrn Konrektor gerufen wurde. Er machte mir ein kleines Präludium von den Verführungen, in die ein junger Mensch geraten könnte, und erklärte mir, dass der Papa ihm befohlen hätte, mich deswegen vorzunehmen und künftig, allem Unfug vorzubeugen, bei ihm in Kost und Logis zu behalten. Er gab mir zugleich einen

Brief von ihm, den ich in seiner Gegenwart lesen musste. Er lautete also:

Du nichtswürdiger Bube!

Eben hat mir ein guter Freund, der Gastwirt »Zum finstern Arschbacken« geschrieben, dass du dich erfrechest hast, seiner vielgeliebten Ehegattin auf eine gottlose Weise, nämlich mit über zween Stühle gelegten Füßen, nicht allein am hellen lichten Tage die Scham zu entblößen, sondern sie sogar mit deinem hundsföttschen Löffel, den ich dir doch nur lediglich zum Brunzen erlaubet habe, in optima Forma zu klapastern. – –

Sage mir nur, du Teufelsjunge, wer es dir schon in so frühen Jahren gelernet hat, wo du ihn hinstecken sollst, damit er kein Raub der Katze werde? – Ich gewiss nicht. – – Wer hat dir gesaget, dass die Weiber die Tonnen sind, worein du deinen unzeitigen Zapfen keilen sollst? – Wer hat dir den Weg ins Tal Jericho gezeiget, in welches nur denjenigen hinabzusteigen erlaubt ist, die die Kopulation bezahlet und sich in die Kirche haben pfeifen lassen? – – Endlich wer hat dir von der Süßigkeit der Begattung einen Vorschmack gegeben? – Ich gewiss nicht.

Und dennoch kannst du es so perfekt, dass sogar ein solches Weib, das einem doch gewiss keine Kindervotze vorleget, mit deiner Arbeit zufrieden ist. Demohngeachtet aber kann ich dein Begehen nicht loben: denn, glaubst denn du wohl, dass ein ehrlicher Mann gleichgültig dabei bleiben kann, wenn ein solcher Rotzbube wie du seinem Weibe nach Gefallen im Leibe herumstöhrelt? – Nimmermehr.

Dass doch heutigen Tages die Jugend so ruchlos ist! – In deinem Alter war mir eine Votze noch so gleichgültig wie eine Schale Holländertee; und als ich das erste Mal nagelte, da bezahlt' ich und machte keinen ehrlichen Mann zum Schafkopf.

Wisse demnach, dass ich von dergleichen Kindereien nichts mehr hören will. Ich habe dich aus dieser Ursache zum Herrn Konrektor in die Kost bestimmt, damit er durch erbauliche Tischgespräche deinen alten Adam ersticke. Sollte ich aber demohngeachtet wieder hören, dass du anderer Leute Weiber einpuderst, so lasse ich dich schneiden wie einen jungen Saubäcker, und dann heißt's mit deiner Lanze: Matthäi am Letzten. Lebe wohl, Kanaille! Du bist ein Schurke und Esel wie ich

Dein treuer Vater.

Ich erschrak so sehr über den Inhalt dieses Briefes, dass mir der kalte Schweiß ins Gesicht trat; aber der Herr Konrektor tröstete mich. – »Wer sich schämet«, sagte er, »an dem ist noch nichts verloren. – Sie werden diesen Fehler bei mir wiedergutmachen.« – Ja, dacht' ich, guter Schulmonarch! Solltest nur wissen, mit was für einem Szepter ich deine Königin regalieret habe; würdest gewiss aus einem andern Tone mit mir sprechen. – Er ließ nun durch einen Tagelöhner mit einer Schiebekarre meinen Koffer aus dem alten Quartier holen, und so wurde ich noch am selbigen Tage sein Kostgänger und zugleich der Bock im Garten. Sooft er nur den Rücken wandte, stäubte ich der Frau Konrektorin das Pelzwerk aus, damit ihr keine Motten dareinkämen. Sie hielt wie eine Mauer; und wenn der Holzstall, der Keller, der Boden und der Hackstock hätten reden können, so würde der Herr Konrektor bisweilen sehr abenteuerliche Auftritte erfahren haben.

Ich ging itzt, da ich meine Hobelbank im Hause hatte, sehr selten aus; dies machte, dass er mich bei meinem Papa sehr gut empfahl und Letzterer mir darüber einen Belobungsbrief zuschickte, worüber ich von Herzen lachen musste.

Vor acht Tagen bekam meine Kostfrau eine neue Magd, die wirklich einer Todsünde wert ist; stark von Brust und Kreuz und recht dazu gebaut, einen Puff aushalten zu können. Gleich den zweiten Tag führte ich sie schon in Versuchung, schlich mich sehr früh in bloßem Hemde nach ihrer Kammer und dachte, sie sollte mich zu ihr ins Bette lassen; sie gab mir aber den Repuls und drohte sogar mit Schreien, wenn ich nicht ginge. Ich nahm also mein Lager wieder ein und ließ meinen Zorn am Betttuche aus, dass es geflicket werden musste.

Da mir also die Hoffnung, sie durch einen Coup de Main zu erobern, fehlgeschlagen, so habe ich itzt die Approchen regelmäßig eröffnet und will doch sehen, ob ich sie nicht zur Chamade bringen kann. Ich tröste mich, dass sie, ehe ein Monat vergehet, stehen soll wie ein Brandenburger. Lebe wohl. Ich bin

Dein Heinrich.

Einundzwanzigster Brief

Ernestinchen an Fiekchen

Liebstes Fiekchen!

Deine Umstände waren traurig, und meine werden es itzt. Ich bin nicht mehr des Herrn Rittmeisters Geliebte, sondern bloß eine Vettel. Und wer ist daran schuld? Ein neuer, gelbschnäblichter Kadett. Das Bürschchen kam erst von der Mama, hatte zwo Sackuhren, Ringe, silberne Sporen, aus beiden Säcken weiße Schnupftücher hängen; und war überhaupt geputzt wie der Herzkönig in der französischen Karte. Er machte mir Cour, gefiel; und ach! da er mir seine Willensmeinung eröffnete, einen Türken mit mir zu schießen, bot ich ihm meinen Schoß zur Batterie an.

Wenn ich gleich nicht glaube, dass mich der Himmel unmittelbar wegen meiner Untreue am Herrn Rittmeister gestrafet habe, so brachte mich doch dieser erste Schritt zu weiteren Proben; denn ich dachte: Einer mehr oder weniger ist nun gleichviel. In kurzem ließ ich den Adjutanten bei mir abteilen; dann erlaubte ich dem Pauker einen Wirbel; diesem folgte der Sattler mit dem Pfriem; und endlich ließ ich mir auch vom Schwadronsschmied ein Eisen aufschlagen.

Einmal abends begleitete mich Letzterer von einem Spaziergange bis zum Hause, wo er mir noch einen Kuss gab und mich verließ. Da ich zur Türe kam, wo die Schildwache stand, redete mich der Reiter an und drohte, es dem Herrn Rittmeister zu melden. Ich bat ihn um alles in der Welt, dass er mich nicht verraten möchte; ich konnt' ihn aber nicht eher zu seinem Versprechen bringen, als bis ich mich entschloss, mit ihm in das Schilderhaus zu treten, welches dicht an einem kleinen Bache stand. Er lehnte mich darinnen an und schob mich, dass mir die Seele aus dem Leibe hätte fahren mögen; überdies rieb mir das Schloss seiner Pallaschkoppel fast den Bauch auf. Zum größten Unglück war das Schilderhaus ohne Fundament und nur so hingestellt wie ein Meisenkasten. Da nun der Kerl den Kürass anhatte und alle Gewalt anwandte, bekamen wir das Übergewicht und fielen mitsamt dem Hause in den Bach.

Wir wollten uns in der Stille heraushelfen. Weil er sich aber im Falle mit der Pallaschscheide in meine Röcke verwickelt hatte, machten wir ein gewaltiges Geplätscher: Da kam denn der Korporal, seinem Reiter zu helfen, und sah das wunderliche Scharmützel. Um seinen Rittmeister nicht zu beleidigen, ließ er mich laufen. Ich schlich ins Zimmer, mich umzukleiden; doch ehe ich es vollenden konnte, war mein Herr da. Er wusste schon die ganze Geschichte, nahm im ersten Zorn die Hundspeitsche und hieb mich ein paarmal im Zimmer herum; der Reiter aber bekam den andern Tag dreißig Prügel. Da war denn der Estim auf einmal dahin.

Er versöhnte sich zwar mit mir in kurzem wieder und hat mir seitdem verschiedene Proben seiner Vergebung bei Tag und im Finstern gegeben; allein er ist doch der Vorige nicht mehr, und ich merke, dass er mich itzt mehr zu seiner Notdurft als aus Liebe um sich leidet. Ich zweifle sehr stark, liebstes Fiekchen, dass ich seine vorige Zärtlichkeit wiedererhalten werde, da ich ihn so beleidiget habe; doch will ich all mein Möglichstes tun. Ich bleibe

Dein Ernestinchen.

Zweiundzwanzigster Brief

Fiekchen an Ernestinchen

Bestes Ernestinchen!

Erinnerst du dich, dass ich dir geschrieben, wie mich ein vornehmer, alter Herr im Theater mit dem Sperrbäcktüfe betrachtete? Ich kenne ihn schon sehr gut und bin sogar in genaue Konnexion mit ihm gekommen. Sein Läufer, dem mich der Herr gut beschrieben hatte, gabelte mich in der Kirche auf und versah die Stelle des Liebesambassadeurs. Es wurde zwischen uns abgehandelt, dass ich mit Wilhelm zu einer bekannten Madame ziehen und sein Herr Logis, Kost und Kleider für mich bezahlen, auch mir monatlich noch zwölf Taler Stecknadelgeld geben wolle. Ich verließ also den Tanzmeister und zog zu meiner neuen Wirtin. Sie ist noch jung, schielet aber auf beiden Fenstern und mag mit der Kuppelei umgehen können.

Am nämlichen Tage brachte mir der Läufer ein Päckchen Wäsche von seines Herrn hochsel. Gemahlin; weil, wie er sagte, große Herren nicht gewohnt wären, unter zerrissene Hemden zu greifen, – und des Abends bekam ich schon die erste Knallvisite. Wilhelm wurde weggeschickt, und nun musste ich mich in Gegenwart der Madame Listigin (so heißt sie) auf den Rücken auf einen Tisch legen. Sie deckte mir die Röcke auf, und der alte Herr waffnete sich mit der Brille und besichtigte mir die Artischocke mit aller Genauigkeit, maß sie auch mit dem Zollstocke; dann roch er daran, und endlich tauchte er den Finger darein und tippte sich damit an die Zunge. Wie das vorbei war, musste mich Madame Listigin mit ihm allein lassen, und er befahl mir, seine Hosen aufzuknöpfen und an seinem Schlauch zu spielen. Ich tat mein Möglichstes, und er zog währenddem ein Papierchen aus der Tasche und kaute etwas daraus, das, wie ich nachher erfuhr, ein Extrakt von gewissen Meerfischen, Sperlingseiern, Schokolade, Sellerie, Hasenschwänzchen und spanischen Mücken war.

Durch diese vereinten Mittel bekam endlich sein Senkel eine halbe Steife, und er fing ein ernstlicheres Spiel mit mir an; doch – er fing's nur an, und wenigstens sah ich den guten Willen. – Er kehrte also unverrichteter Sache nach Hause; und so ging's alle Tage.

Madame Listigin gab indessen verschiedenen jungen Herren von meinem Dasein Nachricht, zu denen sie mich entweder ins Haus führte oder sie zu mir kommen ließ; das ihr denn immer etliche Taler abwarf, wovon sie mir etwa acht Groschen zufließen ließ.

Wilhelm begann bei den öfteren Besuchen des alten Herrn eifersüchtig zu werden. Er murrte nicht allein gegen ihn, sondern ließ sich sogar mit einigen groben Reden heraus. Der alte Herr, der nicht viel vertragen konnte, nahm ihn bei der Karthaunse und peitschte ihn tüchtig ab; worauf er uns, ohne Abschied zu nehmen, verließ.

Ich dachte nicht, dass dies üble Folgen haben würde; aber er ließ sich von diesem Tage an nicht mehr sehen. Es wurde die monatliche Kostbezahlung gefällig und erschien kein Geld. Hier muss ich dir berichten, dass ich die Madame Listigin einige Male betrogen und mir eigene Bestellungen

gemachet, von deren Abwürfen ich ihr keinen Anteil hatte nehmen lassen. Sie war daher schrecklich gegen mich aufgebracht, legte mir eine horrende Rechnung vor und drang auf die Bezahlung.

Zum größten Glücke begegnete mir der Läufer, den ich ersuchte, meine Verlegenheit seinem Herrn vorzustellen. Er versprach's. Nachmittags kam er schon mit der Nachricht, dass sein Herr alles wieder wie vorher tun würde; aber den naseweisen Buben, den Wilhelm, müsste ich aus dem Hause schaffen. Was wollte ich tun? An Wilhelm war mir ohnedem nichts mehr gelegen; ich mietete ihm also eine Kammer in einem anderen Hause und wusste ihn durch das Versprechen, dass ich bald unter einer andern Gestalt mit ihm leben wolle, zu trösten.

Der alte Herr setzte nun seine Besuche wieder fort; aber ich hatte mir vorgenommen, mich an ihm zu rächen, weil er mich erst wollte sitzenlassen; und ein Umstand brachte mich bald auf die Sprünge. Ich war nämlich an einem Abend auf dem Tanzsaale und bemerkte unter den Zuschauern den Polizeikommissär verkleidet. Er ging auf mich zu. »Nun wie steht es, Fiekchen«, hub er an, »gibt's noch nichts zu fischen?« – Gleich besann ich mich auf meinen alten Herrn, entdeckte ihm die Sache und machte also einen Judas, und er versprach mir den dritten Teil von der Strafe. Noch musste ich ihm die Stunde sagen, wenn er mich zu besuchen pflegte, und so schieden wir voneinander.

Den folgenden Tag, als mein alter Herr bei mir war und ich ihm eben an seinem schlappen Schacher spielen musste, pochte man an der Türe. Er wollte geschwind einpacken; ich hielt ihn aber so fest am Sacke, dass er, alles Hin-undwieder-Rutschens ungeachtet, nicht loskam und ihn der hereintretende Kommissär in dieser possierlichen Stellung sah.

»Genieren sich Ew. Gnaden nicht«, fing er an. »Ich bin zwar nur hiehergekommen, diese Demoiselle abzuholen; da ich aber das Glück habe, Ew. Gnaden, und zwar in einer so seltenen Beschäftigung, hier anzutreffen, so muss ich bitten, dass Sie sich unsere Gesellschaft gefallen lassen und mitgehen.« –

Der alte Herr schnaubte Donner und Wetter: da er aber sah, dass sich der Kommissär dadurch nicht schrecken ließ, gab er gute Worte, fand sich mit ihm ab und stellte sogleich einen Wechsel von 6000 Talern aus, wornach er sich empfehlen durfte. Ich wurde nun in einem zugemachten Wagen ins Polizeihaus gebracht; aber nicht in eine Gefangenenstube, sondern in des Kommissärs Wohnung, bei welchem ich sechs Tage und Nächte blieb, wohl bewirtet wurde und Weibesdienste versah, bis der Wechsel bezahlet war und ich meinen Anteil eingestrichen hatte; worauf ich unter den höflichsten Dankbezeigungen wieder auf freien Fuß kam.

So viel Geld hatte ich noch nie beisammen gesehen und dünkte mich reicher als eine Königin. Ich schickte nach einem Lehnlakai, welcher mir ein eigenes Quartier aufnehmen musste, und bezog es auf der Stelle, ohne mehr zur Madame Listigin zu gehen. Den dritten Tag darnach paradierte ich in einem neuen Kleide von geschnittenem Samt in der Kirche und zog aller Männer Augen auf mich. Wie ich herausging, schlich mir ein junger Herr nach und lispelte mir unter der Türe ins Ohr, ob er mich begleiten dürfe? Ich nickte mit dem Kopfe, er verstand es und folgte mir in mein Zimmer. Übrigens war er nett gekleidet und sehr artig.

Ich wollte dick gegen ihn tun und lud ihn zum Mittagessen; und da er es nach einigem höflichen Weigern annahm, ließ ich zwei Portionen zu einem Taler aus dem Hotel de S** bringen. Da es die Rede gab, erklärte ich ihm, dass ich keine Eltern mehr habe; ein gebornes Fräulein und hierhergekommen sei, um meine Majorennität zu erkaufen. Er nannte sich von einer bekannten Familie aus dem Elsass und gab vor, dass er nächstens bei Hofe platzieret werden würde.

Hierauf erklärte er mir seine Liebe in so zärtlichen Ausdrücken, die einen Stein hätten rühren müssen; und da mir seine Karessen sehr wohl gefielen, wurden wir bald eins. Er versicherte mich, dass er mich anbetenswürdig fände. – War das nicht scharmant gesagt? – Wir versprachen einander ewige Treue und setzten einen Liebeskontrakt auf. Er stach sich in den Finger und unterschrieb ihn mit seinem Blute und forderte mich auf, ein Gleiches zu tun; da ich nun gleich mein Monatliches hatte, war es mir leicht, ohne mich in den Finger stechen zu dürfen. Er macht seine Sachen fürstlich, das muss ich gestehen; aber du musst das Wort fürstlich nicht in eigentlichem Verstande nehmen, denn ich bin überzeugt genug, dass mancher Schmiedeknecht oder Schuster wohl zehn Fürsten und Grafen in den Sack und wieder heraus buchstabieren könnte.

Wir leben wie Mann und Weib, und ich nehme nichts von ihm, hingegen drücket er auch ein Auge zu, wenn mich jemand besuchet. Wilhelm habe ich mit unbekannter Hand drei Louis d'or als eine Abfertigung zugeschickt, und er soll mein Quartier nicht erfahren. Und was sollte ich auch bei meinen jetzigen Umständen mit ihm tun? Er ist ein gar zu junger Bursch und macht mir kein Ansehen; überdies haben sich schon oft meine Kunden vor ihm gescheuet, weil er nie so polit war, Platz zu machen, im Gegenteil als ein unbescheidener Esel mir über dem Hals geblieben, sie wie ein Maulaffe angegaffet und öfters ausbleiben gemachet hat.

Lebe wohl, bestes Ernestinchen, ich lebe itzt in Herrlichkeit und in Freuden und wünsche nichts mehr, als dass ich dich, wenn deine Drangsalen vorbei sind, in ebensolchen Umständen wissen möge. Ich bin ewig

Dein Fiekchen.

Dreiundzwanzigster Brief

Heinrich an Wilhelm

Bester Wilhelm!

Meine Belagerung ist mir teuer zu stehen gekommen. Die Margareth (so hieß des Konrektors Magd) hat das Belagern wirklich besser verstanden als ich und mich zum Gefangenen gemachet. Stelle dir vor: Das Mensch hatte einen Werber zum Liebhaber, der mir schon lange nachstand und es deswegen in unser Haus zu bringen wusste.

Ich kam in kurzem mit meiner Sappierung so weit, dass sie mir versprach, sich mit nächstem Sonntage von mir karniffeln zu lassen – und zwar bei einem Spaziergange. Ich ließ mir das gefallen. Am bestimmten Tage führte sie mich vor das Tor und bat mich, im nächsten Wirtshause ein Glas Wein mit ihr zu trinken. Ich wollte mich nicht schimpfen lassen und ging mit ihr hinein. Wir hatten schon das dritte Glas ausgetrunken, da kam ein Wachtmeister von der Werbung herein, der tat, als ob er uns von ohngefähr erblickte, und nannte Margareth seine liebste Base, die ihn auch mit aller Freundlichkeit empfing. Er bat um Erlaubnis, sich mit an unsern Tisch zu setzen; Margareth trank ihm mit meiner Bewilligung ein Glas zu, und er ersuchte uns um die Freiheit, auch eine Bouteille hergeben lassen zu dürfen.

Es wurde tapfer losgetrunken. Ich erinnerte Margareth an ihr Versprechen, und sie vertröstete mich von einem

Augenblick auf den andern. Endlich, da sich schon mein Kopf zu drehen anfing, sagte sie mir ins Ohr, ich möchte mit ihr in eine Kammer gehen. Ich folgte ihr nach, und sie führte mich in eine finstere Kammer, die sie hinter uns zuschloss. Es stand ein Bette darin, auf welches sie mich zog, und ich machte meine Sachen, so gut ich konnte; als ich aber fertig war, drückten mir Wein und Mattigkeit die Augen zu.

Ich schlief, bis es Tag war und ich von einem Gepolter an der Türe aufgewecket wurde. Wie ich aufsah, erblickte ich den Vetter der Margareth nebst noch einem Unteroffizier; das Mensch aber war verschwunden. Ersterer fragte mich, wie ich diese Nacht bei ihm geschlafen hätte. »Sehr gut«, sagt' ich und er: »Es freuet mich.« – Ich erwähnte, dass ich itzt nach Hause gehen müsse und einen Verweis befürchtete, weil ich über Nacht aus dem Hause geblieben. – »Das hat nichts auf sich«, erwiderte er, »der Konrektor hat Ihnen nichts mehr zu befehlen.« Da ich demohngeachtet darauf drang, wegzugehen, erklärte er mir das Rätsel: Ob ich denn nicht mehr wisse, dass ich mich gestern Abend anwerben lassen? Ich erstaunte über diese Rede; er hieß mich in den Sack greifen, wo ich mein angenommenes Handgeld finden würde. Ich suchte nach und fand wirklich sechs Taler in den Hosen, die mir vermutlich das verruchte Mensch hineinpraktizieret hatte und ich ihm itzt vor Zorn vor die Füße warf. Hier spannte er andere Seiten auf und fing an: Ich sollte Respekt vor seines Fürsten Geld brauchen, sonst würde er mich zur Raison bringen. – –

Nun hub ich an zu weinen; doch er tröstete mich und tat mir den Vorschlag, wenn ich das Handgeld nicht annehmen wollte, so wolle er mir einen Kontrakt aufsetzen, dass ich mich auf Avancement anwerben lassen, und den sollte ich unterschreiben. Aus zweien Übeln erwählt' ich also das beste. Der Werber bestellte gleich die Post und brachte mich über die Grenze, wo er mich einem Transporte übergab, den einige Kommandierende mit großen Fanghunden begleiteten. Gestern sind wir beim Stabe angekommen, und morgen soll ich zur Fahne schwören.

Was kann ich machen, als mich geduldig drein ergeben? – Lass es dir zur Warnung dienen, liebster Wilhelm, und nimm dich vor solchen Schnapphähnen in Acht. Indessen lebe tausendmal wohl. Sollte ich wieder einen guten Menschen finden, der dir Nachricht von mir bringen wollte, so würde ich dir den ferneren Verlauf meiner Begebenheiten umständlich berichten. Ich bin indessen

Dein Heinrich.

Vierundzwanzigster Brief

Ernestinchen an Fiekchen

Liebstes Fiekchen!

Das Maß meines Unglückes ist nun – leider! – ganz voll geworden, und ich bin in den traurigsten Umständen; – nicht mehr die Haushälterin, die geliebte Ernestine des Herrn Rittmeisters, sondern – das Weib des Vizetrompeters.

Der Herr Rittmeister griff mir vor einiger Zeit an den Bauch. – »Mensch«, sagte er, »ich glaube gar, du bist trächtig.« – Ich erwiderte, dass ich es nicht wisse, hätte aber schon einige Zeit her ein gewisses Krabbeln im Leibe gefühlet, das mir sehr wunderlich vorgekommen wäre und Übelkeiten verursachet hätte. »Richtig«, fuhr er fort, »du wirst bald hecken.« Ich dachte, er würde sich freuen, wenn ich ihm einen Erben schenkte; aber ich irrte mich. Er ließ den Vizetrompeter kommen und fragte ihn, ob er Vater zu meinem Kinde sei; und da er es bejahete, wurde der Dorfkaplan gerufen, der sogleich sein Hokus-Pokus machen und uns zusammenkuppeln musste. Da kann man wohl mit Recht sagen, dass er die Kuh mitsamt dem Kalbe hat, und ich bin nunmehr die Frau Vizetrompeterin.

Aber das Übelste steht mir noch bevor. Wir haben schon die zweite Ordre erhalten, in Krieg zu ziehen, und mein Mann will mich nicht zurücklassen. Er hat vorgegeben, dass ich mich nun vorschriftsmäßig tragen müsse, und mir alle meine Kleider und Sachen, bis auf zwei Hemden, verkauft, weil er sich noch einige Stangen Stiefelwichse machen, auch einen Vorrat von Haarpuder und Pomade und eine Partie Speck und geräucherte Würste nebst etwas Danziger auf den Marsch einkaufen will. Er hat mir dafür ein Ärmelwams von weißem Fries machen lassen, das mich schrecklich reibet und worinnen ich mich ganz entsetzlich schäme. Du lieber Himmel, wie ich nun heruntergekommen bin! – Und in fünf Tagen, heißt es, werden wir marschieren, und ich werde müssen zu Fuße gehen und das Kind wie eine Zigeunerin auf dem Buckel tragen. – Ich darf nicht vordenken. – –

Du bist itzt in glücklichen Umständen. Da du jederzeit meine Freundin warest, so zeige dich mir doch itzt in der Not und hilf mir mit etlichen Talern, welche ich dir, sobald ich eine gute Beute machen werde, wieder ersetzen will und die du nur an unsern Stöckelknecht, den ich sehr speziell kenne, adressieren darfst.

Ich erwarte von dir noch dies letzte Schreiben und bin bis an die Grenzen meines Elendes

Deine Ernestine.

Fünfundzwanzigster Brief

Wilhelm an Ernestinchen

Hochedle,
Hochzuehrende
Frau Vizetrompeterin!

Ob ich gleich nicht anders die Ehre habe, Sie zu kennen als aus einigen zärtlichen Briefchen, die Sie an mein ehedem geliebtes Fiekchen erließen, so bin ich doch so frei, Ihnen in ihrem Namen zu antworten und wegen Dero betrübten Umständen zu kondolieren.

Fiekchen liegt nun schon seit sechs Wochen, ganz außerstand, Ihnen zu antworten, im Spital, und Dero geehrtestes Schreiben ist zum Glück in meine Hände gekommen. Damit Sie sehen, wie sich das Glücksrad zu drehen pflegt, muss ich Ihnen einen kurzen Abriss ihrer Begebenheiten machen.

Ich musste vor einiger Zeit ihres Vorteils wegen von ihr ziehen, wobei sie mir aber versprach, mich nächstens wieder zu sich zu nehmen und mit mir auf einem glücklichern Fuß zu leben. Nach acht Tagen wollte ich sie besuchen, erfuhr aber, dass sie Tages vorher von der Polizei abgeholet worden und sich im Zuchthause befände. Meine Traurigkeit darüber war unbeschreiblich. Ich fragte von dieser Zeit von Tag zu Tage nach ihr, und niemand konnte mir die geringste Nachricht geben. Ich dachte nun gewiss, dass sie auf irgendeine Festung versendet worden, und gab alles fernere Nachforschen auf.

Endlich ging ich einmal über den großen Marktplatz und sah eine Dame vor mir hinschleichen, die eine mit Perlen durchzogene Frisur in der Größe eines kleinen Heuschobers auf dem Kopf trug und ein langes Schleppkleid von rosenfarbenem Taft anhatte. Hinter ihr ging ein bordierter Bedienter; und sie selbst machte so gravitätische Schritte, dass des Jupiter seine Juno, wenn sie noch auf der Welt gewesen wäre, von ihr hätte müssen gehen lernen.

Wie erschrak ich aber, als ich sie im Vorbeigehen anblickte und in ihr mein verlorenes Schäfchen, mein angebetetes Fiekchen erkannte. Ich zog in dieser Verwirrung den Hut ab und machte ihr eine tiefe Reverenz, die sie aber nicht erwiderte, sondern die Augen von mir wegschlug. Ich wollte es wiederholen, aber sie wich beständig so aus, dass zwischen uns vorbeigehende Leute kommen mussten, die mich von ihr entfernten.

Ich trat also zurück und ging ihr immer auf etliche Schritte nach, bis sie am Eck der Straße wegen der hereinlenkenden Kutschen stille stehen musste. Itzt nahm ich mir das Herz und trat zu ihr. Sie wurde feuerrot, als ich sie ansah. – »Fiekchen, bestes Fiekchen«, hub ich an, »wie freue ich mich, dass ich dich endlich wieder so glücklich« – Hier unterbrach sie mich: »Monsieur, Sie werden mich verkennen.« – Ich erstaunte. – »Wie, Fiekchen, kennst du denn deinen Wilhelm nicht mehr?« – »O ich bitte mir's aus«, erwiderte sie, »ich weiß mich nicht zu erinnern, dass ich mit Ihnen Schweine gehütet hätte; und kenne auch keinen Wilhelm.« – Ich wollte fortreden; da aber die Passage wieder offen wurde, ging sie weiter und schlug sich quer über die Gasse, meiner loszuwerden. Endlich ging sie in ein Haus, und ich folgte ihr unter die Türe. Hier packte ich sie noch einmal an: »So erlauben Sie mir doch wenigstens ein paar Worte!« – »Ei so lassen Sie mich doch ins Teufels Namen in Ruhe!«, fuhr sie heraus. »Ich weiß gar nicht, was Sie wollen.« – Unter diesen Worten bestieg sie eine schmale Schneckentreppe, und der Flegel vom Bedienten, da er ihren Unwillen sah, hieß mich noch zu allem Überflusse meiner Wege scheren.

Den folgenden Tag, da der Bediente nicht zu Hause war, ließ ich mich unter einem fremden Namen bei ihr anmelden; und da mich die Magd einließ, traf ich sie, mit einem Windmarquis auf dem Kanapee sitzend, an. Er stand auf, fragte mich, was ich wolle; und da ich mit ihr zu sprechen verlangte, fing er an: »Sie können auch mir Ihr Anliegen sagen.« – Sie hatten mich hierauf beide so zum Besten, dass mir die Tränen in die Augen stiegen und ich vor Zorn hätte zerspringen mögen; musste also unverrichteter Sache wieder fort.

Gleichwohl machte ich noch einen Versuch und schrieb ihr einen der wehmütigsten Briefe, die jemals können geschrieben worden sein; allein sie gab mir nicht die geringste Antwort; und da ich ihr nach der Hand noch einen schrieb, schickte sie mir solchen unerbrochen zurück. Ich dachte also: Lass das Sauleder gehen! – und bekümmerte mich von der Stunde nicht weiter um sie.

Gleich darauf hatte ich das Glück, als englischer Junker bei einer Dame in Dienste zu kommen, wo es mir sehr gut gehet. Ich wurde da mit einem Friseur bekannt, der Fiekchen und ihren sauberen Herrn gut kennet. Er erzählte mir, dieser windige Bursche sei nichts weniger als ein Kavalier, sondern ein bloßer Avanturier, den man nur den Chevalier de la Fortune nenne. Er bringe sich mit seinem Schw–

durch; und wenn es da nichts zu tun gäbe, wisse er, sich die Gutherzigkeit der Kaufleute und Schneider auf eine geschickte Art zunutze zu machen, und betröge sie oft beide.

Das gute Fiekchen, fuhr er fort, hätte viel Geld gehabt, das sie aber nach und nach alles an den Pflastertreter gehangen und seinetwegen noch Schulden gemachet hätte. Er wäre, da er sie so ausgeschälet, nicht mehr zu ihr gekommen; und sie hätte sich gezwungen gesehen, auf ihrer unmelodischen Geige häufige Akademien für Schinder und Schaber zu geben. – Bei dieser Wirtschaft wäre sie bald venerisch geworden und, nachdem sie einige angestecket und es einer dem andern gesaget, endlich von allen verlassen worden.

Lange Zeit habe sie an sich selbst gedoktert, endlich aber der Schanker so überhandgenommen, dass man sie ins Spital schaffen müssen. – Er habe erst vor kurzem mit einem Feldscher gesprochen, der ihm erzählet, dass man ihr schon den halben Stimmstock von ihrer Hausgeige habe wegschneiden müssen und sie wohl schwerlich mehr viel damit spielen werde. – Sie sei übrigens in so schlechten Umständen, dass man alle Augenblicke den Brand erwarte. –

Ich kann sie nicht besuchen; denn da ich sie noch immer liebe, so würde mich's zu sehr schmerzen, wenn sie vielleicht ihr Unrecht an mir erkennte und weinte. Ich wünsche ihr nur ein glückliches Ende und dass sich der Himmel ihrer erbarmen möge. Ihr Unglück soll mir zu einem Beispiel dienen, und ich will mich von nun an vor allen Ausschweifungen hüten.

Schenken Sie ihr, so wie ich, noch einige Tränen des Mitleidens und ergeben Sie sich in Ihr Schicksal. Es ist doch immer viel besser als Fiekchen ihres. Am Ende wünsche ich

Ihnen alles Glück zum bevorstehenden Kriege und Gelegenheit zu guten Plünderungen; empfehle mich zu geneigtestem Angedenken und ersterbe in tiefster Devotion

Meiner hochzuehrenden
Frau Vizetrompeterin
ergebenster Diener, Wilhelm.

ANHANG

Education sexuelle

Nachwort

Als Frank Wedekind im Oktober 1891 *Frühlings Erwachen. Eine Kindertragödie* auf eigene Kosten in einem Zürcher Verlag veröffentlichte, sorgte er für einen handfesten Skandal. Fünfzehn Jahre lang musste er gegen die Zensurbehörden kämpfen, bis sein Drama endlich auf der Bühne erscheinen konnte. Erst 1906 wurde es unter der Regie von Max Reinhardt in den Berliner Kammerspielen uraufgeführt – in einer zensierten Fassung. Die zuständige Behörde hatte auf zahlreichen Streichungen bestanden: Ganze Szenen mussten wegfallen, andere gekürzt und einzelne Passagen »entschärft« werden. Dabei hatte Wedekind lediglich die sexuelle Neugier pubertierender Jugendlicher und die daraus resultierenden Konflikte dargestellt, dabei allerdings das Versagen von Elternhaus, Schule und Kirche angeprangert: Die Erwachsenen sind unfähig, die notwendige Aufklärung zu leisten – mit fatalen Folgen für die Heranwachsenden, deren erwachende Sexualität Angst und Gewissensnöte hervorruft. Die ungewollte Schwangerschaft einer Vierzehnjährigen führt schließlich zur Katastrophe. Die durchaus zeittypische »Kindertragödie«, die Wedekinds Drama erzählt, endet mit der Verbannung des jugendlichen Verführers in eine Erziehungsanstalt und dem

Tod des schwangeren Mädchens: Wendla Bergmann stirbt an den Folgen einer Abtreibung, die ihre Mutter veranlasst hat, um »Schande« von der Familie abzuwenden.

Wedekind war einer der Ersten, der die Nöte Pubertierender auf die Bühne brachte. Doch bereits hundert Jahre zuvor, 1789, war ein Roman erschienen, der eine Education sexuelle schilderte: *Priaps Normalschule. Die Folge guter Kinderzucht. Ein kleiner Roman in gefühlvollen und zärtlichen Briefen*. Das Buch hatte für Furore gesorgt und heftige Verfolgung auf sich gezogen. Sein Autor, Erdmann Christian Carl Temlich, am 10. Oktober 1748 in Asch in Böhmen geboren, besuchte die Lateinschule in Reichenbach, danach das Gymnasium in Hof und studierte in Leipzig, Wittenberg und Halle an der Saale. An der Universität war er zunächst als Fecht- und Reitlehrer tätig, wechselte dann nach Salzburg und wurde schließlich 1780 Fecht- und Reitmeister an der Theresianischen Ritterakademie sowie bei der Arcieren-Leibgarde und der ungarischen Adeligen-Leibgarde in Wien. Seither nannte er sich Timlich. Er verfasste Gedichte, Trauerspiele, Romane, Epen und vor allem Sachbücher über das Fechten und die Jagd. Auch als Kupferstecher machte er sich – wie die einschlägigen Lexika zeigen – einen Namen. Er starb am 1. Februar 1825 in Wien. Was ihn zur Niederschrift seines erotischen Pubertätsromans bewegte, ist nicht bekannt. Vermutlich war er als Fecht- und Reitlehrer mit Jugendlichen konfrontiert, die neugierig, wenn auch unaufgeklärt erste sexuelle Erfahrungen sammelten.

Formal orientierte sich Timlich an dem damals populärsten und erfolgreichsten Genre – dem Briefroman. Der Engländer Samuel Richardson hatte es mit seinen empfindsamen, psychologisierenden Werken in den 1740er Jahren begründet. Seither waren zahlreiche Romane erschienen, die diese Form aufgriffen; der bekannteste und berühmteste, Goethes *Werther*, war bei seiner Veröffentlichung im Jahr 1774 sogleich zu einem großen Erfolg auf europäischer Ebene avanciert. Timlich, der sicher von Goethe beeinflusst ist (nicht zufällig heißt eine seiner Figuren Wilhelm, genau wie Werthers Freund), bedient sich der beliebten Form des Briefromans auch, weil sie die Fiktion des Authentischen schafft. Dazu verwendet er eine Sprache, die bis in Orthographie und Syntax hinein die unbeholfene Ausdrucksweise Jugendlicher mit mangelnder Schulausbildung imitiert.

Man kann literarische Texte auf unterschiedlichste Weise lesen und verstehen. Zuallererst bietet Timlichs Roman eine sinnlich-erotische Lektüre: Da ist die Mitteilungslust der jungen Briefschreiber; offenherzig und detailfreudig berichten sie über die unerklärlichen Veränderungen ihres Körpers (genauso wie die Jungen in *Frühlings Erwachen* ihre ersten »männlichen Regungen« nicht zu deuten wissen, begreifen auch Wilhelm und Heinrich die »Erhärtungen« zunächst nicht), sie teilen sich die Entdeckungen mit, die sie am anderen Geschlecht machen, beschreiben Sexualorgane und schildern sexuelle Erlebnisse. Darüber hinaus attackiert der Roman den Tugendkult der Aufklärung; er wendet sich gegen die engen Moralanschauungen, die Richardson und seine Nachfolger propagierten, und widerspricht dem Kult der unerfüllten Liebe, dem die zeitgenössische, vor allem die empfindsame Literatur huldigte. Damit stellt sich *Priaps Normalschule* eher in die Tradition des sinnenfrohen Rokoko, das – sich am Lebensmodell eines genusssüchtigen Adels orientierend – Liebe und

Sexualität als Generalthemen in das Zentrum der dichterischen Phantasie stellte. Während sich jedoch die Dichter des Rokoko an antiken Vorbildern sowie der griechischen und römischen Mythologie orientierten, bedient sich Timlich einer derben Volkssprache, um die Erfahrungen seiner Protagonisten aus einer kindlich-jugendlichen Perspektive zu schildern. Anklänge an die antike Götterwelt finden sich allenfalls im Titel: Priap (Priapos), Sohn des Dionysos und der Aphrodite, ist der Gott der Fruchtbarkeit und der sexuellen Potenz. Seine Statuen befanden sich vor allem in Wein- und Obstgärten, wo er – mit einem gewaltigen erigierten Glied ausgestattet – eine reiche Ernte sicherstellen sollte. Frauen, die sich ein Kind wünschten, berührten den göttlichen Phallus, um empfänglich zu werden. Timlichs jugendlichen Helden Wilhelm und Heinrich, Fiekchen und Ernestinchen ist dieses Wissen, ist die Welt der griechischen Götter weitgehend fremd (nur Wilhelm spielt einmal im fünfundzwanzigsten Brief auf sie an). Sie erleben und beschreiben ihre Sexualität in ungekünstelter Naivität, fern jeder literarischen Anspielung. Der Sexualtrieb, im Titel mit Priap umschrieben, und damit die Natur selbst ist ihr Lehrmeister, in seine Schule gehen sie. So ist denn auch der Untertitel *Die Folge guter Kinderzucht* ironisch zu lesen. In ihm klingt das Drama *Der Hofmeister oder Die Vorteile der Privaterziehung* (1774) von Jakob Michael Reinhold Lenz an, in dem der unglückselige Hofmeister mit seiner Schülerin, dem adligen Gustchen, ein Verhältnis mit fatalen Folgen eingeht: Gustchen wird schwanger, und der reuige Hofmeister entmannt sich, um künftig keine Frau mehr in Schwierigkeiten zu bringen. Während Lenz für seine Heldin einen positiven Ausgang des Dramas findet (der Vater verzeiht seiner Tochter, und Gustchen heiratet trotz des unehelichen Kindes), geht die Geschichte in *Priaps Normalschule* nicht gut aus. Denn Timlichs Protagonisten können nach ihrem »Fehltritt« ihr Verlangen nicht kontrollieren. Lenz empfiehlt in seinen *Philosophischen Vorlesungen* (1780) den maßvollen Genuss der Sexualität in der Ehe oder, falls eine Eheschließung nicht möglich ist, Triebsublimierung in einer empfindsamen (d. h. platonischen) Liebesbeziehung. Timlichs Helden kennen hingegen weder Triebkontrolle noch -sublimierung.

Damit kommt ein weiteres Leseverständnis zum Tragen: Der Roman dient der Ermahnung. Dass in Timlichs Roman ein Aufruf an junge Leute ergeht, ihren Geschlechtstrieb auszuleben, wäre eine Fehlinterpretation des Werkes. Denn Timlich lässt seine jugendlichen Helden mit einer einzigen Ausnahme allesamt scheitern. Nur Wilhelm findet als Junker im Dienst einer adligen Dame sein Auskommen. Seine Freunde hingegen enden unglücklich. Ernestinchen, die in einer Affäre mit einem Rittmeister den sozialen Aufstieg sucht, wird nach zahlreichen Abenteuern mit dessen Untergebenen schwanger und schließlich mit dem Vizetrompeter des Regimentes verheiratet, der ihr den ersehnten Lebensstandard nicht bieten kann. Heinrich, einst stolzer Eroberer von Frauenschößen, wird von einer seiner Gespielinnen auf listige Weise einem Soldatenwerber zugeführt und zum Militär gepresst. Am schlimmsten ergeht es der frühreifen Pfarrerstochter Fiekchen. Sie flieht früh aus dem Elternhaus und gleitet, als ihr das »Papaspiel« mit dem Freund Wilhelm nicht mehr genügt und die Geldsorgen immer größer werden, in die Prostitution ab. Ihr ausschweifendes Leben rächt sich: Sie fängt sich eine Geschlechtskrankheit ein, am Ende stehen Einsamkeit und qualvolles Siechtum. Ihr Unglück – heißt es – solle als warnendes Beispiel dienen. Mit dieser Schlusswendung folgt der Roman einem Modell, das in vielen erotischen Texten Anwendung findet: Die detaillierte, durchaus lustvolle Schilderung sexueller Abenteuer maskiert (und legitimiert) sich in dem Untergang der Figuren als moralisch und pädagogisch einwandfreie Warnung. So beteuert Wilhelm denn auch in seinem letzten Brief an Ernestine, dass er sich künftig – Fiekchens Schicksal vor Augen – vor Ausschweifungen hüten werde. Das frivole Spiel mit der Sexualität und dem Tabubruch, das die erotische Literatur in Szene setzt, gibt sich als Tugendlehre aus. Doch die Zensur war damit kaum zu besänftigen.

Wegen seiner drastischen Sprache und der offenen Beschreibung sexueller Erfahrungen wurde der Roman *Priaps Normalschule* bei Erscheinen sofort verboten. Ausgelieferte Exemplare wurden beschlagnahmt – bis auf fünf, die unauffindbar blieben. Die Behörden ruhten nicht eher, bis sie den Verfasser des anonym erschienenen Werkes identifiziert hatten. Carl Timlich wurde zu fünfmonatiger Kerkerhaft verurteilt, sein Roman – Paul Englisch bezeichnet ihn in seiner *Geschichte der erotischen Literatur* als »einen der besten der erotischen Weltliteratur« – erst im Jahr 1912 wieder aufgelegt.

Das Schicksal Timlichs konnte dem Autor des 1815 in Posen erschienenen erotischen Romans *Schwester Monika* nicht widerfahren: Sein Name ist bis heute nicht bekannt. Frühe Versuche, den Text E. T. A. Hoffmann zuzuschreiben, überzeugten nicht.

Der anonyme Verfasser dieser »erotisch-psychisch-physisch-philanthropisch-philanthropinische[n] Urkunde des säkularisierten Klosters X. in S...« (so der Untertitel) verfügt über eine breite literarische und philosophische Bildung, die in den vielerlei Anspielungen und Zitaten des Romans zum Ausdruck kommt. Angeregt wurde das Werk hauptsächlich von der französischen erotischen Literatur des 18. Jahrhunderts. So kannte der Autor vermutlich die *Memoiren des Saturnin* von Gervaise de Latouche, in denen bereits eine Schwester Monika ihre Lebensgeschichte erzählt. In der anonymen *Schwester Monika* tritt als Lehrer der Titelfigur ein Bruder Gervasius auf; der Name ist die latinisierte Form von Gervaise. Gegen das geradezu zwanghafte inzestuöse Begehren des Mönchs Saturnin, das Gervaise de Latouches Roman schildert, bezieht unser Anonymus ausdrücklich Position: Einer seiner männlichen Helden betont, dass er immun sei gegen die Versuchung, sich mit seinen Schwestern zu paaren, da dies durch die Bande des Blutes ausgeschlossen sei. Das liest sich wie eine bewusste Distanzierung von Latouches Tabubruch.

Schwester Monika enthält mehrere Biographien, die kunstvoll ineinander verschachtelt sind. In die Erinnerungen der Titelheldin ist die Geschichte ihrer Eltern, des Obersten August von Halden und seiner Ehefrau Louise von Willau, eingebettet. Später wird das Leben Fredegundes berichtet, einer – ihrer Kleidung nach – jungen Frau aus dem Mädchenpensionat der Madame Chaudelüze, die sich als ein junger Mann namens Saint-Val des Combes entpuppt. In diese Erzählung sind wiederum Aurelies »philosophische Gedanken über falsch verstandene Sitte« eingeflochten. Der Roman endet mit einem Brief des ehemaligen

Kammermädchens der Louise von Willau: Karoline (Linchen) klärt Monika über das Schicksal der Eltern, insbesondere der Mutter, auf. Mit ihrem Bericht endet der Roman abrupt; er bleibt Fragment: Die Erstausgabe trägt den Vermerk »Erster Teil«; eine Fortsetzung ist nie erschienen.

Das Personal des Romans entstammt der adligen Gesellschaft. Deshalb haben Sprache und Stil ein ganz anderes Niveau als Timlichs etwas derber und eher volkstümlicher Pubertätsroman. Ihrem Bildungsstand gemäß entwickeln die Figuren in *Schwester Monika* ihre eigene Lebensphilosophie, beherrschen mehrere Sprachen und zitieren – nicht immer genau, sondern mit Blick auf die Situation und die Figur abgewandelt – die Dichter und Philosophen der Antike und der Moderne. Die Bibel ist ihnen so vertraut wie die griechische Mythologie; sie haben Autoren wie Cicero, Catull, Shakespeare, Corneille, Voltaire, Rousseau, Geßner, Wieland, Mirabeau und de Sade gelesen, sie parodieren und zitieren Bodmer, Lavater, Schiller, Schopenhauer und andere Geistesgrößen ihrer Zeit. Und sie proklamieren und praktizieren die sinnenfrohen Anschauungen der Libertins. Gleich zu Beginn erfahren wir über August von Halden, dass ihm die persönliche Freiheit und Freizügigkeit über alles geht. Gesetze und Gebote haben für ihn nur so lange Bestand, wie sie »uns gefällig sind oder nottun«. Denn »Freiheit des Geistes und Herzens, des Leibes und der moralischen und physischen Kräfte, zum Wohl des Einzelnen und Ganzen, sind ein Ziel, das sich keinen gesetzlichen Schranken zu unterwerfen hat, solange Rohheit und Kultur nicht gegeneinander zu Felde ziehen und Bosheit beide beherrschen«. Mit diesem Postulat steht er nicht allein. Auch seine Frau liebt ihre Freiheit; Ehebruch begeht man ganz selbstverständlich und ohne Diskussion. Die jungen Mädchen, meist Freundinnen Monikas, nehmen sich nicht nur die Freiheit des »Fingerspiels«, sondern auch des vorehelichen und gleichgeschlechtlichen Sexualverkehrs. Sie tun dies, ohne die damals geschürten Ängste oder ein schlechtes Gewissen zu verspüren. Und die Mönche des benachbarten Klosters, das Madame Chaudelüze mit ihren Pensionatsschülerinnen besucht, sind so frei, ihre Gelübde zu ignorieren.

Die allseits postulierte Freiheit dient in erster Linie der Erfüllung sexueller Bedürfnisse. Monika betont ausdrücklich – und das mag uns paradox erscheinen –, dass sie Nonne geworden sei, weil sie befürchtete, in einer Ehe nicht die erhoffte Befriedigung zu finden: »Dieses ist nun hauptsächlich auch ein Übel des heiligen Ehestandes und eines seiner schlechten Geheimnisse, dass diejenige, welche die ersten Grade des sinnlichen Lebens besitzt, sich bei Zeiten ans Fasten gewöhnen muss, wenn sie ihren erschöpften Eheherrn nach einigen Monaten noch zu lieben die Absicht haben sollte. Deswegen wählte ich hauptsächlich das Kloster, und ich will lieber mit allen zehn Fingern und anderen Tröstern siebenmal in der Woche vergessen, dass es ein männliches Geschlecht gibt, als mich über seine selbstverschuldete Impotenz zu beklagen haben.« Nicht die empfindsame oder platonische Liebe ist das Ideal, sondern die Befriedigung sexueller Lust. Diese ist oftmals mit Schmerzempfindungen gepaart. Der Anblick körperlicher Züchtigung weckt sexuelles Verlangen – schon gleich zu Beginn des Romans: Der Kaplan beobachtet, wie Louise von ihrer Mutter mit der Rute gestraft wird, und diese Szene reizt ihn derart auf, dass er anschließend die Mutter mit seinem »Schlagstock« auf dem Sofa traktiert. Oberst von Halden, der mit der flachen Seite seines Degens die achtzehnjährige Louise für einige despektierliche Bemerkungen bestraft, vergisst bei dem Anblick des entblößten Hinterteils seinen »Weiberhass« und verliebt sich in die junge Dame, mit der er sich augenblicklich an Ort und Stelle vereinigt. Dabei verdankt sich die aufreizende Wirkung der Züchtigung in erster Linie der bei Mädchen und Frauen fehlenden Unterkleidung. Zwar trugen hochgestellte Damen (meist solche, die etwas zu sagen hatten; daher die Redewendung: »Die hat die Hosen an!«) schon im 16. Jahrhundert Unterhosen (vor allem beim Ausreiten, um bei einem Sturz vom Pferd ihren Intimbereich nicht ungeschützt den Blicken Neugieriger preisgeben zu müssen), doch diese kamen wieder aus der Mode und wurden erst im 19. Jahrhundert, in den unteren Schichten erst Anfang des 20. Jahrhunderts üblich. Das fehlende Kleidungsstück gab über Jahrhunderte hinweg in Romanen, Erzählungen und volkstümlichen Schwänken Anlass zu zahllosen Pikanterien. Es regte auch den anonymen Autor unseres Romans zu zahlreichen Züchtigungsszenen an.

Aber nicht nur die Zuchtmeister, auch die Gezüchtigten verspüren sexuelle Lust. So glaubt Louise von Willau vergebens, ihrer Tochter durch die Erfahrung des Schmerzes die sexuelle Begierde austreiben zu können. Das Mädchen lässt sich von ihrem Lehrer, Bruder Gervasius, gern schlagen, und beim Eintritt ins Mädchenpensionat verhindert nur der übergroße Schmerz durch die fünfundzwanzig Rutenhiebe Meister Pianos, dass sie zur Erfüllung ihrer Lust kommt. Auch die Selbstzüchtigung gehört zum erotischen Spiel. So greift Eugenie zur Rute, während sie sich durch das Betrachten »starrender Priape« und erotischer Bilder erregt. Man kann geradezu von einer Liebe der Figuren zur Flagellation sprechen, von einer Liebe zum Schmerz, der durch heftige Schläge auf das Gesäß mit Ruten, Peitschen, biegsamen Gerten, dornigen Rosenzweigen, gelegentlich auch mit der bloßen Hand zugefügt wird.

Der Flagellantismus hat religiöse Wurzeln. In Erinnerung an die Geißelung Christi entstand im Mittelalter eine katholische Sektenbewegung (»Geißler«), deren Anhänger die Auspeitschung des eigenen Körpers als Buße übten. Wegen explizit sexueller Rituale wurde der Flagellantismus von der Inquisition verfolgt und verboten. Der Brauch hielt sich aber noch lange in Klöstern und wurde zur Selbstkasteiung und Läuterung weiter ausgeübt, im Roman etwa von Karolines Ehemann, der sich von seinen Mägden auspeitschen lässt und das entblößte Gesäß seiner Frau mit Ruten schlägt bzw. von seinen Knechten schlagen lässt – nach dem (vom Autor sicher ironisch gesetzten) Motto: »Liebe durch Hiebe – Hiebe um Liebe!« Karoline lernt den Schmerz lieben und zieht daraus den Schluss: »Der Schmerz der Lust ist bitterer als die Lust des Schmerzes, und es muss so etwas in der Seele der Heiligen und Märtyrer vorgegangen sein, dass sie so standhaft so große und viele Martern haben ausstehen können.« Die Lust am Schmerz genießen – eine solche Einstellung würde man heute als masochistisch bezeichnen. Überhaupt würde man heute das Verhalten der Romanfiguren eher dem Bereich sadistischer bzw. masochistischer Praktiken zuordnen. Zur Zeit der Entstehung des Romans gab es weder diese Begriffe noch die entsprechenden sexualpsychologischen und -medizinischen Erkenntnisse.

In den Roman sind zahlreiche Bemerkungen eingestreut, die eine neue Sicht der Dinge propagieren. Hauptsächlich einer Frau, Aurelie von Sarange, die zwei Männer gleichzeitig liebt, aber keinen zum Zuge kommen lässt, werden Ansichten in den Mund gelegt, die landläufigen, besonders kirchlichen Auffassungen und Meinungen zuwiderlaufen. Nicht zu lieben und die menschliche Sexualität nicht zu genießen sind ihr »die größten Verbrechen gegen die Gottheit und Natur«. So postuliert sie: »Niemand – meine Liebe, hat ein Recht, mir das zu entziehen, was die gütige Natur und ihr Schöpfer mir verliehen haben, niemand ein Recht, mir Gesetze vorzuschreiben, wo meine natürliche Willensfreiheit nicht die eines anderen Individuums beeinträchtigt, und was die Sittlichkeit mir nicht selbst diktiert und die Liebe als verwerflich erscheinen lässt, davon überzeugt mich kein Gesetz.« Folglich wird Sexualität neu bewertet, das Schamgefühl neu definiert: »Die Tugend bedarf keiner Scham, und Schamhaftigkeit ist nichts als der letzte aufgehobene Schleier der Schönheit.« Weder Nacktheit noch Wollust seien zu verurteilen, da sie natürlich sind. Die Liebe der Frauen soll schließlich über »männliche Gesetz-Tyrannei« triumphieren und damit das Geschlechterverhältnis umkehren. Aurelie packt sogar ein zu damaliger Zeit besonders ›heißes Eisen‹ an, das in der Literatur des 18. Jahrhunderts kontrovers diskutiert wurde: Sie hält die Bestrafung einer Frau, die aus Not und Verzweiflung ihr Neugeborenes tötet, für ungerecht, »solange Millionen ihr Leben auf dem Schlachtfelde für Unsinn verbluten, dem Ehrgeiz eines Einzigen zu frönen«. Das sind Gedanken, die einer Frau damals kaum zugestanden wurden. So stellt dieser Roman, der von der Literaturwissenschaft bisher eher stiefmütterlich behandelt wurde, über die Präsentation des Erotischen hinausgehend eine Reihe von Überlegungen an, die zum Nachdenken anregen.

Dem Abdruck des anonymen Romans *Schwester Monika. Eine erotisch-psychisch-physisch-philanthropisch-philanthropinische Urkunde des säkularisierten Klosters X. in S...* liegt die Ausgabe Posen 1815 zugrunde. Orthographie und Interpunktion wurden behutsam modernisiert. Literarische Zitate und Anspielungen werden – soweit möglich – in den Anmerkungen erläutert, fremdsprachige Passagen übersetzt.

Der Abdruck von Carl Timlichs Pubertätsroman folgt der Münchner Edition aus dem Jahr 1971: *Priaps Normalschule. Die Folge guter Kinderzucht. Ein kleiner Roman in gefühlvollen und zärtlichen Briefen.* Sie geht auf die Faksimileausgabe von 1912 zurück, die als Privatdruck erschienen war. Auch bei diesem Text wurden Orthographie und Interpunktion behutsam den heute geltenden Regeln angepasst. Sprachliche und stilistische Besonderheiten, die der Figurencharakterisierung dienen, wurden bewahrt und in den Anmerkungen erläutert.

Zu den Illustrationen

Schon in der Antike wurden Dichtung und bildende Kunst als »Schwesterkünste« bezeichnet. Poesie galt als redende Malerei und Malerei als stumme Poesie. Wechselseitige Einflüsse sind seither in Kunst- und Literaturgeschichte nachweisbar. Das illustrierte Buch, in den illuminierten Handschriften des Mittelalters vorgebildet, ist sichtbares Zeugnis dieses geschwisterlichen Verhältnisses. Die *Bibliotheca erotica* vereint literarische Texte und bildkünstlerische Werke zu einem bibliophilen Ganzen.

Im 18. Jahrhundert erlebte die erotische Buchillustration zusammen mit dem erotischen Roman einen Höhepunkt. Ihre wesentlichen Sujets sind amouröse Abenteuer, pikante Szenen, lüsterne Liebhaber und liebesbereite Damen. Seit der italienische Maler, Zeichner und Kupferstecher Agostino Carracci (1557–1602) in Anlehnung an die Zeichnungen des Raffael-Schülers Giuliano Romano realistisch gezeichnete Koitus-Szenen veröffentlicht hatte, gehörte auch der detailliert dargestellte Sexualakt zu den beliebtesten Motiven der erotischen Kunst. Das Rokoko mit seiner Daseinsfreude und seinem diesseitigen Lebensgenuss trug viel zur Verbreitung von Carraccis Werk bei, das zu vielfältiger bildkünstlerischer Neugestaltung dieses Motivs anregte.

Zu den bedeutendsten Buchillustratoren des 18. Jahrhunderts gehören Antoine Borel (1743 – nach 1810) und François Rolland Elluin (1745 – um 1810). Obwohl ihre Blätter das Natürliche des Sexualaktes mit technischer Raffinesse zu einem Kunstwerk formen, sucht man sie in vielen Kunstgeschichten und in manch kunstwissenschaftlichem Lexikon vergebens – wegen ihrer »erotischen Eskapaden« und Deutlichkeiten werden sie von Kunsthistorikern gern ignoriert. Von Bibliophilen werden sie hingegen geschätzt. Die Künstler schufen in gemeinsamer Arbeit – Borel als Zeichner, Elluin als Graveur – eine Fülle von erotischen Kupferstichen zu Werken der galanten Weltliteratur. So illustrierten sie u. a. Gervaise de Latouches *Memoiren des Saturnin*, John Clelands *Fanny Hill* und *Félicia* von Andréa de Nerciat. Auch die Kupferstiche dieses Bandes stammen aus ihrer Werkstatt. Sie erschienen 1785 als Beigabe zu dem erotischen Roman *Thérèse philosophe ou Mémoires pour servir à l'histoire de P. Dirrag et de Mademoiselle Eradice*, den man dem Marquis d'Argens, dem Kammerherrn und Freund Friedrichs des Großen, zuschreibt. Die Erstausgabe war bereits 1748 mit der Ortsangabe La Haye (Den Haag) veröffentlicht worden. Der Roman war durch die Anklage des Jesuitenpaters Girard angeregt worden, dem man 1731 die Verführung eines Beichtkindes vorwarf. Der Prozess beschäftigte damals ganz Europa. Die Ausgabe von 1785 mit dem fingierten Druckort Londres (London) gilt als die am schönsten illustrierte Edition. Nicht nur deshalb, sondern auch wegen der thematischen Nähe der *Thérèse philosophe* zur anonymen *Schwester Monika*, aber auch zu Teilen von Timlichs Erotikon wurden daraus neun Illustrationen für diesen Band ausgewählt.

Anmerkungen

Schwester Monika

7 *Concedo voluntatem* – (lat.) Ich folge der Neigung; ich gebe meinen Willen auf.

in Shakespeares »Lustigen Weibern von Windsor« – Zitat aus der 2. Szene des 2. Aktes: »This punk is one of Cupid's carriers. / Clap on more sails, pursue; up with your fights; / Give fire!« – In der Übersetzung Wolf Graf Baudissins: »Dies Jachtschiff dient wohl in Fortunas Flotte. / Mehr Segel her! Setz' nach! Das Schießzeug auf: / Gib Feu'r: [...]«

cœur palpite – (frz.) Herzklopfen.

haussez les mains – (frz.) Händehochheben (aus Verzweiflung, Resignation).

8 *savoir faire* – (frz.) Geschicklichkeit.

9 *Mnemonik* – (griech.) Verfahren, die Gedächtnisleistung zu steigern.

10 *Hebe* – Figur der griech. Mythologie. Hebe, die Tochter Jupiters und der Juno, war die Göttin der Jugend und Anmut, die den Göttern den Nektar einschenkte.

Perspicuitas argumentatione elevatur! – Eigentlich: »Perspicuitas enim argumentatione elevatur!« Das Zitat stammt aus dem Werk *De natura Deorum* des römischen Redners, Politikers und Schriftstellers Marcus Tullius Cicero (106–43 v. Chr.). Die Übersetzung im Text stammt vom anonymen Autor.

12 *Actus conscientiae* – (lat.) Die gemeinsame Tat (der Koitus).

16 *haut parage* – (frz.) Von hoher Herkunft.

Mysterien der Bona Dea ... Clodius – Bona Dea ist eine römische Göttin. Sie war Schwester, Ehefrau oder Tochter Fauns.

Als sie sich Faun verweigerte, peitschte er sie mit einem Myrtenzweig und vereinigte sich mit ihr in Gestalt einer Schlange. Seither durfte ihren Tempel kein Mann betreten. Dieses Verbot ignorierte Publius Clodius und drang in Frauengewändern in das Heiligtum ein, um sich mit Pompeja, der Gattin Julius Caesars, zu einem Stelldichein zu treffen. – Ihre Mysterien (Geheimkulte) wurden am 1. Mai ausschließlich von Frauen gefeiert und entwickelten sich im Laufe der Zeit zu einem Fest größter Ausschweifungen.

16 *L'Hombre* – Französisches Kartenspiel.

18 *Wetzels Madame Arend* – Figur in Johann Carl Wezels Roman *Herrmann und Ulrike*, der 1780 in vier Bänden erschien.

19 *Restitutio in integris* – (lat.) Wiederherstellung des Unversehrten.

20 *Erinnye* – Erinnyen sind Rachegöttinnen der griechischen Mythologie.

Bacchantinnen-Mode – Bacchantinnen heißen in der griechischen Mythologie die Begleiterinnen des Gottes Dionysos. Sie folgten ihm leicht bekleidet, häufig mit freiem Busen und gelöstem Haar.

Thyrsusstab – Mit Weinlaub umrankter Stab, der an der Spitze einen Fichten- oder Pinienzapfen trägt.

pythischer Wut – Mit der Wut des Drachen Python aus der griechischen Mythologie. Er war ein Sohn der Göttin Gäa und bewachte das Orakel zu Delphi.

Silence! … heureux? – Aus der 14. Ode Voltaires (*La félicité des temps ou L'éloge des la France*):»Ruhe! Unverschämte Heuchelei! / Reißt auf, fürchterliche Schleier; / Erhabenes und blühendes Vaterland, / Kennst du glücklichere Zeiten?«

Favorite … grande – Abgewandeltes Zitat aus der 13. Ode Voltaires (*La clémence de Louis XIV et de Louis XV dans la victoire*): »Vom Kriegsgott begünstigte / Heldin, deren Glanz uns blendet. / Von allen Siegern auf dem Felde / bist du die bescheidenste und größte.«

21 *Clytia* – Meernymphe, die den Gott Apollo vergeblich liebte und so lange nach ihm schaute, bis sie in eine Sonnenblume verwandelt wurde.

Ida – Heiliger Berg bei Troja, galt als Aufenthaltsort von Zeus/

Jupiter, besonders aber von Aphrodite/Venus. Hier Bezeichnung für den Venushügel (Schamberg).

21 *Tempel von Amathunt* – Heiligtum der Aphrodite/Venus. In erotischer Literatur Bezeichnung für das weibliche Genitale.

Cytherens Altären – Gemeint sind die Altäre der Venus (Cythere ist ein Beiname der Venus). Metapher für das weibliche Genitale.

Aglaja, Thalia, Euphrosyne – Die drei Grazien (Göttinnen der Anmut) in der griechischen Mythologie.

Artemis – Auch Diana genannt. Tochter Jupiters und der Latona, Schwester Apollos. Jungfräuliche Göttin der Jagd, später auch Mondgöttin.

22 *Mänaden* – Der Begriff wird identisch mit Bacchantinnen verwendet.

Wielands Grazien – Anspielung auf Christoph Martin Wielands Dichtungen, insbesondere die Verserzählung *Endymion* (1765), in der sich Diana/Artemis genau wie die sie begleitenden Grazien in den schönen Jüngling verliebt.

ein Siegfried von Lindenberg – Anspielung auf den komischen Helden des gleichnamigen Romans von Johann Gottwerth Müller (1779).

sein Achates … Herr von Waldheim – Figur aus Müllers *Siegfried von Lindenberg*.

23 *Martissöhne* – Söhne des römischen Kriegsgottes Mars.

28 *personne ne me voit* – (frz.) Niemand sieht mich.

29 *Maintien* – (frz.) Haltung, Benehmen.

Je vous prie ... laissez moi – (frz.) Ich bitte Sie inständig, Beauvois! Lassen Sie mich … oh … – Oh! Meine Göttin! Oh! Lassen Sie mich machen … Lassen Sie mich …

32 *Schlegel in seinem »Museum«* – Friedrich Schlegel (1772–1829) und die von ihm edierte Zeitschrift *Deutsches Museum* (4 Bde., 1812/13).

33 *Zebaoth* – Im Alten Testament Beiname Gottes, hier als Bezeichnung für das männliche Glied (der »Gott« ihres »Tempels«).

34 *Rekonziliation* – (lat.) Versöhnung.

De gustibus non est disputandum – (lat.) Über Geschmack lässt sich nicht streiten.

36 *Esther ... Ahasveros* – Gestalten aus dem Alten Testament (*Buch Esther*). Die schöne Esther, eine jüdische Waise, die bei ihrem Onkel Mordechai aufwuchs, wurde von König Ahasver (Xerxes I.) an Stelle seiner verstoßenen Gattin Vasthi geehelicht. Ihr gelang es, Ahasver zu überzeugen, von der Vernichtung des jüdischen Volkes Abstand zu nehmen.

36 *Irene ... Mohammed der II.* – Mohammed II. (1432–1481), Sultan des Osmanischen Reichs, verliebte sich in die Prinzessin Irene von Trapezunt, die nach der Eroberung Konstantinopels in seine Hände fiel. Mit politischem Geschick und ihren weiblichen Reizen gelang es ihr, den despotischen Herrscher zu beeinflussen. Als seine Gefolgsleute ihm vorwarfen, aus Liebe zu ihr seine Pflichten zu vernachlässigen, schlug er ihr vor den Augen der Großen seines Reichs den Kopf ab. So jedenfalls überliefert es der italienische Dichter Matteo Bandello (1485–1561) in seinen *Novelle* (1554–1573).

42 *»Pour Dieu! ... faites-vous?«* – (frz.) »Bei Gott! [...], Halden, was machen Sie da?«

44 *Tassos ... Jerusalem* – Gemeint ist Torquato Tasso (1544–1595) und sein Hauptwerk *La Gerusalemme liberata* (1580; dt.: *Das befreite Jerusalem*).

Mnemosynens – Mnemosyne; in der griechischen Mythologie Mutter der Musen und Göttin des Gedächtnisses.

33 *meleagerisches Feuer* – Anspielung auf die griechische Mythologie. Meleagros (lat.: Meleager), ein Königssohn, stirbt nach einem Streit, als ein Holzscheit, an das sein Leben geknüpft ist, ins Feuer geworfen wird.

Ezzelin ... Bianca Della Porta – Ezzelino da Romano (1194 bis 1259), Schwiegersohn Kaiser Friedrichs II. und Ghibellinen-Führer, war wegen seiner Grausamkeit gefürchtet. Der Volksglaube sah in ihm einen Sohn des Teufels und dichtete dem Frauenfeind Liebesgeschichten an, so etwa die zur Witwe Bianca, die sich dem Zugriff des Despoten nur dadurch entziehen konnte, dass sie ihren Schädel am Grabstein des Gatten zerschmetterte.

Blumauers »Aeneide« – Alois Blumauer (1755–1798) verfasste eine Travestie auf Vergils *Aeneis*, die 1783–1788 in vier Bänden unter dem Titel *Abenteuer des frommen Helden Aeneas* erschien.

51 *Der Mensch ... anzufangen* – Zitat aus Friedrich Schillers Aufsatz *Über Anmut und Würde* (1793).

Falcks Helden – Anspielung auf die beiden satirischen Gedichte *Der Held und die Menschen* (1798) des Weimarer Privatgelehrten Johannes Daniel Falk (1768–1826), mit dem Goethe einen regen Umgang pflegte.

ma nièce – (frz.) meine Nichte.

Est-il possible! – (frz.) Ist es möglich!

52 *mon enfant* – (frz.) mein Kind.

59 *mia cara* – (ital.) meine Liebe.

Non, mon ami! ... Voltaire – (frz.) Abgewandeltes Zitat aus Voltaires 13. Ode (*La clémence de Louis XIV et de Louis XV dans la victoire*): »Nein, mein Freund! / Die schnellen Blitze / Reinigen nicht immer / Durch Wind und Donner / Die Felder und die Lüfte. / Nach Voltaire«. Die Originalzeilen heißen: »La Paix est fille de la Guerre. / Ainsi les rapides éclairs / Par les vents et par le tonnerre / Épurent les champs et les airs [...]«

Ainsi ... cul! – (frz.) So, Fräulein! Schnell! Schnell! Heben Sie Ihren schönen Hintern!

60 *Kalkant* – Der Kalkant tritt an der Orgel den Blasebalg.

in filza questa riflexione a fine – (fehlerhaftes Ital.) Im Sinne von: »um diese Überlegung zu Ende zu bringen«.

Hyppobosca equina – (lat.) Pferdemücke.

62 *Comment, ma chère?* – (frz.) Wie, meine Liebe?

nel cuor dell' Asia scocca, il Bavarico triale! – Torquato Tasso (1544–1595) wurde berühmt durch sein Epos *Das befreite Jerusalem* (La Gerusalemme liberata, 1580). Das fehlerhafte Zitat stammt allerdings nicht von Tasso, sondern aus den *Canzone* des toskanischen Dichters Vicenzo da Filicaja (1642–1707) und lautet korrekt: »Nel cuor dell'Asia scocca / Là il bavarico strale in varie guise [...]« – »Im Herzen Asiens abgeschossen, [...] der bayerische Pfeil auf verschiedene Weise [...]«.

63 *qui y était vainqueur* – (frz.) Welch ein Sieger er war.

64 *Tisiphone* – Neben Alekto und Megaira eine der drei Rachegöttinnen (Erynnien). Wie ihr Name sagt (*tisis* bedeutet Vergeltung), rächt sie besonders die Mordtaten.

64 *Vite!... con-fonds!* – (frz.) Schnell! mein Kind! ha! kleiner Held. Schnell – ah! ich schmelze dahin!

65 *Kinderen die minnen hebben geen zinnen* – (niederl.) Kinder, welche lieben, haben keine Sinne (niederl. Fassung des lat. Amantes amentes sunt), Verliebte sind blind.

67 *Mon Dieu ... modeste* – (frz.) Mein Gott! Die Natur selbst würde es nicht bescheidener tun.

71 *Meleager* – Meleagros; vgl. Anmerkung *meleagerisches Feuer* zu S. 45.

74 *Crébillons »Bijoux indiscrets«* – Der Roman *Les Bijoux indiscrets* (1748) stammt nicht von Claude-Prosper Jolyot de Crébillon (1707–1777), sondern von Denis Diderot (1713–1784).

78 *Burmanns* – Der Schriftsteller Gottlob Wilhelm Burmann (eigentl. Bormann; 1737–1805), der u. a. zahlreiche Gedichte schrieb, die weite Verbreitung fanden, darunter viele Kinderlieder.

Cotyttos – Griechisch-römische Göttin, deren Kultfeiern zu größten Ausschweifungen Anlass gaben.

80 *Minerven* – Minerva; in der römischen Mythologie Göttin des Handwerks und der Künste.

sain et sauf – (frz.) gesund und unversehrt.

die Hora – (lat.) das Stundengebet.

Officium defunctorum benedictale – (lat.) Wohl fehlerhaftes (Kirchen-)Latein; zu übersetzen mit »Stundengebet zum Lob der Toten«. »Officium«, urspr. u. a. »Pflicht«, wird in erotischer Literatur auch im Sinne von »Beischlaf« verwendet. Die folgenden, nicht immer korrekt zitierenden Passagen sind dem *Buch Hiob* des Alten Testaments entnommen (Kap. 19, Vers 20–24) und persiflieren sie, wenn man die Situation bedenkt, in der sie gesprochen werden. In der Übersetzung Martin Luthers lauten sie: *20* Mein Gebein hanget an mir an Haut und Fleisch, und ich kann meine Zähne mit der Haut nicht bedecken. *21* Erbarmt euch mein, erbarmt euch mein, ihr meine Freunde! denn die Hand Gottes hat mich getroffen. *22* Warum verfolgt ihr mich gleich wie Gott und könnt meines Fleisches nicht satt werden? *23* Ach dass meine Reden geschrieben würden! ach dass sie in ein Buch gestellt würden! *24* mit einem eisernen

Griffel auf Blei und zum ewigem Gedächtnis in Stein gehauen würden!

81 *Soror* – Schwester.

fiat pax in virtute mea – (lat.) Psalm 122, Vers 7 lautet: » fiat pax in virtute tua [...]«, in Luthers Übersetzung: »Es kehre Frieden ein in deine Mauern.« In der Romanfassung: »... meine Mauern.«

82 *Qual nuvol ... volto?* – (ital.) Welch schwere und dunkle Wolke / Erscheint auf deiner Stirn, / Bedeckt das Heitere, o Fillida, / Deines anmutigen Gesichts?

83 *Pauvre enfant* – (frz.) Armes Kind.

84 *Kaiser Basiliús* – Der byzantinische Kaiser Basileios II. (976 bis 1025) mit dem Beinamen »Der Bulgarentöter«.

Méchanceté – (frz.) Boshaftigkeit.

89 *Tartarus* – Hölle.

90 *Tantalus* – In der griechischen Mythologie Sohn des Zeus und Liebling der Götter. Als er seinen einzigen Sohn tötet und den Göttern als Speise serviert, wird er von ihnen mit äußerster Härte bestraft.

Anna von Bretagne – Anna de Bretagne (1477–1514) wurde 1490 dem deutschen König und späteren Kaiser Maximilian I. per procurationem und ohne die Einwilligung des französischen Königs Karl VIII. (1470–1498) angetraut. Dieser protestierte. Da die Ehe nie vollzogen worden war und Anna von Maximilian weder Geld noch Truppen bekam, um sich gegen die Übermacht aus Frankreich zu wehren, stimmte sie einer Verbindung mit Karl VIII. schließlich zu. Nach dessen frühem Tod heiratete sie seinen Nachfolger Ludwig XII. (1462–1515).

91 *Ah, bienvenu* – (frz.) Ah, willkommen.

92 *Vous m'avez vaincu* – (frz.) Sie haben mich besiegt.

Mahomed der II. – Vgl. Anmerkung *Irene ... Mohammed der II.* zu S. 36.

94 *Diable, c'est bien vrai* – (frz.) Teufel, das ist sehr wahr.

96 *Sofa ... von Crébillon gefüttert* – Anspielung auf den erotischen Roman *Le Sopha* (1742) von Claude-Prosper Jolyot de Crébillon (1707–1777).

96 *cyprischen Göttin* – Die griechische Göttin Aphrodite (röm. Venus), die dem Mythos nach am Strand von Zypern aus dem Schaum des Meeres geboren wurde.

97 *Comment … masquerade?* – (frz.) Was soll das, liederliches Frauenzimmer? – Was soll diese Verkleidung bedeuten?

Gare à vous! – (frz.) Aufgepasst!

99 *Que vous me dites* – (frz.) Was sagen Sie mir.

das berühmte Hamlet'sche: Geh in ein Kloster! – Zitat aus William Shakespeares (1564–1616) Drama *Hamlet* (III,1; Hamlet zu Ophelia).

Ah, je comprends – (frz.) Ah, ich verstehe.

102 *Klarissa* – Hauptfigur aus Samuel Richardsons gleichnamigem Roman (1747/48).

103 *Hier sieht … Grotte verbirgt* – Zitat aus dem Kleinepos *Die Hochzeit des Peleus und der Thetis* des römischen Dichters Catull in freier und stark kürzender Übersetzung. – Philostratos ist der Name von vier griechischen Sophisten des 2. und 3. Jahrhunderts, so dass eine Zuordnung kaum möglich ist. Vielleicht ist Flavius Philostratos gemeint, der durch seine Beschreibungen antiker Gemälde kunsthistorische Bedeutung erlangte.

Behemoth – Ungeheuer in der jüdisch-christlichen Mythologie (Buch *Hiob*), das vor allem Züge eines Flußpferds trägt.

Ma foi! – (frz.) Meiner Treu!

Janthe! Gemahlin des Iphis – Iphis, Tochter des Ligdus und der Telethusa. Da Ligdus seiner schwangeren Frau ankündigt, dass er, sollte sie eine Tochter gebären, diese umbringen würde, hält Telethusa mit Hilfe der Göttin Isis das Geschlecht ihrer Tochter Iphis geheim. Als sich Iphis Jahre später in das Mädchen Ianthe verliebt, verwandelt die mitleidige Göttin sie in einen Mann.

104 *Eduard der Dritte … Gräfin Salisbury* – Anspielung auf das um 1595 anonym erschienene Drama *Eduard III.*, das lange zu William Shakespeares apokryphen Werken zählte. Heute wird zumindest seine Mitautorschaft angenommen.

Honni soit qui mal y pense – (frz.) Ein Schelm, wer Übles dabei denkt.

105 *Bon Dieu! … service* – (frz.) »Gütiger Gott! Was wollen Sie tun? Mit ihrem Stachel kann die Biene vielen Menschen große Schmerzen zufügen; allerdings sind diejenigen, die gestochen wurden, selbst Schuld daran, weil sie die Bienen nicht mieden. Aber wenn man die Biene entwaffnet, indem man ihr diesen Stachel entfernt, wird sie uns nicht mehr den kleinsten Dienst erweisen.«

107 *O villain … villain!* – Abgewandeltes Zitat aus Shakespeares *King Lear* (1. Akt, 2. Szene). Der Text lautet in der *First Folio*: »O Villain, villain: his very opinion in the Letter. Abhorred Villaine, unnaturall, detested, brutish Villaine; worse then brutish: Go sirrah, seeke him: Ile apprehend him. Abhominable Villaine, where is he?« In der Übersetzung Wolf Graf Baudissins: »O Schurke, Schurke! – Völlig der Sinn seines Briefes! – Verruchter Bube! Unnatürlicher, abscheulicher, viehischer Schurke! Schlimmer als viehisch! – Geh gleich, such' ihn auf, ich will ihn festnehmen. – Verworfner Bösewicht! – Wo ist er?«
Ah, qu'il est beau – (frz.) Ah, wie schön er ist.

110 *Ha, la coquine … pucellade* – (frz.) Ha, die Schelmin!« – »Pucellade« (nicht zu verwechseln mit »pucelage«, Jungfräulichkeit, Unberührtheit) ist möglicherweise eine Wortschöpfung des anonymen Autors. Die Aussage »Elle vaut une – pucellade!« könnte man mit »Sie verdient eine Flohhatz!« oder »Sie ist es wert, gejagt zu werden« übersetzen. Der Flohbiss wurde gerne – nicht nur in der Literatur – als Mittel der Koketterie und der Verführung genutzt.

111 *Melzers* – Anspielung auf Adolph Heinrich Meltzers (1761–1807) Buch *Aristäus und Philalethes über das Gefühl des Moralischen* (1791).
Lucretius – Der römische Dichter Carus Titus Lucretius (um 96–55 v. Chr.), ein Anhänger Epikurs.

112 *Laissez la faire – nous sommes des enfants* – (frz.) Lassen Sie sie – wir sind doch Kinder.

113 *Es weinen … Grab riss* – Die Passage stammt – wie die folgenden – aus dem sechsten Gesang der *Aeneis* von Vergil.

114 *Die unschuldig … aufgelöst* – Diese Passage stammt – ebenso wie die vorhergehende – aus dem sechsten Gesang der *Aeneis*.

115 *Bodmer* – Gemeint ist Johann Jakob Bodmer (1698–1783), Professor der Geschichte am Gymnasium Zürich, der durch zahlreiche Publikationen, darunter viele literaturkritische Schriften und Dichtungen, sowie seinen Streit mit dem »Literaturpapst der Aufklärung« Johann Christoph Gottsched, Professor an der Universität Leipzig, bekannt geworden ist. Seine epischen Dichtungen und Übersetzungen fanden bei den Zeitgenossen mit wenigen Ausnahmen kaum Anklang und wurden wegen ihres fehlerhaften Versmaßes kritisiert. Neben vielen anderen hat er auch Teile aus Vergils *Aeneis* übersetzt.

Dann ist die Gegend … genagt hat – Zitat aus Vergils *Aeneis* (6. Gesang).

116 *C'est un autre amour … sens* – (frz.) Das ist eine andere Liebe, deren unschuldige Wünsche / Sich über das Geschäft der Sinnlichkeit erheben. – Das Zitat stammt aus Corneilles Tragödie *Othon* (1664; Akt I,4).

Hier versteckt sie ein Wald … Liebe – Diese Passage ist ebenso eine freie Übersetzung aus der *Aeneis* des Vergil wie die vorhergehenden. Die genannten Namen bezeichnen Gestalten der griechischen Mythologie.

Phädra – Phaedra verliebte sich in Hyppolitus, den Sohn ihres Gatten Theseus, den dieser mit der Amazone Hyppolite gezeugt hatte. Sie büßte ihre Liebe mit dem Leben.

Prokris – Procris war die Gattin des Cephalus, die von ihm auf ihre Treue geprüft wurde. Auf Grund eines Missverständnisses tötete er sie mit dem Speer.

Eriphyle – Wurde bekannt durch ihre Treulosigkeit gegenüber ihrem Gatten und ihren Kindern. Auf Anweisung des Vaters starb sie durch die Hand ihres ältesten Sohnes.

Pasiphae – Gattin des Minos, Königs von Kreta.

Evadne – Tochter des Iphis, verheiratet mit Capaneus. Als dieser durch einen Blitz Jupiters starb, ließ sie sich lebendig mit dem Leichnam ihres Gatten verbrennen.

Laodamia – Gattin des Protesilaus, der als einer der Ersten vor Troja fiel. Sie nahm sich daraufhin das Leben.

Käneus – Caeneus, griechischer Sagenheld, als Mädchen Caenis geboren, von Neptun/Poseidon, nachdem er ihr Gewalt angetan hatte, auf ihren Wunsch hin in einen unverwundbaren Mann verwandelt.

116 *Dido von Sidon* – Schwester Pygmalions und Gattin ihres Onkels Sichaeus, den Pygmalion töten ließ, um ihn zu enterben. Um der Gefahr, auch getötet zu werden, zu entgehen, flieht Dido nach Nordafrika, wo sie der Legende nach die Stadt Karthago gründet, die bald zu großer Blüte gelangte. Als ein benachbarter barbarischer König sie heiraten wollte, erstach sie sich auf einem Scheiterhaufen, um der Ehe zu entgehen. Nach anderer Überlieferung wählte sie den Flammentod, als Aeneas sie auf Befehl Jupiters verließ.

117 *keusche Diana* – Diana war die griechische Göttin der Jagd. Im Laufe der Entwicklung der Mythologie mit ihrer Integration der Glaubensvorstellungen vieler Stämme und Völker wurden ihr immer weitere »Aufgabenbereiche« zugeordnet, unter anderem wurde sie zur Göttin des Mondes (vor allem bei den Römern) und zur Göttin der Jungfräulichkeit – deshalb die Formulierung »die keusche Diana«.

118 *Ha, ma petite ... belle* – (frz.) Ha, meine Kleine; wie schön Sie sind.

Käneus – Vgl. Anmerkung *Käneus* zu S. 116.

Venez, mon enfant – (frz.) Kommen Sie, mein Kind.

119 *Boreas* – Nordwind.

122 *Lavater ... Physiognomik* – Der Schweizer Pfarrer und Schriftsteller Johann Caspar Lavater (1741–1801) und seine wirkungsmächtigen *Physiognomischen Fragmenten* (4 Bde., 1775–1778), in denen er seine Lehre begründet, man könne vom Äußeren eines Menschen auf dessen innere Werte schließen.

Bal paré – Gesellschaftsball, besonders festlicher Ball, an dem nur höhergestellte Persönlichkeiten teilnehmen.

Justine – Der Roman *Justine oder Vom Missgeschick der Tugend* des Marquis de Sade (1740–1814). Der Roman liegt in drei Fassungen vor. Der Autor will zeigen, dass tugendhafte Menschen im Leben scheitern, weil sie den Lasterhaften nicht gewachsen sind. So wird auch die Titelheldin, die unendliche Qualen durch Misshandlungen, Folter, Vergewaltigungen erdulden muss, ins Verderben geführt.

122 *Selene* – Selene war die griechische Mondgöttin (röm.: Luna). Sie wurde in ihrer Bedeutung später von Diana verdrängt.

123 *Euphrosynens* – Euphrosyne, Tochter der Eurynome und des Zeus, eine der drei Charitinnen (römisch: Grazien), d. h. Göttinnen der Anmut in der griechischen Mythologie. Sie verkörpert Frohsinn und Freude.

heiligen Genoveva – Die Schutzheilige von Paris (um 422 bis ca. 502). Sie hatte ihr Leben dem christlichen Glauben geweiht. Der Legende nach soll sie den Einfall der Hunnen unter König Attila vorausgesagt und Paris durch ihre Gebete gerettet haben.

Corday – Charlotte Corday (1768–1793) tötete, um der Schreckensherrschaft ein Ende zu bereiten, am 13. Juli 1793 Jean Marat und wurde deshalb wenige Tage später guillotiniert.

Agrippina – Agrippina vergiftete ihren Ehemann, den römischen Kaiser Claudius, um ihrem Sohn, dem späteren Kaiser Nero, auf den Thron zu verhelfen. Nero ließ sie durch Soldaten ermorden.

Dido – Vgl. Anmerkung *Dido von Sidon* zu S. 116.

Elisabeth von Angoulême – Elisabeth d'Angoulême oder Elisabeth de Valois (1545–1568) aus dem Hause Valois-Orléans-Angoulême war die Tochter des Königs Henri II. von Frankreich und seiner Gemahlin Katharina von Medici. Sie trug den Titel »Princesse de France« und war mit dem Infanten von Spanien Carlos verlobt. Dessen Vater, König Philipp II., löste diese Verlobung, da er seinem Sohn wegen dessen Erbschäden die Heirat verbot, und vermählte sich 1560 selbst in dritter Ehe mit Elisabeth (Friedrich Schillers Gestaltung des Stoffes in seinem Drama *Don Carlos* ist unhistorisch). Sie starb bei der Geburt eines Kindes. Warum Aurelie sie in eine Reihe mit Charlotte Corday und den Übrigen stellt, bleibt unklar. Möglicherweise verwechselt sie sie mit der französischen Königin Margarete von Valois (1553–1615), genannt ›La Reine Margot‹, einer weiteren Tochter Katharinas von Medici. Ihre Vermählung mit Heinrich von Navarra, dem späteren König Henri IV., sollte eine Aussöhnung zwischen Katholiken und Protestanten herbeiführen. Die Hochzeit ging als ›Pariser Bluthochzeit‹ in die Geschichte ein: Auf Befehl von Katharina von Medici wurden

Tausende Hugenotten in der *Bartholomäusnacht* (24. August 1572) getötet, um den protestantischen Einfluss zurückzudrängen. Heinrich von Navarra musste zum Katholizismus konvertieren.

124 *Praxiteles ... knidische Göttin* – Bedeutender griechischer Bildhauer (4. Jh. v. Chr.). Als sein Haupt- und Meisterwerk gilt die *Aphrodite von Knidos*, der erste bekannte vollplastische Frauenakt der Antike.

125 *Materia genetrix ... Materia peccans* – Der Gegenstand (das Glied) der Fortpflanzung ist auch der Gegenstand (das Glied) des Sündigen.

127 *Hufelands Vorschrift* – Gemeint ist der Berliner Arzt Christoph Wilhelm Hufeland (1762–1836), der nicht nur Leibarzt des preußischen Königs war, sondern sich in mehreren Publikationen um die Förderung der Volksgesundheit und um breite medizinische Aufklärung bemühte.

Mesmerischen Reibungen – Der Arzt Franz Anton Mesmer (1734–1815) begründete die Lehre vom animalen Magnetismus (»Lebensmagnetismus, auch Mesmerismus genannt). Mesmer geht davon aus, dass eine universelle Lebensernergie den Kosmos durchdringt und den Menschen mit den Gestirnen, auch der Erde, verbindet. Ist diese Lebensenergie, von ihm Fluidum genannt, im menschlichen Körper ungleich verteilt, entstehen Krankheiten. Durch Reibungen mit Magneten kann das Fluidum aktiviert, auch auf andere Menschen übertragen werden. Dadurch könnten Energieblockaden gelöst und Krankheiten geheilt werden. Hier werden diese »Reibungen« zur sexuellen Erregung eingesetzt.

128 *Valière* – Die Herzogin von Valière, mit der der Sonnenkönig Ludwig XIV. seinen Sohn Ludwig von Bourbon zeugte.

129 *Locutoriums* – (lat.) Sprechzimmer in den Klöstern.

131 *Simon ... Merlin ... jener von Thionville* – Simon (Simon Magus) ist ein Zauberer, der in der neutestamentlichen Apostelgeschichte (8,9 ff.) erwähnt wird. Merlin ist ein – nach der Sage vom König Artus – vom Teufel gezeugter Zauberer, der seit Wielands *Merlin der Zauberer* (1777) besonders in der Romantik Popularität erlangte. Thionville ist eine Stadt in

Lothringen (Frankreich). Da es unwahrscheinlich ist, dass der anonyme Autor auf eine lokale oder regionale Sagengestalt verweist, liegt die Vermutung nahe, hier könnte Antoine Christophe Merlin (1762–1833) gemeint sein, der »Merlin de Thionville« genannt wurde. Er war ein herausragendes Mitglied der französischen Konvents, beantragte die Konfiskation der Emigrantengüter und die Deportation der Priester, die den Eid auf die Zivilverfassung des Klerus verweigerten.

131 *Hippel* – Theodor Gottlieb von Hippel (1741–1796), Stadtpräsident von Königsberg und Romanautor, beschäftigt sich in der Schrift *Über die bürgerliche Verbesserung der Weiber* (1792) mit der Rolle der Frau in der Gesellschaft und mit ihrer Bildung.

132 *Collum ... monilia* – (lat.) Dein Hals ist gleichsam ein Halsband (eine Halskette). Martin Luther übersetzt: »Deine Backen stehen lieblich in den Spangen und dein Hals in den keten [Ketten].« (Hoheslied I,10)

Sirach – Das Buch *Jesus Sirach* ist ein apokrypher Teil des Alten Testaments. Die Formulierung »Das wird deinem Nabel gesund sein« steht allerdings nicht im Buch *Jesus Sirach*, sondern in den *Sprüchen Salomos* und bezieht sich nicht auf das Auspeitschen. Die Stelle lautet in der Übersetzung Martin Luthers: »Düncke dich nicht Weise sein, Sondern fürchte den Herrn vnd weiche vom bösen. Das wird deinem Nabel gesund sein vnd deine Gebeine erquicken« (Kap. 3, Vers 7 und 8).

136 *Rex trementis majestatis* – (lat.) König von furchterregender Größe.

137 *Braut von Messina ... Don Cäsar und Don Manuel* – *Die Braut von Messina oder Die feindlichen Brüder* (1803) ist ein Trauerspiel von Friedrich Schiller (1759–1805), zu dessen Personal die Genannten gehören.

138 *a gara* – (ital.) um die Wette.

139 *Öffentliche Strafe ... Liebe* – Der Satz »Offene Strafe ist besser denn heimliche Liebe« steht nicht im apokryphen *Buch Sirach* des Alten Testamentes, sondern in den *Sprüchen Salomos* (27,5).

Dya-Na-Sore – *Dya-Na-Sore oder Die Wanderer* (3 Bde.; 1787–1789) ist ein Geheimbund-Roman von Wilhelm Friedrich von

Meyern (1762–1829), der in Indien und Tibet spielt. Er steht unter dem Einfluss der Freimaurerei und eines utopisch-idealstaatlichen Denkens, das geprägt ist von Frauenverachtung und Militarismus.

140 *Penthesilea* – Königin der Amazonen. Nachdem sie im Trojanischen Krieg den Trojanern mit ihren Amazonen zu Hilfe gekommen war, wurde sie von Achill in einem Zweikampf getötet und ihrer Rüstung beraubt.

Tomiris – Die Königin Tomyris der Massageten, eines Volkes, das in der Antike südöstlich vom Aralsee siedelte. Nach dem Bericht des griechischen Geschichtsschreibers Herodot tötete sie 550 v. Chr. in einem Feldzug, den der Perserkönig Kyros II. (der Große) gegen die Massageten unternahm, den Herrscher, nachdem der ihren Sohn gefangen genommen hatte.

Chiarini – Nach *Pierer's Universal-Lexikon* (Bd. 9, Altenburg 1860, S. 896) ein damals bekannter Kunstreiter aus einer mehrere Generationen umfassenden Zirkusfamilie.

Kotzebus »Leontine« – August von Kotzebue (1761–1819) publizierte seinen Roman *Leontine* in zwei Bänden 1808.

geßnerischen Buchen – Anspielung auf Salomon Geßner (1730 – 1788) und dessen idyllische Landschaftsbeschreibungen.

Paulini ... Hildebrand ... Beck ... Budäus – Möglicherweise Anspielung auf Persönlichkeiten, die im 18. Jahrhundert bekannt waren (ohne dass diese einen konkreten Bezug zum Romangeschehen haben). Der Mediziner Christian Franz Paullini (1643–1712) trat durch zahlreiche Publikationen, darunter auch literarische, hervor. 1705 veröffentlichte er ein Buch über gelehrte Frauen. Bei Hildebrand könnte es sich um den Theologen Christoph Hildebrandt (1763–1846) handeln, der zahlreiche Ritter-, Räuber-, Geister- und Schauerromane schrieb. Bei Beck liegt es nahe, an den Juristen Johann Karl von der Becke (1756–1830) zu denken, der in Göttingen studierte. Der Name Budäus erinnert an den Lexikographen Johann Franz Buddeus, der 1709 ein *Allgemeines historisches Lexicon* publizierte. Es könnte aber auch Georg Karl Immanuel Buddeus (1739–1814) gemeint sein, der Enkel des Vorgenannten.

143 *La Fideltá von Kanne* – Komposition von Friedrich August Kanne (1778–1833). Er war Musikkritiker und Kapellmeister und gehörte seit etwa 1819 zum engeren Kreis um Ludwig van Beethoven.

Nous jouissons ... partage – (frz.) Wortspiel mit »postérité« und »prospérité«. In freier Übersetzung: »Wir genießen, und wenn es dem Herrn gefällt, werden wir auch in fernster Zukunft vom Glück der heiligen Freiheit genießen, was uns zuteil wird.«

144 *Suum ... factum* – Lateinische Redensarten: »Jedem das Seine! / Er findet allgemeinen Beifall! / Gesagt und getan!«

Priaps Normalschule

154 *halb so groß* – Gemeint: anderthalbmal so groß.

Alkoran – Koran.

155 *Rauche* – Fell.

159 *Rapée* – Schnupftabak.

162 *Gebräme* – Veraltet für Verbrämung, Besatz.

168 *Hutzeln* – Dörrobst, hauptsächlich getrocknete Birnen.

170 *hudeln* – Hier in der Bedeutung: schlecht behandeln.

173 *Rauches* – Pelziges.

185 *Staupbesen-Kollation* – Öffentliche Prügelstrafe mit dem Staupbesen (Rute).

187 *Karessen* – Schmeicheleien.

188 *Dizentes* – Unnütze Worte.

189 *gehutzet* – gestoßen.

191 *Fadium* – Gemeint: fatum, Schicksal.

192 *anbinden* – beschenken (Angebinde: Geschenk).

196 *Dissenterie* – Dysenterie; Durchfall, Ruhr.

200 *Akzess* – Zugang.

202 *Revenuen* – (frz.) Einkünfte.

205 *Demelee* – (frz.) démêlée; Zank, Streit.

207 *Dückedonne* – (frz.) Ducaton; im 18. Jahrhundert gebräuchliche Silbermünze.

210 *Pontack* – (frz.) Pontac; alte Herkunftsbezeichnung für Weine aus dem Bordelais.

214 *Knoten* – Handwerksburschen.
Docke – Puppe.
216 *Politesse* – (frz.) Höflichkeit.
219 *Salvenia* – (eigentl.) salva venia; mit Verlaub.
224 *Taschensubsidien* – Taschengeld, finanzielle Unterstützung.
229 *Repuls* – (frz.) Zurückweisung.
Coup de Main – (frz.) Handstreich.
Approchen – Annäherungsversuche.
Chamade – (frz.) Kapitulation, Aufgabe.
231 *Estim* – (frz.) estime; Hochachtung, Wertschätzung.
233 *Sperrbäcktüfe* – Perspektiv; Fernglas.
234 *Karthaunse* – Kragen.
239 *polit* – höflich.
240 *Sappierung* – Angriff.
247 *Avanturier* – (frz.) aventurier; Abenteurer, Glücksritter.

Inhalt